W0379249

Thomas Prinz, 1959 in Wetzlar geboren, arbeitete als freier Journalist und wissenschaftlicher Mitarbeiter im Bundestag. Seit 1990 ist er beim Auswärtigen Amt mit Stationen in Bonn, Bukarest, Jakarta und Berlin tätig. In seinem letzten Hansekrimi »Der Unterhändler der Hanse« (2005) geht es um den Friedensvertrag von Stralsund aus dem Jahr 1370 zwischen der Hanse und dem Königreich Dänemark.

THOMAS PRINZ

Das Silber der Ostsee

Ein Hansekrimi

Die Hanse

für Heinrich

Bibliografische Information Der Deutschen Bibliothek

Die Deutsche Bibliothek verzeichnet diese Publikation in der Deutschen Nationalbibliografie; detaillierte bibliografische Daten sind im Internet über http://dnb.ddb.de abrufbar.

© Die Hanse | EVA Europäische Verlagsanstalt, Hamburg 2006
Umschlaggestaltung: Susanne Reizlein, Hamburg
Motiv: Detail aus »Porträt eines jungen Mannes«
von Bartholomaeus Bruyn/Bridgeman Art Library
Lektorat: Lisa Kuppler
Herstellung: Das Herstellungsbüro, Hamburg
Druck und Bindung: Clausen & Bosse, Leck
Printed in Germany
Alle Rechte vorbehalten
ISBN-10: 3-434-52820-2
ISBN-13: 978-3-434-52820-3

Informationen zu unserem Verlagsprogramm finden Sie im Internet unter www.die-hanse.de

»Se scholen se nicht leyden vor moord, dootslach, düfte ofte rof …«

(»Sie sollen nicht dulden Mord, Totschlag, Furcht und Raub …«)

DIE IN LÜBECK VERSAMMELTEN HANSESTÄDTE AN IHRE SCHONENVÖGTE

PERSONEN

Veit Ellenbruch, 25, gescheiterter Kaufmann aus Lübeck, noch Ratsherr, wird aus hinterhältigen Gründen nach Falsterbo entsandt

Sievert Ellenbruch, Veits 13-jähriger Bruder, ist ein genialer Schachspieler und sucht sein Glück in der Ferne

Goswin Tochsleger, Wicbold Langnase, Henning Pinnow, Lübecker Freunde und Saufkumpane von Veit Ellenbruch

Konstanze, Wirtin von Veits Stammlokal »Altes Zollhaus« in Lübeck, bei der Veit mehr bekommt als Wein und provenzalische Speisen

Friederike, ihre 15-jährige Tochter mit folgenschweren Sehnsüchten

Margarete Weversen, reiche, einsame Lübecker Witwe, die Veit in schlechten Zeiten nicht ganz uneigennützig finanziell unter die Arme greift

Wolter Crudener, Bürgermeister in Lübeck mit Interessen am Heringsgeschäft

Betke Osenbruge, Oberster Richter in Lübeck und rechte Hand von Wolter Crudener

Arnold Bylant, Zunftmeister der Lübecker Knochenhauer, der unbedingt einen Sitz im Rat anstrebt

Claus Bylant, sein Bruder, arbeitet während der Heringszeit als Knochenhauer in Falsterbo und hat Spielschulden

Hans Molkentin, Lübecker Vogt in Falsterbo, drückt bei krummen Geschäften gerne die Augen zu, wenn es zu seinem Vorteil ist

Magister Arndt Stubbe, Rostocker Vogt in Falsterbo, hofft auf eine Karriere im Rat

Heinrich Pottholt, Kaufmann aus Lübeck, ist in unlautere Geschäfte verstrickt

Hieronymus Pracht, Danziger Kaufmann, ermordet am 26. Juli 1380

Bartholomäus Gedecker, Lübecker Kaufmann, ermordet am 29. Juli 1380

Thiedemann Paternostermaker, Rostocker Kaufmann, ermordet am 12. August 1380

Hermen Fläming, Wismarer Kaufmann, ermordet am 31. August 1380

Cecilie Anderson, junge und schöne Frauenwirtin, betreibt das Hurenhaus »Salzfass« in Falsterbo und Rostock

Jacob, Türsteher und Knecht im »Salzfass«

Barthelmy, trinkfreudiger »Leibwächter« Veit Ellenbruchs

PROLOG · ROSTOCK IM SOMMER 1380

Es war heiß und stickig in dem kleinen Raum. Auf der Haut der Frau glitzerten Schweißperlen. Erschöpft und schwer atmend lag sie neben ihm auf dem schmalen Bett. Der Mann fuhr mit dem Zeigefinger seiner rechten Hand über ihren nackten Rücken und leckte den feuchten Finger ab.

»Du bist das Salz der Erde«, sagte er.

Sie schwieg. Von der Straße drang das Klappern von Pferdehufen herauf. Ihr Atem wurde ruhiger. »Wir haben gesündigt«, flüsterte sie.

Der Mann lachte, drehte sich um und goss sich Wein in einen Becher. »Warum hat Gott die Frau erschaffen?« Er nahm einen Schluck aus dem Becher, wandte sich zu der Frau und küsste sie auf die Wange. »Und warum hat er sie in so verführerischer Schönheit erschaffen? Damit Mann und Frau ein Fleisch werden.«

Die Frau lächelte. »Du biegst dir die Heilige Schrift zurecht, wie es dir gefällt.«

»Ich kann an dem, was wir tun, keine Sünde erkennen«, sagte er und knetete ihre Hinterbacken. »Sünde ist etwas anderes. Schließlich schaden wir niemandem.« Seine Zunge strich über ihre Haut. Sie genoss seine Zärtlichkeiten.

»Heute Nacht hat man mich zu einem Sünder gerufen, der auf dem Sterbebett seine letzte Beichte ablegen wollte. Und ich kann dir sagen, der Mann hatte die Absolution dringend nötig. Zu seinem Sündenregister gehörte sogar ein Mord; ist zwar schon eine Weile her, aber das ändert nichts an der Sündhaftigkeit der Untat.«

Die Frau drehte sich zur Seite und hob den Kopf. »Wie lange ist das her?«

»Zehn Jahre. Es geschah an Martini dreizehnhundertsiebzig.«

»An Martini dreizehnhundertsiebzig? Bist du sicher?«

»Ja, so hat er behauptet.«

Die Frau setzte sich auf. Die Hand des Mannes glitt über ihre Brüste. Sie schob sie weg.

»Wer war das, dem du die letzte Ölung gegeben hast?«, fragte sie mit zitternder Stimme.

»Ein Kapitän. Der Kerl hatte wahrlich lange genug mit der Beichte gewartet, und wäre ich eine Stunde später gekommen, wäre er ohne die Sakramente gestorben.«

»Was hat er gebeichtet?«

»Warum interessiert dich das Geschwätz eines alten Säufers?«

»Erzähl es mir!«, fuhr sie ihn an.

Der Mann wunderte sich, warum sie plötzlich so aufgeregt war, aber er hatte keine Lust auf Streit. Eine solche Frau war ein Geschenk Gottes, und er hätte alles dafür getan, dass sie seine Beischläferin blieb. So erzählte er ihr, was der Sterbende ihm gebeichtet hatte. Als er geendet hatte, stand die Frau auf und zog sich hastig an.

»Was ist denn, wo willst du hin?«

»Nichts. Ich muss los.« Sie warf sich ihr Ordenshabit über und verließ grußlos das Zimmer.

»Wann kommst du wieder?«, rief er ihr hinterher, erwartete aber schon keine Antwort mehr. Das Schäferstündchen war beendet.

»Frauen«, sagte der Mann, schüttelte den Kopf und schenkte sich Wein nach.

ERSTER TEIL

Lübeck

Veit Ellenbruch hatte einen gehobenen Zustand des Glücks erreicht, was ihm aber erst Monate später bewusst wurde. Damals, im Juli des Jahres 1380, war er das Gespött Lübecks und das schwarze Schaf der Familie Ellenbruch. Er hatte innerhalb nur weniger Monate das väterliche Vermögen in den Sand gesetzt; betrogen von windigen Partnern, verspekuliert in riskanten Geschäften und den Rest – da hatte seine Mutter nicht Unrecht, auch wenn es sich im Vergleich zu den Summen, die er im Heringsgeschäft verloren hatte, geradezu um Almosen handelte –, den Rest hatte er verhurt und versoffen. Die Ellenbruchs hatten innerhalb weniger Monate einen unglaublichen Abstieg erlebt. Einst eine der angesehensten Familien Lübecks mit Sitz im Rat und Haus am Koberg, besaßen sie plötzlich nichts mehr. Sie waren nunmehr auf die Hilfe von Verwandten und Freunden angewiesen. Seit vier Wochen lebten sie in einem windschiefen Handwerkerhaus hinter St. Annen, das Veits Mutter von den Zuwendungen ehemaliger Freunde seines Vaters gekauft hatte. Das Unglück der Familie Ellenbruch war das Stadtgespräch der letzten Monate gewesen; manchmal hatte Veit das Gefühl, sein Bekanntheitsgrad sei größer als der des Lübecker Bürgermeisters. Trotz seines nicht zu leugnenden Versagens als Kaufmann fühlte er sich seltsam unbeschwert. Früher, besonders nach dem Tod seines Vaters, hatte ihn stets ein schlechtes Gewissen geplagt, wenn er mit Freunden nächtelang durch die Stadt gezogen war, statt sich um die Geschäfte zu kümmern, wie es einem ehrenwerten Kaufmann und Ratsherrn anstand. Jetzt gab es nichts mehr zu verlieren und folglich keinen Grund, nicht das zu tun, was er am liebsten tat. Im Gegenteil: Zu Hause war er ohnehin unwillkommen; er hatte das Gefühl, dass er seiner Mutter und seiner Schwester einen Gefallen tat, wenn er sich möglichst selten sehen ließ. Nur sein kleiner Bruder Sievert, mit dem er sich Stube und Bett teilte, schien geradezu glücklich über die Entwicklung der letzten Monate. Wegen fehlenden Geldes, miserabler schulischer Leistungen und eines aufsässigen Charakters hatte man ihn auf der Lateinschule nicht länger dulden wollen, was für den Dreizehnjährigen einer Erlösung gleichkam. Seitdem trieb sich Sievert mit seinem Schachbrett in der Stadt herum. Er hatte schon immer nur dieses Spiel im Kopf gehabt. Veit konnte sich nicht erinnern, seinen Bruder je ohne das Holzbrett mit den magischen vierundsechzig Feldern gesehen zu haben. Mit dem, was dem Kleinen in der Schule jede Menge Ärger eingebracht hatte, verdiente er mittlerweile einen großen Teil des Lebensunterhalts der verarmten Ellenbruchs. Sievert spielte bevorzugt in den Kneipen auf der Traveseite, weil sich unten am Hafen oder mit Glück auch weiter oben in den Kaufmannsvierteln noch am ehesten welterfahrene Menschen fanden, die das Schachspiel kannten und ein paar Münzen gegen einen Dreizehnjährigen wetteten.

»Veit, wohin gehst du?«

»Ins ›Alte Zollhaus‹.«

»Nimm mich mit.«

»Nein, das geht nicht, Kleiner.«

»Warum? Wir könnten zusammen die Gäste unterhalten.«

»Ich will nicht die Gäste unterhalten, sondern ein paar Geschäfte machen.« Veit stand vom Bett auf, nahm die Laute von der Wand und hängte sie sich über die Schulter.

»Schöne Geschäfte«, sagte Sievert vorwurfsvoll.

»Es ist nicht, wie du denkst. Es geht um Politik, ein Geheimtreffen sozusagen. Es wird uns Geld einbringen.«

»Wozu brauchst du dann die Laute?«

»Nun ja, danach werden wir sicher noch ein wenig feiern.«

»Dabei könnte ich dir doch helfen.«

»Dabei, Kleiner, braucht mir niemand zu helfen.« Veit öffnete die Tür, bückte sich und trat in die enge Diele, versuchte, die am schlimmsten knarrenden Stufen der wurmstichigen Stiege zu meiden, und hoffte, unbemerkt das Haus verlassen zu können.

»Veit, wo willst du schon wieder hin?« Seine Mutter tauchte wie aus dem Nichts am unteren Ende der Treppe auf, als habe sie auf ihn gelauert.

»Ins Wirtshaus, Mutter.«

»Du machst dir ein schönes Leben, und wir verkommen hier in diesem Elend – und warum?« Sie kreuzte die Arme vor der Brust und sah ihn herausfordernd an.

»Nur wegen mir. Ich weiß, Mutter«, erwiderte Veit scheinbar einsichtig. »Ich bin mir meines Versagens voll und ganz bewusst, aber es bringt nichts, wenn ich hinter Sankt Annen den Kopf in den Sand stecke.«

»Es bringt noch weniger, wenn du das bisschen, was wir haben, auch noch versäufst«, schimpfte sie mit schriller Stimme.

Veit zwängte sich an seiner Mutter vorbei, die keinerlei Anstalten machte, auch nur einen Zentimeter zur Seite zu weichen. Stattdessen reckte sie den schmalen Kopf mit der Hakennase angriffslustig vor und schaute ihn aus schmalen Augen giftig an.

»Mutter, meine Taschen sind leer. Das Geld, das ich gestern beim Würfeln gewonnen habe, habe ich dir bereits gegeben«, sagte Veit entschieden, öffnete die Haustür und trat hinaus auf die enge Gasse zwischen der Mauer von St. Annen und den windschiefen Handwerkerhäusern.

Er atmete tief durch. Das Schlimmste war überstanden. Mit jedem Schritt, den Veit sein Zuhause hinter sich ließ, wurde seine Laune besser. Er ging die Webergasse hinunter bis an die Stadtmauer und bog rechts in die Mauerstraße. Ein Vorteil der neuen Wohnlage war zweifellos die kurze Entfernung zum Mühlentor, dem südlichen Ende Lübecks. Durch das Mühlentor kamen täglich die Fuhrwerke mit dem Salz aus Lüneburg, das hinter dem Tor gewogen und verzollt wurde. Hier gab es seit Menschengedenken ein Wirtshaus, in dem sich tagsüber Fuhrleute, Zöllner und Wachmänner einfanden und das nach

Torschluss ein beliebter Treffpunkt zumeist jüngerer Leute war, darunter auch solche, die eher in die besseren Gasthöfe auf der anderen Seite der Stadt passten. Zu denen hatte früher auch Veit Ellenbruch gehört. Was soll's, dachte Veit, als er die Mühlenstraße erreichte. Früher oder später hatte es so kommen müssen. Er war einfach kein Kaufmann. Nun ja, es war früher gekommen. »Was soll's«, sagte er laut vor sich hin und betrat das »Alte Zollhaus«.

Das »Alte Zollhaus« war angeblich tatsächlich einmal ein Zoll- und Wachhaus gewesen, und in dem tiefen und kalten Gewölbekeller soll zur damaligen Zeit – so erzählte man bisweilen – so mancher Halunke sein Leben ausgehaucht haben. Was auch immer in dem Gewölbe vorgefallen sein mochte – inzwischen diente es seit Generationen ausschließlich der Lagerung von Bier, Wein, Käse, Wurst und Schinken.

Das Wirtshaus genoss einen guten Ruf. Es war keine Hafenspelunke, in der sich Säufer und Huren herumtrieben. Die Küche konnte sich sehen lassen, das Bier war stets frisch, und die Weine – jedenfalls die, die abends ausgeschenkt wurden – gehörten zu den besten, die man in Lübeck zu trinken bekommen konnte.

Seit gut drei Jahren, nach dem frühen Tod ihres Mannes, führte Konstanze Dorn das Wirtshaus, zusammen mit ihrer nunmehr fünfzehnjährigen Tochter Friederike und einer Magd namens Hanna. Konstanze kümmerte sich persönlich um die Küche, verkostete Bier und Wein und kaufte nur von den besten Lieferanten. Zudem kam es in ihrem Hause selten zu Streit, und wenn es galt, doch einmal einen wilden Zecher vor die Tür zu setzen, dann waren stets genug Helfer zur Stelle. Außerdem war die Wache des Mühlentores gleich um die Ecke und jederzeit hilfsbereit, denn Konstanze Dorn war großzügig, was die Versorgung der Wachmänner anging. Sie konnte sich das leisten, denn das Gasthaus war eine Goldgrube. Neben der guten Küche, dem warmen Herdfeuer, das nie ausging, und dem stets kühlen Bier und Wein gab es noch einen weiteren Grund, warum das Gasthaus so bekannt und beliebt war. Konstanze Dorn war in jungen Jahren eine ausgesprochene Schönheit gewesen, und in gewisser Weise war sie es noch immer, auch wenn sich in ihrem Gesicht inzwischen Falten zeigten, ihre Hüften breit, ihr Bauch rund und ihre Brüste für den Geschmack der Zeit viel zu groß waren. Aber was sie an äußerer Schönheit im Laufe der Jahre eingebüßt hatte, glich sie mit Selbstbewusstsein, Natürlichkeit und einem heiteren Wesen aus. Und wenn das alles nicht genügte, konnte sie sich auf ihren klaren Verstand und eine flinke Zunge verlassen. Dann war da auch noch ihre Tochter Friederike, die zum Ebenbild ihrer Mutter heranwuchs und trotz ihres noch kindlichen Gemüts schon die Blicke der Männer auf sich zog. Die Gäste, die bereits seit Jahren das »Alte Zollhaus« besuchten, sprachen von der »kleinen Konstanze«, wenn sie den beiden Frauen ein Kompliment machen wollten – ein Vergleich, den Friederike mit einem verschämten Blick quittierte und der ihrer Mutter ein wehmütiges Lächeln entlockte.

Von allen Gästen des Wirtshauses gab es keinen, der Konstanze Dorn mehr zu schätzen wusste als Veit Ellenbruch. Wenige Wochen nach dem Tod ihres Mannes war es zum ersten Mal passiert: Sie hatten gezecht bis spät in die Nacht. Veit hatte mit seinen Liedern die Stimmung angeheizt, und Konstanze Dorn hatte neben ihm gesessen, gesungen und gelacht. Und irgendwann waren sie allein zurückgeblieben. »Ich helfe dir abräumen«, hatte er gesagt. »Morgen früh«, hatte sie geantwortet, ihn an die Hand genommen und in ihr Gemach geführt. Es war eine wunderbare Nacht gewesen, und viele andere Nächte waren dieser einen gefolgt.

Veit wusste nicht, ob er die Frau liebte, die zehn Jahre älter war als er, aber er genoss jede Minute an ihrer Seite. In der Stadt hatte man sich die Mäuler zerrissen über den reichen Kaufmannssohn und die Wirtin. Der Vater hatte ihn ins Gebet genommen: Eine standesgemäße Verbindung solle er eingehen, es gebe genug Möglichkeiten; Veit hatte jedoch alle Versuche, ihn mit einer der Lübecker Kaufmannstöchter zu verheiraten, abgewehrt. Nicht, dass er sich grundsätzlich geweigert hätte. Er war jedoch gottlob um Ausreden nie verlegen, wenn es wieder einmal ernst zu werden drohte. Statt auf Brautschau in den besseren Familien Lübecks zu gehen, verbrachte er seine Abende im »Alten Zollhaus« und die Nächte oft genug im Bett von Konstanze Dorn. Während der Monate seines geschäftlichen Niedergangs hatte sich daran nichts geändert. Konstanzes warmer Leib war ein Gottesgeschenk, das sich dem verarmten Veit Ellenbruch mit der gleichen Lust anbot wie ehemals dem reichen Kaufmannssohn.

»Der Ratsherr kommt. Konstanze, bring uns besseren Wein. Dieses saure Zeug kannst du den Fuhrleuten einschenken, aber nicht einem Herrn Ellenbruch.«

»Wie es aussieht, Goswin, hast du von dem sauren Wein schon wieder größere Mengen genossen«, bemerkte Veit.

»Nicht ohne Grund«, wusste Wicbold Langnase. »Goswin ist heute Vater geworden.«

»Das ist schön für Goswin, aber nicht unbedingt ein Grund zu feiern«, meinte Veit. »Wenn ich nicht völlig den Überblick verloren habe, Goswin, dann hast du neun oder zehn Kinder, und wenn hier jemand Anlass zum Feiern hat, dann bin ich es und Wicbold Langnase, weil wir – Gott sei Dank – nicht in so einer beschissenen Lage sind.«

Veit ging zum Ausschank und gab Konstanze Dorn einen Kuss auf die vollen Lippen, der ein bisschen zu lange dauerte und zu gierig war, um noch als sittsam zu gelten.

»Veit, lass die Wirtin los, es ist noch früh am Abend.«

»Veit, du bist großartig. Das liebe ich an dir: deinen Frohsinn. Du setzt eines der größten Vermögen Lübecks in den Sand und sprichst dann von Goswins beschissener Lage.«

»Veit, und stell dir vor, es ist wieder ein Mädchen. Goswin hat jetzt sieben Töchter.«

»Veit, ich brauche ein neues Bierfass. Es muss nicht sofort

sein. Setz dich erst und trink was. Willst du etwas essen? Du kannst das Fass danach holen.«

»Gerne möchte ich was essen, und gibt mir vorher bitte ein Bier.«

Veit trat an den Tisch seiner Freunde, setzte sich neben Goswin Tochsleger, den Viehhändler, umarmte ihn und drückte ihm einen Kuss auf die Backe. »Herzlichen Glückwunsch, Goswin. Wann haben wir die Geburt deiner letzten Tochter gefeiert? Das muss doch auch schon fast wieder ein halbes Jahr her sein.«

Wicbold Langnase, Henning Pinnow und Konstanze brachen in schallendes Gelächter aus.

»Ihr Idioten. Das ist genau ein Jahr her!«, protestierte der stolze Vater.

»Sag mal, Goswin, bist du im Bett auch so fix wie deine Frau beim Gebären?«

»Goswin hat täglich mit brünstigen Stieren zu tun. Wenn er abends nach Hause kommt, dann brennt er wie eine Fackel.«

»Goswin, wie soll das Kind eigentlich heißen? Gibt es überhaupt so viele Frauennamen, oder nummerierst du die Mädels einfach durch?«

»Wicbold Langnase. Ausgerechnet Wicbold Langnase muss diese Frage stellen. Wie heißt Wicbolds Stiefvater?«, fragte Goswin hämisch.

»Wicbold der Dicke!«, riefen die anderen im Chor. Es war ein oft genug geübter Spaß.

»Und wie heißt Wicbolds großer Bruder?«

»Er ist nicht mein Bruder. Nur angeheiratet sozusagen«, wehrte sich der Verspottete.

»Wicbold Plattnase!«, riefen die anderen im Chor und trommelten mit den Händen auf den Tisch.

»Und wie heißt der Bruder von Wicbold Plattnase?«

»Wicbold Langnase«, grölte der ganze Tisch.

Wicbold trank seinen Humpen aus. »Ihr seid bescheuert. Alle. Völlig bescheuert. Diesen Scheißwitz bringt ihr jeden Abend, und ich sage euch, er wird dadurch nicht besser.«

Friederike, die Tochter der Wirtin, und Hanna, die Magd, kamen mit je zwei Schüsseln, die einen herrlichen Duft verströmten, in die Gaststube und stellten sie vor den Männern ab.

»Was haben wir denn da, schönes Kind?«, fragte Wicbold und musterte Friederike mit gierigen Augen.

»Rinderlende, geröstet mit provenzalischen Kräutern, warmes Brot nach Art der Provence und Oliven in Öl. Ich empfehle euch dazu einen Wein aus Burgund. Einen trockenen Roten. Und ›schönes Kind‹ könnt ihr euch sparen«, sagte die etwa fünfzigjährige äußerst stämmige Magd, drehte sich um und walzte in die Küche zurück – das Gelächter der Runde ignorierend.

»Mein Gott, wer denkt sich so was aus?« Goswin schaute heißhungrig auf die beiden Schüsseln.

»Mama natürlich«, sagte Friederike stolz.

»Den Burgunder nehmen wir!«, rief Goswin der Dicken nach.

»Mama natürlich«, imitierte Wicbold Friederike und wackelte mit dem Oberkörper, als das Mädchen gegangen war.

»Vorsicht, Wicbold, du überschreitest die Spaßgrenze. Wenn Konstanze das sieht, gibt es Ärger. Sobald es um ihre Tochter geht, versteht sie keinen Spaß«, warnte Veit grinsend, aber mit ernster Stimme.

»Du musst es ja wissen.« Wicbold nahm sein Messer und spießte ein Stück Rinderlende auf.

»Ich muss es nicht wissen, aber ich weiß, wo sie keinen Spaß versteht«, sagte Veit.

»He, Jungs, jetzt hört auf mit diesem ernsten Geschwätz. Lasst uns trinken auf Sieglinde.« Goswins Zunge verriet schon deutliche Lähmungserscheinungen.

»Mein Gott, habt ihr das probiert? Großartig.« Wicbold schloss genießerisch die Augen.

»Wer ist Sieglinde?«

»Na, meine Tochter. Wir werden sie auf den Namen Sieglinde taufen lassen«, verriet Goswin.

»Sieglinde. Das ist nicht dein Ernst.« Veit lehnte sich zurück und schlug in gespielter Fassungslosigkeit die Hände vors Gesicht. »Sieglinde. Sag, dass das nicht wahr ist.«

»Wie kommst du auf Sieglinde?«, fragte Wicbold und tauchte das Weißbrot in Olivenöl. »Meines Wissens gibt es hier weit und breit keine Linden, außer vielleicht drüben am Schweineanger.«

Goswin suchte nach Worten. »Na ja«, sagte er, ließ es dabei bewenden und widmete sich nun auch mit größter Aufmerksamkeit der Rinderlende.

»Schweineanger ist gut. Sehr gut. Jetzt wissen wir wenigstens, wo es passiert ist«, sagte Veit.

Wicbold verschluckte sich beim Lachen an einem Stück Fleisch. Konstanze brachte den Burgunder. »Was ist los? Kaum lässt man euch fünf Minuten aus den Augen, schon benehmt ihr euch wie Kinder.«

»Kinder, Kinder«, krächzte Wicbold, noch sichtlich um Atem bemüht, aber schon wieder lachend.

Und dann lachte auch Goswin. »Idioten«, stammelte er. »Assolute Iiiidioten.«

Die Kunde von Goswins Vaterschaft verbreitete sich mit unerklärlicher Geschwindigkeit. Gegen acht tauchte eine Gruppe von Mittdreißigern auf, die sich als Goswins Schulkameraden vorstellten, den inzwischen schwer angeschlagenen siebenfachen Vater beglückwünschten und dann zu einem verschärften Zechen übergingen. Kurz darauf fanden sich die jungen Meister der Knochenhauerinnung ein. Goswin schüttelte Hände und trank auf das Wohl von Sieglinde, sooft er dazu aufgefordert wurde. Das »Alte Zollhaus« hatte sich gefüllt. Einer der Knochenhauer hatte sich Veits Laute geliehen und fing an zu singen.

Als sich die ersten Gäste verabschiedeten, tauchte Arnold Bylant auf, der Zunftmeister der Knochenhauer. Bylant war hier bislang noch nie gesehen worden, und die Gespräche verstummten, als der oberste Knochenhauer den Raum betrat.

»Wo ist der frisch gebackene Vater?«, rief Bylant in die Gaststube.

Eine Gasse tat sich auf, an deren Ende ein ziemlich mitgenommener Goswin Tochsleger am Tisch saß. Goswin wollte dem Zunftmeister die Ehre erweisen, doch seine Beine versagten. Er versuchte aufzustehen, kippte seitlich weg und wurde von Veit aufgefangen.

»Goswin Tochsleger, werte Zunftgenossen, liebe Freunde«, ließ der Zunftmeister sich vernehmen, worauf Veit ein etwas zu lautes »O nein« entfuhr.

»Heute ist ein Tag zum Feiern ...«

»So weit, so gut«, flüsterte Wicbold, der sich im Hof erleichtert hatte und an dem Zunftmeister vorbei seinem Platz am Tisch zustrebte.

Der Zunftmeister ließ sich nicht beirren. »So gut standen die Aussichten schon lange nicht mehr, will sagen, dass, äh, Goswin Tochsleger, herzlichen Glückwunsch, und nun, wie gesagt, äh ... Lasst uns den Becher erheben auf den Nachwuchs von Goswin Tochsleger und auf die Zukunft der Knochenhauer im Rat.« Bylant prostete Goswin zu, der in einem letzten Aufbäumen seinen Becher ergriff und das Gesöff – Konstanze bevorzugte inzwischen wieder eher mittelmäßige Qualität – in einem Zug hinunterstürzte. Danach verdrehte er die Augen, und der Kopf fiel auf die Platte des Eichentisches.

Bylant redete unbeeindruckt weiter. »Ich habe heute Abend, und das entschuldigt meine Verspätung, ein wichtiges Gespräch mit dem werten Herrn Bürgermeister Crudener geführt. Ich kann Euch versichern, dass wir Knochenhauer und mit uns vereint auch einige andere wichtige Zünfte auf dem besten Wege sind, den uns zustehenden Platz im Rat zu erlangen. Bürgermeister Crudener scheint dank unserer ständigen Bemühungen geneigt ...«

Veit drängte sich durch die Menge und ging hinaus auf den Hof. Er erleichterte sich auf dem Mist und genoss dabei die frische Luft. Es war warm, und der Himmel war bedeckt. Vielleicht würde es diese Nacht noch regnen, endlich regnen. Der warme Körper von Konstanze und ein kühler, frischer Regen ...

Veit träumte vor sich hin, als einer der Knochenhauer neben ihn trat.

»He, Veit, musst du pissen, oder hältst du nur deinen Schwanz unters Mondlicht?«

»Solltest du auch mal probieren. Zwei Minuten Mondlicht, und dann kann kommen, was will.« Veit packte sein wertvollstes Stück ein und ging in das Wirtshaus zurück.

»Bleibst du heute Nacht?«, fragte Konstanze, aus der Küche kommend.

»Ich flehe darum, dass Ihr mir Einlass gewährt.« Veit machte eine tiefe Verbeugung.

»Schmeichler.«

»... und ich habe klar und deutlich unsere Auffassung zum Ausdruck gebracht, dass es nicht angehen kann, dass die tragenden Säulen dieser Stadt weiterhin von den Entscheidungen ausgeschlossen bleiben. Leider gibt es im Rat noch zu viele, die ihren Sitz nicht eigener Leistung, sondern ererbtem Dünkel verdanken«, sagte Bylant.

In diesem Moment zwängte sich Veit Ellenbruch an Bylant vorbei und bahnte sich den Weg an die Seite von Goswin Tochsleger, dessen Kopf mit geschlossenen Augen auf den Eichenbrettern des Tisches ruhte.

»Ererbter Dünkel«, flüsterte Wicbold. »Was das wohl ist? Ich glaube, der meint dich.«

»Soll er. Lieber ererbter Dünkel als fortlaufender Sprechdurchfall. Prost.« Veit war wieder etwas zu laut, um unauffällig zu bleiben, aber gerade noch leise genug, um einen Skandal zu vermeiden.

Irgendwie bekam Bylant die Kurve, bevor es noch peinlicher wurde. »Und so erhebe ich mein Glas auf Goswin Tochsleger.« Der Zunftmeister trat einen Schritt nach vorn und stand nun unmittelbar vor Goswin Tochsleger, dessen Kopf immer noch auf dem Tisch ruhte und der ruhig atmend einen Becher Wein umfasst hielt. Bylant streckte seinen Becher in die Höhe und rief: »Auf Goswin!«, doch Goswin regte sich nicht.

»He, Goswin!«, rief ein junger Knochenhauer mit speckigem Hals.

Goswin rührte sich nicht.

»Goswin!«, brüllte einer, der neben Bylant stand.

»Goswin, Goswin, Goswin!«, riefen einige der Knochenhauer gemeinsam, und schließlich brüllten alle Gäste im Chor: »Goswin, Goswin, Goswin!« Sie hämmerten mit ihren Krügen und Bechern auf die Tischplatten und stampften mit den Füßen auf die Holzbohlen.«

»So eine Pfeife«, krakeelte der Speckhals. »Der Zunftmeister will mit dir anstoßen.« Der Speckhals griff in Goswins Haar, hob seinen Kopf hoch und ließ ihn wieder los. Der Kopf schlug auf die Tischplatte. »Schaut euch den an«, wieherte der Speckhals und wollte erneut in Goswins Haar greifen, doch Veit hielt seine Hand fest.

»Du gehst jetzt besser«, forderte er leise, aber bestimmt. »Und du kommst hier nie wieder her.« Er drückte seine Fingernägel in die Handfläche des Mannes, dem daraufhin Tränen in die Augen schossen. Der Mann bog sich vor Schmerzen, doch Veit ließ nicht nach. »Hast du verstanden?«

»Ja, ja, lass los«, wimmerte der Knochenhauer.

Ein Kumpan des Specknackens packte Veit am Kragen und versuchte, ihn wegzuziehen. Veit befreite sich mit einer schnellen Bewegung aus dem Griff. Der Mann holte weit aus und schlug mit wuchtiger Bewegung zu. Veit duckte sich, und neben ihm ging einer der Freunde des Specknackens zu Boden. Veit schaute in die Runde, und was er sah, war nicht ermutigend. In der Gaststube waren an die zwanzig Knochenhauer. Wicbold war pissen, Goswin lag im Koma, und der Kerl, der ihm gegenüberstand, setzte schon wieder zu einem wuchtigen Schlag an. Veit begann sich mit dem Gedanken zu beschäftigen, dass dieser Abend für ihn nicht vorteilhaft enden würde, als die Tür der Gaststube aufgerissen wurde und Konstanze mit dem Hauptmann der Wache eintrat. Alle drehten sich um.

»... und da haben wir gedacht, dass auch die Wache etwas

von diesem schönen Abend haben soll. Hauptmann, tretet ein, der glückliche Vater ist schon ein wenig derangiert, aber dennoch möchte ich Euch in seinem Namen auf einen Becher einladen, und natürlich gebe ich Euch noch einen Krug für Eure Leute mit«, verkündete Konstanze mit einem strahlenden Lächeln.

Mit der Ankunft des Wachmannes entspannte sich die Atmosphäre. Veit Ellenbruch und zwei Freunde packten den schnarchenden Goswin und trugen ihn in den Hof, wo sie ihn unsanft auf einen Strohhaufen fallen ließen. Goswin schnarchte weiter. »Da kann er liegen bleiben. Es wird schon nicht regnen heute Nacht«, sagte Veit. »Und wenn es regnet, macht es auch nichts, denn Goswin wird es nicht merken.«

Sie lachten und gingen zurück in die Wirtsstube.

Vor der Küche kam ihnen Arnold Bylant entgegen. Er fasste Veit am Arm. »Ich möchte mit Euch reden«, flüsterte der Zunftmeister und zog Veit auf den dunklen Hof hinaus, in eine Ecke hinter den Mist. Bylant schaute sich misstrauisch um.

»Guter Platz für ein Gespräch«, sagte Veit und atmete demonstrativ tief ein.

Bylant ignorierte das Gebaren. »Wie geht es Eurer verehrten Mutter?«

»Gut, Meister Bylant – den Umständen entsprechend.«

»Ich habe gehört, sie leidet schwer unter den, äh, Umständen.«

»Wir müssen die Prüfungen des Herrn annehmen, denkt an Hiob, das arme Schwein, was hat der nicht alles durchmachen müssen. Dagegen geht es uns noch blendend«, wiegelte Veit innerlich grinsend ab

»Die Verlobung Eurer Schwester wurde gelöst, wie man hört.«

»Da hört man richtig. Die jungen Leute haben heutzutage ihre eigenen Ideen, aber das wisst Ihr ja selber.« Veit Ellenbruch spielte darauf an, dass Bylants zweiter Sohn sich im letzten Jahr

Hals über Kopf einer Gauklertruppe angeschlossen und die Stadt verlassen hatte.

»Ich höre auch, Eure Schwester verdient sich so manchen Pfennig als Hutmacherin und Schneiderin dazu.«

»Da wiederum habt Ihr völlig falsch gehört, denn das würde ja gegen die Zunftordnung verstoßen. Meine Schwester hat einen erlesenen Geschmack, und da kommt so manche Jungfer und bittet um Rat, was sie denn tun könne, um ihrem Angebeteten noch verführerischer gegenübertreten zu können. Meister Bylant, Ihr kennt doch die Gefallsucht der Frauen.« Veit blinzelte Bylant zu, dessen Tochter sich im vergangenen Jahr von einem Gesellen hatte schwängern lassen, was der Zunftmeister durch eine eilig angesetzte und nicht ganz standesgemäße Hochzeit zu verbergen gesucht hatte.

Bylant, so meinte Veit Ellenbruch im Licht des Mondes zu erkennen, hatte sein leicht überhebliches Grinsen eingestellt. Über den Hof kamen zwei Gäste und stellten sich vor den Misthaufen, wobei sie sich angeregt unterhielten:

»Aber diese Praktiken sind von der Kirche streng verboten.«

»Was soll ich machen, wenn sie dabei grunzt wie eine rollige Sau.« Der Zecher ahmte das Stöhnen seiner Frau nach, und beide fingen an zu lachen.

»Dein Weib ist vom Teufel besessen.«

»Wenn der Teufel solche Wonnen verbreitet, dann soll er mir willkommen sein.« Das Plätschern verebbte, und die beiden Männer gingen in die Gaststube zurück.

Arnold Bylant machte das Kreuzzeichen. »O Herr, vergib ihnen, denn sie wissen nicht, was sie tun.«

»Meister Bylant, verzeiht, aber mich dürstet, und der Misthaufen ist kein Platz, an dem man über Gebühr verweilen sollte.«

Bylant straffte seinen Körper, atmete tief durch und rückte mit seinem eigentlichen Anliegen heraus.

»Ihr wisst vielleicht, dass die Zünfte seit geraumer Zeit einen Sitz im Rat beanspruchen. Das ist bisher immer abgelehnt worden. Die feinen Kaufmänner bleiben lieber unter sich. Inzwischen haben aber auch einige Kaufmänner gemerkt, dass es ohne die tragenden Säulen dieser Stadt nicht geht.«

»Und eine tragende Säule seid Ihr?«

»Die angesehenen Zünfte, allen voran die Knochenhauer und Viehhändler. Noch nie war die Zeit so günstig wie jetzt. Der Bürgermeister ist unserer Sache nicht abgeneigt. Eine Reihe von Ratsherren würde unser Anliegen ebenfalls wohlwollend prüfen.«

»Das war sicher nicht billig.«

Bylant überhörte die Bemerkung. »Wenn es demnächst zur Abstimmung kommt, wäre es natürlich sehr erfreulich, wenn Ihr die gerechte Sache der Zünfte unterstützen würdet.«

»Gerne würde ich das tun, verehrter Meister. Ich stehe allerdings gegenüber Ratsherren in der Pflicht, die unserer verarmten Familie mit einer monatlichen Zuwendung beistehen und die in dieser Frage leider eine andere Meinung vertreten.«

»Polemann. Barthel Polemann«, vermutete Bylant.

Jetzt überhörte Veit Ellenbruch Bylants Bemerkung. Der Knochenhauer hatte angebissen.

»Jedenfalls käme es mir schäbig vor, wenn ...«

»Was zahlt er Euch?«

»Es ist wirklich nicht bedeutend, aber ...«

»Wie viel?«

»Nun ja. Er zahlt eine monatliche Leibrente von dreißig Pfennig lübisch.«

»Dreißig Pfennig!«, wiederholte Bylant. »Da sieht man, dass bei den Pfeffersäcken das Geld locker sitzt, aber wenn es einer guten Sache dient, so wären auch wir bereit, dreißig Pfennig im Monat ...«

»Neben der Leibrente erhält meine liebe Mutter noch die eine oder andere Sonderzahlung.«

»Also, wie viel?«

»Für siebzig Pfennig könnte man darüber reden. Das wäre kaum mehr als das, was wir jetzt erhalten.«

»Mein Gott, Ellenbruch, siebzig Pfennig. Das ist mehr, als so mancher Zunftmeister …«

Veit wandte sich zum Gehen. »Überlegt es Euch.«

»Wartet. Ich muss das mit den anderen Zünften besprechen. Ihr hört von mir.«

»Ihr wisst ja, wo Ihr mich findet.«

Veit Ellenbruch würde bei nächster Gelegenheit seinen Ratssitz verlieren, aber solange er ihn noch innehatte, war er fest entschlossen, so viel wie möglich damit zu verdienen.

»Danke«, sagte Veit. Es war nach Mitternacht, und er legte sich zu Konstanze ins Bett. »Wenn du die Wache nicht geholt hättest …«

»Du riechst gut«, unterbrach sie ihn.

»Der Geruch von frischem Wasser.«

»Nein, das bist du.« Sie zog ihn an ihren nackten Körper, küsste ihn und massierte seinen festen Hintern.

»Veit«, hauchte sie. Sie spürte seinen Biss in ihr Ohrläppchen und presste sich gegen seinen Körper. »Oh, Veit.«

Am 12. August 1380, morgens um zirka fünf Minuten nach zwei, als Veit Ellenbruch den Höhepunkt des Glücks erlebte, starb im schonischen Falsterbo – etwa dreihundert Kilometer entfernt – ein Mann durch einen kurzen, präzisen Stich mit einem schmalen, spitzen Dolch, der durch die Brust direkt ins Herz drang – und dieser Mord sollte auch Veits Leben entscheidend verändern.

Ohne triftigen Grund wagte es niemand, Hans Molkentin, den Vogt von Falsterbo, zu nächtlicher Stunde aus dem Bett zu holen. Das lag zum einen daran, dass der Vogt nur schwer zu wecken war, da er abends zumeist so lange soff, bis ein Knecht oder ein Wachmann ihn zu Bett geleiten musste. Meistens dauerte es bis in die späten Vormittagsstunden, bis der Vogt nach dem Genuss des ersten Humpens Lübecker Exportbieres wieder ansprechbar war. Der andere Grund – aber möglicherweise war es auch dem übermäßigen Alkoholgenuss geschuldet: Der Vogt war ein überaus schlecht gelaunter Mensch. Die beiden Wachen waren daher nur zu froh, dass sich Lubert, der Hausknecht des Vogtes, anschickte, seinen Herrn aus dem Schlaf zu reißen, und damit dessen ersten Zornesausbruch empfangen würde. Lubert, der die Wutanfälle seines Herrn seit nunmehr vier Jahren mit stoischer Gelassenheit über sich ergehen ließ, nahm eine Öllampe und stieg die Treppe hinauf. Er bemühte sich gar nicht erst um ein vorsichtiges Wecken, sondern hämmerte mehrfach mit der Faust gegen die Tür.

»Herr, aufwachen, die Wache verlangt nach Euch!« Lubert wartete einen Moment und klopfte dann erneut gegen die Tür.

Es dauerte mehrere Minuten, bis Hans Molkentin eine erste Reaktion vernehmen ließ. »Hurensohn, du wagst es …!«, rief er und wurde dann von einem Hustenanfall gestoppt. Hans Molkentin schien sich die Seele aus dem Leib zu husten. Er rotzte und spuckte, stolperte über den blechernen Nachteimer und fluchte. »Bring mir Licht, du Bastard!«

Der Knecht öffnete die Tür zum Gemach des Vogtes.

»Herr, die Wachen verlangen nach Euch.«

»Wehe ihnen, wenn sie keinen triftigen Grund haben.«

Der Vogt erschien an der Treppe. Er trug eine mit Flecken übersäte Tunika, und die Hose schlotterte um seine dünnen Beine. Anscheinend hatte es Hans Molkentin am Vorabend nicht einmal aus seinen Beinkleidern geschafft, was den Vorteil hatte, dass das Ankleiden weniger Mühe bereitete als sonst. Langsam und schwerfällig hangelte der Vogt sich die Treppe hinunter. Lubert folgte mit der Lampe. Als Hans Molkentin die Diele erreicht hatte, schienen die dünnen Beine unter der Last des massigen Leibes einknicken zu wollen. Er setzte sich auf eine Treppenstufe.

»Also, was ist?«, raunzte er die beiden Männer an. »Hat es wieder einen erwischt?«

Der Ältere nickte. »Genau wie die beiden anderen. Ein Kaufmann, diesmal in der Rostocker Vitte. Wieder mit einem Messer in die Brust.«

»Dann haben wir den Falschen gerichtet. So ein Idiot – gesteht zwei Morde, obwohl er es gar nicht gewesen ist. Der kann von Glück sagen, dass er tot ist, sonst würde ich ihn mir vornehmen.«

»Auf der Streckbank gesteht so mancher. Selbst Dinge, die er nie getan hat«, gab der Wachmann zu bedenken.

»Den Unschuldigen gibt der Herr die Kraft, auch solche Prüfungen zu überstehen. Und wenn er die Kraft nicht hatte, so war er auch nicht unschuldig. Für irgendetwas hat er gebüßt. Irgendeinen Dreck hatte der am Stecken – wenn auch nicht unsere beiden Morde. Das war ein anderer, und wenn ich den Kerl erwische, wird er sich wünschen, er wäre nie geboren worden.« Der Vogt fasste sich mit beiden Händen an den Kopf. Seine grauen Haare waren zerzaust, und in den Stoppeln seines Bartes hing noch ein Teil des Schleims, der ihm das Atmen so erschwerte.

»Ich werde dem Henker auftragen, es diesmal besonders langsam zu machen, schon weil der Schuft mich um meinen Schlaf gebracht hat, und das wiegt schlimmer als der Tod von drei Pfeffersäcken.« Der Vogt hustete. Er hustete, bis er keine Luft mehr bekam und sich vor Schmerzen krümmte. Dann atmete er mit einem pfeifenden Geräusch ein und brachte mit tiefem Räuspern Schleim aus seiner Kehle herauf, den er zweimal von einer Backe zur anderen schob und dann ganz selbstverständlich auf die Dielen rotzte.

»Mein Kopf, mein Gott, wie spät ist es?«, keuchte er.

»Noch zwei Stunden bis Sonnenaufgang«, antwortete der Wachmann.

»Lubert, Rock und Mantel!«, raunzte der mächtigste Mann von Falsterbo. »Beeile dich – und vorher noch einen Becher Wein, gegen die Schmerzen.«

Es war dunkel, wie es dunkler nicht sein konnte. Weder Mond noch Sterne spendeten Licht. Wäre nicht die Lampe der Wachen, die den Weg erhellte, so wäre man in dieser Schwärze hilflos gefangen, dachte der Vogt und versuchte sich zu erinnern, ob es in Lübeck auch je so stockfinster gewesen war. Immerhin schien die Dunkelheit von Wolken zu künden, vielleicht würde es endlich regnen. Die Hitze der letzten Tage war unerträglich, und noch nie war der Gestank über der Stadt so penetrant gewesen. Auch in Lübeck roch es an jeder Ecke nach Fisch. Aber das war kein Vergleich zu Falsterbo. Falsterbo stank zum Himmel, und selbst Hans Molkentin, der gegen Gestank ziemlich unempfindlich war, was aufgrund seiner eigenen Ausdünstungen nicht verwundern konnte, fragte sich manchmal, wie Gott im Himmel einen solch fürchterlichen Geruch ertragen konnte. Falsterbo war eine Heringsstadt, das heißt, Falsterbo war nicht irgendeine Heringsstadt, sondern *die* Heringsstadt schlechthin. Nirgendwo auf der Welt wurden mehr Heringe angelandet und verarbeitet als auf der Halbinsel von Falsterbo. Es gab keinen anderen Grund für die Existenz dieser Stadt, die seit Menschengedenken ausschließlich vom Hering lebte. In der Heringszeit zwischen Jakobi am 25. Juli und Martini am 11. November geschah nichts in dieser Stadt, was nicht mit dem Silber der Ostsee zu tun hatte, und da war niemand, der nicht versuchte, aus dem ungeheuren Reichtum des Meeres sein Glück zu machen. Dass in den letzten Tagen der Gestank bestialische Ausmaße angenommen hatte, lag an der außergewöhnlichen Hitze und

Trockenheit dieses Sommers. Es hatte seit drei Wochen nicht mehr geregnet. Der letzte Regen, erinnerte Hans Molkentin sich verbittert, war ausgerechnet an Jakobi heruntergeprasselt, als er wie jedes Jahr zu Beginn der Heringszeit die Marktordnung verlesen hatte. An diesem verdammten Tag hatte er sich den Husten geholt. Der Vogt fluchte laut und stolperte den beiden Wachen hinterher. Endlich erreichten sie den Platz vor der Burg. Die Rostocker Vitte lag zwischen der Lübecker Vitte im Norden und dem Warnemünder Fischerlager am südlichen Strand. Die Wachen blieben stehen.

»Es war hier drüben rechts«, sagte der ältere der beiden Männer.

»Nein, ich glaube, wir müssen noch ein Stück die Straße hinunter und dann rechts«, meinte der andere.

»Schwachköpfe«, grunzte Hans Molkentin

»Hier lang«, sagte der ältere Wachmann bestimmt.

Der Vogt folgte unwillig, Lubert bildete schweigend den Schluss der nächtlichen Prozession. Sie irrten minutenlang durch die nächtlichen Gassen.

»Siehst du, es war weiter unten zum Strand. Ich hab es dir gesagt.«

»Dann gehen wir zurück auf die Burgstraße. Verdammt, es kann nicht mehr weit sein.«

Hans Molkentin hatte inzwischen völlig die Orientierung verloren. Die engen Gassen zwischen den Holzbuden der Rostocker Kaufleute unterschieden sich selbst bei Tag kaum voneinander. Missmutig stapfte er hinter den beiden Versagern her.

»Wenn ihr nicht bald die Leiche findet, lasse ich euch einsperren, ihr Idioten.«

»Ich hätte schwören können, dass es hier war.«

Sie gingen zurück auf die Burgstraße.

»Dort«, sagte der ältere Wachmann und wies mit der Hand in jene Richtung, wo etwa zehn Meter weiter eine Lampe aufleuchtete. Sie gingen darauf zu.

Mit dem Rücken an ein zerbrochenes Heringsfass gelehnt, saß

ein Mann mittleren Alters. Die Hände waren wie zum Gebet im Schoß gefaltet, auf der Brust zeigte sich ein kleiner Blutfleck. Der Mann war allem Anschein nach tot. Neben ihm standen zwei weitere Wachen.

»Jesusmaria, hab ich mich erschreckt. Wo kommt Ihr denn jetzt her? Wir hatten Euch von der Burg her erwartet, und jetzt kommt Ihr vom Strand herauf. Jesusmaria, mit einem Toten in der Nacht allein …«

»Halt's Maul, Schwachkopf«, befahl der Vogt. Er beugte sich zu dem Mann auf dem Boden und legte eine Hand an dessen Hals. Dann nahm er eine Lampe und hielt sie dem Toten vors Gesicht. Der Mann hatte einen gepflegten Kinnbart und schulterlanges dunkles Haar, in dem sich erste graue Strähnen zeigten. Seine Kleidung war einfach, aber von guter Qualität. An den Fingern der rechten Hand trug er drei massive Goldringe. Einer der Ringe war mit einem Diamanten besetzt – gegen Schaden, der durch andere Menschen verursacht werden könnte. Hat offenbar nichts genutzt, dachte Hans Molkentin und sah auf seinen eigenen Diamantring, der hoffentlich besseren Schutz gewährte. An dem zweiten Ring funkelte im Licht der Lampe ein Rubin, der Wacht halten sollte über Hab und Gut des Trägers. Den dritten Ring zierte ein Smaragd – zur Verhinderung von Augenkrankheiten, Fallsucht und zum Schutz vor Blitzeinschlägen. Die Hände waren sauber, und Hans Molkentin kam schnell zu der Überzeugung, dass es sich bei dem Toten um einen Kaufmann handelte.

»Für jemanden, der auf der Hauptstraße einen Dolch in die Brust bekommt, sitzt der Mann hier recht friedlich. Gibt es dafür eine Erklärung?«

»Nun ja, wir dachten, es wäre besser, wir bringen ihn hier an die Burgstraße, damit Ihr uns leichter findet«, erklärte einer der beiden »Totenwachen«. »Und wo wir ihn einmal gepackt hatten, konnten wir ihn ja nicht mehr so verdreht hinlegen, wie er dahinten im Dreck gelegen hat. Da haben wir ihn ordentlich hingesetzt …«

»Und ich hab ihm die Hände gefaltet, weil man ja nie weiß, wer sich seiner Seele bemächtigen könnte …«

»Und ich habe ihm das Wams gesäubert, weil – er lag ja richtig im Dreck, und das ist für einen Mann von so hohem Stand nicht würdig, denn man sieht ja ohne Zweifel, dass es sich hier um einen Kaufmann …«

»Schweigt!«, schrie der Vogt. »Ihr zwei seid das Dümmste, was mir je untergekommen ist.« Der Vogt überhäufte die Wachen mit einem Schwall der schlimmsten Flüche, die ihm einfielen. Dann übermannte ihn ein erneuter Hustenanfall. Hans Molkentin krümmte sich und spuckte Schleim. Das Spucken wollte kein Ende nehmen. Von Krämpfen geschüttelt, übergab sich der Vogt über Schuhe und Beinkleider des so friedlich an einer Heringstonne lehnenden Leichnams. Als er wieder zu Atem kam, zeigte sich am östlichen Horizont ein leichter Silberstreif. Der Tag hatte noch nicht einmal richtig begonnen, und Hans Molkentin wünschte nichts sehnlicher, als dass er endlich vorüber wäre. Ihn dürstete nach Wein, das leichte Zittern seiner Hände hatte wieder begonnen.

»Zeigt mir, wo ihr den Mann gefunden habt«, befahl er den Wachleuten, die bei der Leiche gewartet hatten. »Und ihr«, sagte er zu den anderen Wachleuten, »schafft den Toten in die Burg, bevor hier in einer halben Stunde die ersten Buden öffnen.«

Während die Männer, die den Vogt abgeholt hatten, darüber stritten, wie die Leiche zu transportieren sei, führten die beiden anderen den Vogt in eine Seitengasse, bogen einmal links ab und blieben dann an der nächsten Ecke stehen.

»Hier hat er gelegen.«

»Wie?«

»Wie? Na, wie ein Toter eben liegt.«

Der Vogt konnte einen Wutanfall nur mühsam unterdrücken. Er zwang sich, ruhig zu bleiben. Alles andere wäre seiner angeschlagenen Gesundheit abträglich.

»Los, leg dich hin und zeig mir, wie der Tote gelegen hat«, verlangte er.

Der Wachmann legte sich in den Staub der Gasse. »So ungefähr.«

»Stimmt«, sagte der zweite Wachmann. »Nur mit dem Gesicht in die andere Richtung.« Er legte sich nun ebenfalls auf die Erde und drehte seinem Kameraden den Rücken zu.

»Nein, so rum hat er nicht gelegen. Jedenfalls nicht gleich, aber vielleicht hat er sich dann so gedreht.«

»Ich denke, der Mann war tot?«, sagte Hans Molkentin.

»Ja, das schon. Tot, ja, ziemlich tot jedenfalls«, stammelte der Wachmann und erhob sich.

Der Vogt spürte, wie das Adrenalin in seine Adern schoss. Das Zittern seiner Hände wurde stärker, und obwohl er wusste, dass es nicht gut für seine Gesundheit war, platzte ihm erneut der Kragen. Er bedachte den Wachmann mit den übelsten Beschimpfungen, schlug ihm mit der flachen Hand ins Gesicht, dass ihm selbst die Finger schmerzten und der Geschlagene vor Schreck die Lampe fallen ließ, worauf es ziemlich dunkel wurde. In diesem Augenblick öffnete sich ein Fensterladen.

»Saufköppe, verschwindet hier!«, rief jemand, und im nächsten Moment ergoss sich eine übel riechende Flüssigkeit über den Vogt und die beiden Wachen. Nur Lubert blieb verschont, weil er ein paar Schritte abseits stand.

KAPITEL 3

Hans Molkentin hatte ausgiebig gefrühstückt und dabei einen Liter Lübecker Exportbier getrunken. Das Bier war seine Medizin. Sofort hatten seine Hände aufgehört zu zittern, und so beschissen der Tag auch begonnen haben mochte, nun sah die Welt wieder besser aus.

»Lubert, meinen Hut und den Mantel«, rief der Vogt. Es versprach zwar auch heute wieder heiß zu werden, aber ohne seinen Mantel aus feinstem Barchent und mit Hermelinkragen sowie dem dazu passenden Filzhut aus Biberhaar wollte sich Hans Molkentin nicht in der Öffentlichkeit sehen lassen. Er verkörperte die oberste Gerichtsbarkeit in dieser verdammten Stadt, und er repräsentierte seine Vaterstadt Lübeck. Obwohl auch die anderen Hansestädte mit Vögten in Falsterbo vertreten waren und die Fälle der niederen Gerichtsbarkeit in ihren Vitten regelten, war der Vogt Lübecks doch etwas Besonderes.

Lübeck war das Haupt der Hanse und der Vogt Lübecks allen anderen Vögten übergeordnet; er konnte auch über Strafen an Kopf und Hand entscheiden. Hinzu kam, dass Fasterbo seit dem Stralsunder Frieden von 1370 für fünfzehn Jahre der Verwaltung der Hanse unterlag, was in der Praxis nichts anderes bedeutete, als dass Hans Molkentin der unumschränkte Herr dieser Stadt war.

»Herr, mit Verlaub, Ihr solltet den Badstübner aufsuchen, bevor Ihr in die Burg geht«, riet ihm Lubert.

»Zum Badstübner gehe ich samstags, und heute ist Donnerstag«, entgegnete Molkentin unwirsch.

»Ich dachte nur, dass wegen der außergewöhnlichen Vorgänge heute Morgen …«

»Zerbrich dir nicht meinen Kopf. Es geht nichts über einen geordneten Tagesablauf. Feste Regeln. Lubert, merk dir das: Feste Regeln braucht der Mensch. Sonntags gehe ich zur Messe, samstags zum Badstübner. Heute ist Donnerstag, und donnerstags gehe ich in die Burg.«

»… und des strengen Geruchs, der Euch anhaftet …«

»Was redest du? Strenger Geruch – das ist doch lächerlich in diesem beschissenen Kaff, das zehn Meilen gegen den Wind nach Grum[1] stinkt.«

Hans Molkentin warf sich den Mantel mit dem Pelzkragen über und setzte die Mütze auf den Kopf. Vor der Tür warteten

---

1 Grum – Beim Ausnehmen des Herings anfallender Abfall, aus dem Heringstran gekocht wurde.

zwei Wachen, die ihn bei jedem seiner Schritte außerhalb seines Hauses und der Burg begleiteten. Die beiden dienten während der meisten Zeit des Tages ausschließlich zur Repräsentation – ein Lübecker Vogt hatte nun mal Anspruch auf die Begleitung durch Büttel. Ernst wurde es für die Männer erst, wenn es galt, den Vogt abends nach Hause zu schaffen.

In der Burg herrschte wie immer während der Heringszeit geschäftiges Treiben. Die Schreiber der Stadtverwaltung waren umlagert von Petenten. In der Diele war kaum ein Durchkommen. Die meisten Männer, die sich hier aufhielten – Frauen sah man hier selten –, warteten auf den Vogt. Hans Molkentin betrat das vierstöckige Gebäude durch den Eingang der Wachen, um sich nicht den Weg durch die Bittsteller bahnen zu müssen. Gleich neben der Tür lag die Leiche des ermordeten Kaufmanns und erinnerte ihn an die unerfreulichen Vorkommnisse am frühen Morgen. In dem Raum hing ein unangenehmer Geruch, eine Mischung aus Erbrochenem und Tod.

»Weiß man schon, wer das ist?«, fragte Molkentin den Hauptmann der Wache.

»Ja, Herr. Thiedemann Paternostermaker. Kaufmann aus Rostock. Der Rostocker Vogt hat ihn erkannt.«

»Danzig, Lübeck, Rostock. Bin gespannt, wie das weitergeht«, murmelte der Vogt und wies den Hauptmann an, den Rostocker Vogt zu ihm zu bringen.

»Der wartet schon oben«, erhielt er Bescheid.

Hans Molkentin erklomm keuchend die Treppen in den zweiten Stock der Burg, wo sich seine Amtsstube befand, vor deren Tür der Rostocker Vogt auf ihn wartete. Der Magister Arndt Stubbe war ein noch junger Mann und entstammte einer angesehenen Rostocker Kaufmannsfamilie. Für ihn war es die erste und wahrscheinlich letzte Heringszeit in Falsterbo. Anders als für Hans Molkentin war das Amt des Vogtes für Stubbe nicht in erster Linie eine Aufgabe zwecks Gelderwerbs, sondern es diente ihm als Vorbereitung auf eine Mitgliedschaft im

Rat seiner Heimatstadt und vielleicht sogar auf den Posten als Bürgermeister in ein paar Jahren. Hans Molkentin war dem Rostocker seit Eröffnung der Heringszeit zweimal begegnet, und er konnte ihn von Anfang an nicht ausstehen. Er verachtete diese Jünglinge aus reichem Hause, denen alles in die Wiege gelegt wurde, die mit ihrem gestelzten Benehmen, ihrer modischen Kleidung und dem hochmütigen Augenaufschlag nichts anderes als Geringschätzung für einen wie Hans Molkentin auszudrücken schienen. Stubbe streckte die Hand zur Begrüßung aus, die Molkentin beiläufig drückte, um sich dann an dem Rostocker vorbei in die Amtsstube zu schieben. Dabei entging ihm nicht, dass der Rostocker angewidert die Nase rümpfte und sich die Hand an seinem roten Rock abwischte.

»Tretet ein.« Hans Molkentin bedeutete dem Rostocker, Platz zu nehmen, und ließ sich selbst hinter einem grob gezimmerten Eichentisch in einen Lehnstuhl fallen.

»Herr Molkentin, ich muss protestieren«, begann das Milchgesicht sogleich.

»Nur zu, protestiert«, antwortete Molkentin, schälte sich aus seinem Mantel und wischte sich den Schweiß von der Stirn.

»Der Fall des ermordeten Kaufmanns Thiedemann Paternostermaker fällt eindeutig in meine Zuständigkeit. Es handelt sich um einen angesehenen Bürger der Stadt Rostock, und die schreckliche Mordtat …«

»Drewes!«, schrie Hans Molkentin, den Rostocker unterbrechend, woraufhin dieser ihn fassungslos anschaute. Die Tür wurde geöffnet, und ein Diener erschien. »Drewes, bring mir was zu trinken. Das ist ja heute wieder nicht zum Aushalten«, sagte der Vogt und ließ offen, ob er damit den Rostocker, die Hitze oder die Welt im Allgemeinen meinte.

»Ja, Herr, Roten oder Weißen?«

»Weißen.« Der Diener zog die Tür zu, und Hans Molkentin schaute den Rostocker freundlich an, der anscheinend den Faden verloren hatte.

»Schreckliche Mordtat«, sagte Molkentin – nicht etwa um

ihm auf die Sprünge zu helfen, sondern um ihm zu zeigen, wer hier Herr der Lage war.

»Jedenfalls wurde ein Rostocker Kaufmann in der Rostocker Vitte ermordet.«

Glaubte dieser kleine Pfeffersack wirklich, mit derlei Schafscheiße könne er einen Hans Molkentin beeindrucken? »Dass einer aus Rostock kommt, sieht man ihm nicht an. Zumindest nicht, wenn es stockdunkel ist.« Molkentin lachte. »Zudem ist die Gegend, wo Euer Mann gefunden wurde, zwischen Rostock und Lübeck umstritten.«

»Es handelt sich seit siebzig Jahren um Rostocker Besitz ...«

»... der an einen Lübecker verkauft wurde.«

»Dieser Verkauf wird von uns angefochten.«

»Ist mir bekannt.«

»Also, äh ...« Der Rostocker war verunsichert.

»Also unten liegt die Leiche des sicher ehrenwerten Paternostermaker aus Rostock und fängt an, die ganze Bude voll zu stinken. Nehmt ihn mit, sobald der Medikus den Mann inspiziert hat.«

»Heißt das, dass Ihr meine Zuständigkeit akzeptiert?«

»Für die Beseitigung der Leiche eindeutig – ja. Für den Rest leider nein. Selbst wenn es so wäre, dass der Rostocker in der Rostocker Vitte ermordet wurde, so wird doch an der Art und Weise, wie dieses Verbrechen ausgeführt wurde, klar, dass es im Zusammenhang mit den zwei anderen Morden steht.«

»Mit welchen anderen Morden?«

»Mit denen an dem Danziger Hieronymus Pracht, erstochen in der Nacht zum sechsundzwanzigsten Juli, also genau nach Eröffnung der Heringszeit, und dem Lübecker Bartholomäus Gedecker, erstochen in der Nacht zum neunundzwanzigsten Juli.«

»Für diese Morde habt Ihr doch letzten Monat einen Prahmkerl hängen lassen.«

»Es war kein Prahmkerl, sondern ein Fischer, und ich hab ihn nicht hängen, sondern rädern lassen«, korrigierte Molkentin.

Der Diener kam und stellte einen Krug Wein und zwei Becher auf den Eichentisch.

»Nehmt Ihr auch einen Schluck?«, fragte Molkentin den Rostocker Vogt.

»Nein, danke.«

Der Lübecker goss sich ein und trank mit sichtlichem Genuss.

»Wie kann dann also der Mord an Thiedemann Paternostermaker mit den beiden anderen Untaten zusammenhängen, wenn diese längst gesühnt sind?«, wunderte sich Stubbe.

»Der Mann hat gelogen«, sagte Molkentin.

»Wer?«

»Der Fischer hat gelogen, hat behauptet, er habe die beiden umgebracht, aber er kann es nicht gewesen sein, sonst würde Euer Paternostermaker noch leben.«

»Mit Verlaub – ich versteh es nicht.«

Hans Molkentin seufzte. Er war dabei, einen Fehler zu machen, merkte er. Es wäre besser gewesen, die ganze Geschichte ruhen zu lassen. Die Morde an den beiden Kaufleuten waren offiziell geklärt. Der Fischer hatte gestanden – in der peinlichen Befragung. Wäre er unschuldig gewesen, hätte Gott ihm die Kraft gegeben, den Schmerzen zu widerstehen. Stattdessen hatte er beide Morde zugegeben. Aber Hans Molkentin war sich sicher, dass der Mann gelogen hatte. Dennoch wäre es besser gewesen, kein Wort darüber zu verlieren. Statt dem Rostocker mit der Leiche auch die Zuständigkeit für die Aufklärung des Verbrechens zu übergeben, war er drauf und dran, sich nichts als Ärger einzuhandeln. Dass er den Falschen hatte rädern lassen, war dabei noch das geringste Problem. Es ging um seine Autorität, sein Ansehen und womöglich sogar um seinen Kopf. Hans Molkentin wusste das alles. Er trank einen Schluck Wein.

»Es kommt selten genug vor, dass in Falsterbo ein Kaufmann ermordet wird. In den acht Jahren, seit ich dieses Amt angetreten habe, hatten wir sieben oder acht Fälle. Streit beim Würfeln, Betrug, Liebe, Eifersucht – die Motive lagen auf der Hand. Meistens gab es Zeugen. Einmal wurde ein Niederländer erstochen. Man fand ihn mit einem Messer im Rücken. Es war die heimtückische Tat eines Hamburger Kaufmanns, der geprellt worden war.«

Hans Molkentin machte eine Pause und nahm wieder einen Schluck Wein. »Das hier ist anders«, fuhr er fort. »Schon der erste Mord war anders. Hieronymus Pracht war ein gestandenes Mannsbild, ein kräftiger Kerl, einer, bei dem man sich dreimal überlegt, ob man einen Streit mit ihm anfängt. Wenn man einen solchen Mann töten will, braucht man Kraft und Mut, und selbst dann kann man nicht sicher sein, ob man nicht den Kürzeren zieht. Solch einem Mann lauert man auf, erschlägt ihn von hinten oder rammt ihm ein Schwert in den Rücken. Stattdessen wurde er mit einer kleinen Dolchwunde in der Brust gefunden. Ein Stich ins Herz. Präzise und tödlich. Es gab keine Kampfspuren. Das Gleiche bei Bartholomäus Gedecker. Der war zwar kein Hüne, aber der Tathergang war ähnlich. Wie Pracht war auch er auf dem nächtlichen Weg nach Hause und wurde ebenfalls mit einem einzigen Dolchstich in die Brust getötet.«

Der Lübecker Vogt schaute den Rostocker an, der immer noch nicht zu verstehen schien.

»Im dänischen Krieg habe ich Männer gesehen, denen ein Schwert im Leib steckte und die noch Stunden gelebt haben. Einem Lüneburger Landsknecht habe ich vor Kopenhagen einen Armbrustbolzen aus der Brust gezogen, und der Mann hat drei Tage später wieder gekämpft. Ich sage Euch, es ist nicht so leicht, einen Menschen mit einem einzigen Stich in die Brust zu töten. Und nun haben wir den dritten Mord innerhalb von knapp drei Wochen. Auch wenn ihr gerne einen spektakulären Fall hättet, um Eure Tüchtigkeit unter Beweis zu stellen, Stubbe – diesen kann ich Euch nicht lassen, weil er nicht allein die Rostocker Vitte betrifft, sondern alle Hansen in Falsterbo.«

Arndt Stubbe zupfte nervös am Kragen seines Gehrocks. Dieses alte, stinkende Schwein war nicht zu unterschätzen.

»Wenn Ihr so sicher seid, dass die Fälle zusammengehören, habt Ihr doch gewiss nach einer verbindenden Causa gesucht?«

»Beide hatten Ärger mit demselben Fischer, der schon früher durch seine Gewalttätigkeit aufgefallen war, doch wir wissen jetzt, dass der inzwischen leider irrtümlich gerichtete Fischer nicht die ›verbindende Causa‹, wie Ihr so schön sagt, gewesen sein kann. Jetzt muss ich wohl von vorne anfangen. Dabei könntet Ihr mir hilfreich sein, wenn Ihr mir etwas über das Leben des Thiedemann Paternostermaker in Erfahrung bringt. Mit wem hat er verkehrt, wer waren seine Geschäftspartner, Familie und so weiter? Ich werde indessen herauszufinden versuchen, wie der gute Mann seine letzten Stunden verbracht hat.«

Noch am gleichen Tag traf sich Arndt Stubbe mit den Vögten der anderen Hansestädte. Wenn er schon nicht durch die Aufklärung eines Mordes von sich reden machen konnte, so doch vielleicht, indem er den entscheidenden Anstoß zur Aufklärung des Verbrechens gab. Und wenn es nicht gelang, den Mörder zu finden, dann war es wenigstens nicht seine Schuld. Vorangehen, immer der Erste sein – das hatte ihm sein Vater mit auf den Weg gegeben, und jetzt bot sich die Gelegenheit. Arndt Stubbe hatte einen Brief an den Rat der Stadt Lübeck entworfen, und es gelang ihm, die anderen Vögte davon zu überzeugen, dieses Schreiben gemeinsam zu unterzeichnen.

KAPITEL 4 · LÜBECK, 12. AUGUST 1380

Veit Ellenbruch pflegte seit einigen Jahren ein Ritual, dessentwegen ihn einige seiner Bekannten für einen verrückten Sonderling hielten: Er schüttete sich morgens ein paar Eimer Wasser über den Kopf. Am Koberg war er dazu stets zum Brunnen im Hof gegangen. In der neuen Unterkunft bei St. Annen blieb ihm nur der kleine Gemüsegarten hinterm Haus, und das Wasser musste er sich jetzt vom Brunnen an der Ecke zur Stavenstraße holen. Einfacher war es dagegen im »Alten Zollhaus«. Dort gab es hinter dem Wirtshaus einen Hof mit einem Misthaufen, auf dem ein paar Hühner scharrten, mit einem alten Lagerschuppen, hinter dem sich noch ein Gemüse- und Kräutergarten erstreckte, und mit einem nicht allzu tiefen Brunnen, der sich in einer Ecke zwischen Wirtshaus und Schuppen befand. Mit ein paar Umdrehungen der Kurbel war das klare Wasser heraufgeholt. Seit er seinen Vater in jugendlichem Alter nach Falsterbo begleitet hatte und dort als Folge einer Rangelei kopfüber in einem Grumbottich gelandet war, wusch er sich auf diese Weise. Es hatte Tage gedauert, bis Veit damals den Fischgestank losgeworden war. Mit Ekel dachte Veit an die widerlichste Episode seines Lebens zurück, wann immer er den Gestank rohen Fisches roch. Mit dem täglichen Bad versuchte er sich zu vergewissern, dass er den schrecklichen Gestank auch wirklich losgeworden war. Veit legte das Badetuch über den Rand des Brunnens, hob den hölzernen Bottich über den Kopf und ließ das kühle Nass in einem Schwall über seinen nackten Körper strömen. Dann beförderte er den Bottich zurück in den Brunnen und wiederholte die Prozedur. Danach trocknete er sich ab, wobei er im Fenster der Waschküche den Blondschopf von Friederike erkannte, die ihn frech angrinste. Konstanzes Tochter war kein Kind mehr, und ihre Mutter war anscheinend die Einzige, die das noch nicht bemerkt hatte.

Veit wickelte sich das Tuch um die Hüften, füllte den Wassereimer erneut und trug ihn hinüber zu dem Strohhaufen, auf dem Goswin noch genauso lag, wie sie ihn in der Nacht dort abgelegt hatten. Veit goss ihm das Wasser über den Kopf. Goswin schreckte auf und sah sich verstört um, bis sein schmerzvoller Blick an Veit Ellenbruch hängen blieb.

»Du heißt Goswin Tochsleger, wohnst in der Fleischhauerstraße, bist verheiratet und hast gestern Abend die Geburt deiner siebten Tochter gefeiert, die auf den schönen Namen Sieglinde hören soll, und ich bin Veit Ellenbruch, dein Freund.

Ich habe dich beschützt vor dem Übermut deiner betrunkenen Nachbarn und dir dieses Nachtlager bereitet, damit du deinen Rausch ausschlafen kannst.«

»Sei einfach ruhig, ja?«, bat Goswin mit heiserer Stimme.

»Sicher, lieber Freund, ich schweige und werde dich nicht weiter belästigen. Ein Wort des Dankes deinerseits wäre durchaus angemessen, aber wenn du nicht willst ...«

»Oh, mein Kopf.«

Veit frühstückte in der Küche, nachdem sich Goswin verabschiedet und seine nicht unbeträchtliche Rechnung beglichen hatte. Er aß Haferbrei, in den er sich Stücke eines recht sauren Frühapfels geschnitten hatte, und sah Konstanze bei den Vorbereitungen für den Mittagstisch zu.

»Kommst du heute Abend?«, fragte sie ihn.

»Äh, nein, ich habe eine geschäftliche Verabredung.«

»Mit Margarete Weversen? Schöne Geschäfte.«

»Unsinn, wer behauptet denn so etwas?«

»Die ganze Stadt spricht darüber.«

»Dummes Geschwätz.«

»Bezahlt sie dich wenigstens gut?«

»Was soll das? Bin ich dir Rechenschaft schuldig über meine Geschäfte?«

»Bah, von wegen Geschäfte. Letzte Nacht heuchelst du Liebe, und diese Nacht verbringst du bei einer anderen. Du mieser Schuft.«

Veit ließ seinen Löffel auf die Eichenbretter des Küchentisches fallen und stand auf. Diese Unterhaltung würde zu nichts führen. Er kannte Konstanzes Eifersuchtsanfälle, und es war dann immer das Beste, sich einfach zu verdrücken. Größere Sorgen bereitete ihm, dass sein Verhältnis mit der reichen Witwe ganz offensichtlich nicht unbemerkt geblieben war. Er würde in Zukunft vorsichtiger sein müssen.

Margarete Weversen, geborene Schäning, entstammte einer Lübecker Kaufmannsfamilie, die ihr Geld seit Generationen mit dem Verkauf kleinerer Mengen von Gütern des täglichen Bedarfs zwischen Hamburg und Lübeck verdiente. Die Schänings hatten den Sprung vom Krämer zum Kaufmann nie wirklich geschafft, und so war der alte Schäning froh, dass er seine junge und schöne Tochter an einen der großen Lübecker Fernhandelskaufleute verheiraten konnte. Die Sechzehnjährige hatte sich zwar zunächst geweigert, weil der für sie auserwählte Gatte mehr als vierzig Jahre älter als sie war. Margaretes Vater hatte seine Tochter dennoch zu der Heirat überreden können, nicht zuletzt mit dem Argument, dass Wigbert Weversen schon recht gebrechlich sei und aller Wahrscheinlichkeit nach bald das Zeitliche segnen werde, woraufhin seine junge Witwe als Alleinerbin zu den reichsten Frauen Lübecks zählen würde. Es war anders gekommen. Zunächst war der alte Schäning gestorben, und dann hatte Margarete Weversen ihrem aufblühenden Mann in kaum fünf Jahren drei Töchter geboren. Die jüngste war im letzten Jahr verheiratet worden, und erst danach hatte sich Wigbert Weversen für immer zur Ruhe gelegt. Nur wenige Tage später entschloss sich die Witwe Weversen, das nachzuholen, was ihr Vater ihr schon vor gut vierundzwanzig Jahren in Aussicht gestellt hatte. Bei der Beerdigung ihres Mannes nahm sie die Beileidsbekundungen ihres Nachbarn Veit Ellenbruch mit den Worten entgegen, nichts sei ihr willkommener als ein wenig Ablenkung, um den Schmerz des Verlustes zu bewältigen, woraufhin Veit Ellenbruch noch am gleichen Abend bei der attraktiven Witwe geklopft und Einlass gefunden hatte. War es zunächst bei vereinzelten Besuchen seitens Veit Ellenbruchs und kleinen Geschenken seitens der Witwe geblieben, so verstetigten sich seit dem Niedergang des Hauses Ellenbruch Veits Aufwartungen bei der lebenshungrigen Frau, und die Aufmerksamkeiten der Witwe erreichten eine Regelmäßigkeit, die Veit eine einigermaßen vernünftige Lebensplanung möglich machte. Er besuchte die Weversen jeden Mittwochabend und verließ das Haus am nächsten Morgen. Danach ging er über den Markt, kaufte Fleisch, Gemüse und Brot und trat dann den Heimweg nach St. Annen an. Das übrige Geld genügte, um ohne größere finanzielle Sorgen über die Woche zu kommen.

KAPITEL 5 · LÜBECK, AUGUST 1380

Im Rathaus der Stadt Lübeck trafen sich an diesem heißen Sommertag Mitte August zwei Männer, die unterschiedlicher kaum hätten sein können und dennoch seit mehreren Jahren eng und erfolgreich zusammenarbeiteten. Wolter Crudener, der sechzigjährige Lübecker Bürgermeister, der im Heringshandel begonnen hatte und auch heute noch den größten Teil seiner Geschäfte mit Schonen abwickelte, und Betke Osenbruge, der junge Lübecker Richteherr. Crudener entstammte einer alten Kaufmannsfamilie, Osenbruge war als Waise bei den Franziskanern aufgewachsen. Von seiner Mutter wusste er nichts und von seinem Vater immerhin so viel, dass dieser wegen Raubmordes am Köpfelberg geendet war. Das Wissen um seine Herkunft teilte er nur mit einem alten Franziskanermönch, auf den er sich verlassen konnte. So war es ihm gelungen, sich als Sohn einer Kaufmannsfamilie auszugeben, die bei einem Straßenraub ermordet worden war. Der kleine Betke hatte als Einziger überlebt und war von den Franziskanern aufgenommen worden, so die erfundene Geschichte des Betke Osenbruge.

Crudener hatte sich zeit seines Lebens den Tafelfreuden hingegeben und war von ungewöhnlicher Leibesfülle. Osenbruge vermittelte dagegen den Eindruck eines Asketen. Die Mönche hatte er durch seine Gelehrigkeit und sein Wissen beeindruckt. Schon als Vierzehnjähriger kannte er nahezu sämtliche Streitfragen der Sophisten und die unterschiedlichen Positionen, die es dazu gab, wobei nur wenigen auffiel, dass er sich selbst nie für die eine oder andere entschied, sondern je nach Gesprächspartner heute den einen und morgen den entgegengesetzten

Standpunkt vertreten konnte. Crudener hatte den ihm vorgezeichneten Weg als Kaufmann eingeschlagen. Er war in den Rat aufgenommen worden und bekleidete seit nunmehr drei Jahren das Amt des Bürgermeisters, an dem ihn hauptsächlich interessierte, wie man es zum persönlichen geschäftlichen Vorteil einsetzen konnte. Und genau das war die Grundlage für eine gute und reibungslose Zusammenarbeit mit Osenbruge. Dieser hatte nach einem Studium der Theologie und Jurisprudenz ein Amt in der Stadtverwaltung angetreten und sich vom Schreiber zum Richteherrn der niederen und sehr bald der höheren Gerichtsbarkeit emporgearbeitet, einem Amt, das vielfältige Möglichkeiten zur persönlichen Vermögenssteigerung eröffnete. Beide, Crudener und Osenbruge, interessierten sich für Politik nur im Zusammenhang mit Geschäften. Ob die Beckergrube ein neues Pflaster benötigte, wie viele Bettelscheine ausgegeben werden sollten, ob der Graben um die Stadtmauer gesäubert werden musste, wie streng die Zunft- und Marktordnungen einzuhalten waren – bei all diesen Fragen prüfte das ungleiche Paar zunächst, welche persönlichen Vorteile und Gewinne ihnen die eine oder andere Entscheidung bringen könnte.

Wolter Crudener saß in seinem Amtszimmer und schaute erneut auf das Schreiben, das die Hansevögte aus Falsterbo an ihn gerichtet hatten. Osenbruge blickte in das speckig-feiste Gesicht des Bürgermeisters und wusste, dass es Ärger gab. Irgendwo war ein Sandkorn in diesem göttlichen Getriebe des Anhäufens von Reichtum aufgetaucht und drohte den reibungslosen Ablauf zu stören. Crudener war besorgt, aber er, Betke Osenbruge, würde das Sandkorn finden und beseitigen. So war es immer, wenn Crudener ihn rufen ließ und mit sorgenvoller Miene hinter seinem Schreibtisch saß.

»Drei tote Pfeffersäcke, ein fälschlicherweise hingerichteter Fischer, ein angeblich untätiger und unfähiger Lübecker Vogt und ein Rostocker namens Arndt Stubbe, der sich erdreistet, Forderungen an den Lübecker Rat zu stellen«, fasste Crudener das Schreiben zusammen.

»Arndt Stubbe?«

»Ihr kennt den Mann?«

»Aus Prag. Er fing dort an zu studieren, als ich mit meinem Studium schon fast fertig war. Reich, ehrgeizig und intelligent. Wir sollten also vorsichtig sein. Was will er?«

»Wir sollen einen Ratsherrn schicken, der die Untersuchung der Morde übernimmt, weil Hans Molkentin überlastet sei.« Crudener schob das Schreiben der Hansevögte über den reich verzierten Schreibtisch.

»So ein Unsinn. Molkentin ist ein guter Vogt«, sagte Osenbruge.

»Wir haben bestens mit ihm zusammengearbeitet, aber vielleicht sind ihm die Dinge in den letzten Jahren ein wenig entglitten. Falsterbo kostet uns eine Menge Geld. Als wir die Stadt vor zehn Jahren im Stralsunder Frieden von den Dänen erhalten haben, hat niemand damit gerechnet, dass dies auf Dauer ein Verlustgeschäft werden würde«, hielt Crudener dagegen.

Osenbruge musste grinsen. »Die Verluste zahlt die Hanse. Ihr selbst habt bislang gute Gewinne in Falsterbo gemacht.«

»Und so soll es auch bleiben«, antwortete der Bürgermeister, ebenfalls mit einem Lächeln.

»Was wir also nicht brauchen können, sind irgendwelche Untersuchungen, die möglicherweise zu ganz falschen Ergebnissen führen.« Der Richteherr wusste nur zu gut, wie und auf welche Weise Wolter Crudener an den zahlreichen Betrügereien in Falsterbo mitverdiente. Aber das behielt er lieber für sich – derzeit zumindest.

»Wenn wir niemanden schicken, wird es Ärger geben – spätestens beim Hansetag im Dezember«, fürchtete der Bürgermeister. »Vielleicht sollten wir jemanden auswählen, der es mit den Ermittlungen nicht ganz so ernst nimmt.«

»An wen denkt Ihr? Wyddenbrugghe?«

»Zu alt.«

»Buxtehude? Er braucht Geld, wie man sich erzählt.«

»Zu ehrgeizig.«

»Rode?«

»Hermann Rode ist unberechenbar. Da kommt jemand, der mehr zahlt, und schon wechselt er die Seiten. Rode ist gefährlich. Ich höre zudem, er paktiere mit den Knochenhauern.«

Stille trat ein. Der Richteherr und der Bürgermeister schienen die Liste der Ratsherren – vierundzwanzig Amtsinhaber, von denen die Hälfte im Februar ausscheiden würde, und zwölf berufene Nachfolger – in Gedanken durchzugehen. Plötzlich zeigte sich ein breites Grinsen in Osenbruges Gesicht. Dann begann er zu lachen.

Crudener schaute ihn missmutig an. »Was lacht Ihr?«

»Nehmt es mir nicht übel, aber ich dachte gerade an einen, der mit Sicherheit nichts herausfinden wird, einen gutgläubigen, naiven Trottel, der seine Tage im Wirtshaus verbringt und seine Nächte bei Huren.«

Jetzt strahlte auch das feiste Gesicht des Bürgermeisters. »Was für eine geniale Idee, verehrter Osenbruge. Wahrlich genial – wir schicken ihnen Veit Ellenbruch.«

KAPITEL 6

Veit betrat an diesem sommerlichen Dienstagmorgen das neue Domizil der Familie Ellenbruch mit einem Korb mit Äpfeln, Lauch, Rettich und einem ordentlichen Stück Rinderfilet, doch heute reichten nicht einmal sein Einkauf und die Aussicht auf gutes Essen in den nächsten Tagen für einen einigermaßen freundlichen Empfang. Aus der niedrigen, engen Stube, in der es nach gekochtem Kohl roch, begrüßten ihn drei Frauen mit Blicken, die nichts Gutes verhießen: seine Mutter, schlecht gelaunt und vorwurfsvoll wie immer, seit er den Bankrott seiner Unternehmungen hatte offenbaren müssen, seine Schwester, die gerade an einer Kundin mittleren Alters herumfummelte, und schließlich die Kundin selbst, eine hässliche Kuh vom Koberg, die Veit aus seinem früheren Leben als angesehener Kaufmannssohn flüchtig kannte.

»Die Manschetten verleihen dem Kleid Eleganz. In Brabant trägt man sie bis über die Fingerspitzen«, versicherte Veits Schwester ihrer Kundin.

»Ist das nicht sehr unbequem?«, wollte diese wissen.

»Da habt Ihr Recht. Es bedarf einigen Geschicks und der Übung, um damit zu essen oder andere Verrichtungen zu versehen, aber Ihr müsst zugeben, es streckt den Arm und wirkt sehr vornehm. Dazu der Hut mit der doppelten Spitze, den Goldfäden in der Schleppe und den kleinen Akzenten, die wir mit Brosche und Kette setzen, und Ihr werdet aussehen wie eine Fürstin.«

»Veit, der Richteherr schickt nach dir. Was hast du nun schon wieder verbrochen?«, keifte die Mutter. »Nicht genug, dass du uns in Armut gestürzt hast. Du bringst auch noch Schande über die ganze Familie.«

»Was will er von mir?«, fragte Veit ein wenig beunruhigt, was er sich natürlich nicht anmerken ließ.

»Du sollst ins Rathaus kommen«, antwortete seine Schwester in einem etwas milderen Ton.

Veit stellte den Korb mit den Lebensmitteln ab und verließ grußlos das Haus. Er ging die Schildstraße hinauf zum Klingenberg. Ein Fuhrwerk mit Salz quälte sich die Mühlenstraße herauf. Aus der Schmiedestraße drang der metallische Lärm der zahlreichen Schmieden, die hier Tür an Tür und zumeist auch auf offener Straße ihrem Handwerk nachgingen. Die Schläge der Hämmer dröhnten in Veits Kopf und erinnerten ihn daran, dass er gestern zu wenig geschlafen und zu viel von Margarete Weversens Wein genossen hatte. In der Sandstraße kamen ihm zwei Knechte entgegen, die einen schweren Sack trugen und ins Torkeln gerieten. Veit sprang zur Seite und landete in einem Haufen Schweinescheiße. Ausgerechnet auf dem Weg zum Rat, dachte er und versuchte, die dünnen Lederschuhe, die noch aus der Zeit stammten, als die Ellenbruchs am Koberg gewohnt hatten, an einem Hauseingang zu säubern.

»He, was machst du da, verzieh dich!«, rief ein Krämer aus dem geöffneten Fenster.

Auf dem Kohlmarkt war wie immer um diese Tageszeit kaum ein Durchkommen. Veit quetschte sich zwischen zwei Karren hindurch, von denen Bauern aus dem Umland Gemüse und Obst verkauften und sich offensichtlich wegen irgendeiner Kleinigkeit in die Haare gekriegt hatten. Ein zahnloser Alter nahm einen Apfel und holte zum Wurf aus. Seine Frau fiel ihm in den Arm. Veit hörte sie über die teure Marktgenehmigung zetern, die der Alte mit seinem Jähzorn aufs Spiel setzte. Mühsam bahnte sich Veit einen Weg über den Marktplatz zum Rathaus und überlegte dabei, was Osenbruge von ihm wollte. Vielleicht ging es um die Sache mit den Knochenhauern. Es gab Leute, die den Weltuntergang nahen sahen, wenn die Zünfte – allen voran die wohlhabenden Knochenhauer – Sitz und Stimme im Rat erhalten sollten. Und es gab Knochenhauer, die der Meinung waren, die Erdscheibe werde entlang der Breiten Straße auseinander brechen, wenn die Zünfte – und darunter verstanden die Knochenhauer zu allererst sich selbst – nicht schnellstmöglich Sitz und Stimme im Rat bekämen. Veit machte sich keine Illusionen, dass es beiden Seiten nur um ihren persönlichen Vorteil ging, und er hielt es für völlig angemessen, wenn er in dieser zweitrangigen Angelegenheit auch auf seinen eigenen Vorteil achtete. Er brauchte das Geld dringender als die Crudeners oder Bylants. Osenbruge – den er mochte wie ein Geschwür an den Weichteilen – würde ihn nicht davon abhalten, seine Stimme im Rat zu verkaufen. Es war ohnehin eine der letzten Gelegenheiten, denn im Februar 1381 würde er seinen Ratssitz verlieren. Gesellschaftlicher Abstieg und Armut waren in dieser Stadt der Pfeffersäcke gleichbedeutend mit der Rassel der Aussätzigen. Es war der »Sitzende Rat«, der diejenigen benannte, die den nach zweijähriger Amtszeit turnusgemäß ausscheidenden Ratsherren nachfolgten. Dabei wurde streng darauf geachtet, dass die Ratsmitglieder aus den Patrizierfamilien stammten. So war sichergestellt, dass die ausgeschiedenen nach zwei, drei Jahren erneut benannt wurden. Während sie sich zwischenzeitlich voll und ganz um ihre Geschäfte kümmern konnten, wussten sie die politischen Geschicke der größten und mächtigsten Stadt an der Ostsee in den Händen ihresgleichen. Bei besonders wichtigen Entscheidungen wurde der »alte Rat« zur Beratung und zum Ratsbeschluss hinzugezogen, eine Ehre, die Veit Ellenbruch allerdings kaum zuteil werden würde.

Osenbruge in schwarzem Ornat, schwarzen Beinkleidern, schwarzen Lederschuhen und mit einem schwarzen Samthut auf dem Kopf schien unter der Hitze zu leiden. Schweißtropfen standen auf seiner Stirn, und ein unangenehmer Geruch ging von ihm aus. Er erinnerte Veit an die Krähen draußen am Köpfelberg. Nur das Pferdegesicht des Richteherrn passte nicht zum Bild der Krähe. Was Veit jedoch am meisten überraschte, war Osenbruges angestrengt freundliches Lächeln. In den letzten Monaten hatte der Mann ihn nicht mehr gegrüßt, geschweige denn angelächelt. Irgendetwas war hier oberfaul.

»Verehrter Ellenbruch, sehr liebenswürdig von Euch, unverzüglich meiner Bitte nach einem kleinen Gespräch zu folgen. Man hat Euch in letzter Zeit selten bei Ratssitzungen gesehen. Kann ich Euch etwas zu trinken anbieten? Es ist fürchterlich heiß. Seit Menschengedenken hat Lübeck nicht mehr solch eine Hitze erlebt, sagt man.«

Osenbruges Gesprächseröffnung war allzu durchsichtig, und Veit entschloss sich zu einer verbindlichen, wenn auch vorsichtigen Erwiderung. Gerne sei er der Einladung schnellstmöglich nachgekommen. Die schwierigen Geschäfte erlaubten eine Anwesenheit im Rat derzeit leider nur selten. Ja, das Wetter mache allen schwer zu schaffen, die Bauern fürchteten schon um die Getreideernte, wenn es nicht bald regne. Gerne nehme er ein Gläschen leichten Weißwein, und womit er denn behilflich sein könne.

»Wart Ihr schon einmal in Falsterbo?«

»Dem schonischen Heringsnest?«

»Genau.«

Veit schüttelte den Kopf. Die Reise mit seinem Vater und ihren unglücklichen Verlauf wollte er an dieser Stelle lieber nicht erwähnen. Ein Diener brachte zwei Gläser eines leichten, frischen Weins aus dem Rheintal, wie Veit beim ersten Nippen erkannte.

»Nun, Falsterbo ist zwar eigentlich dänisch«, berichtete Osenbruge, »aber seit dem Stralsunder Frieden für fünfzehn Jahre unter Verwaltung der Hanse, das heißt also noch fünf Jahre lang unter Kontrolle Lübecks. Alles, was dort passiert, fällt irgendwie auf uns Lübecker zurück. Gerade in letzter Zeit ist es zu ein paar ärgerlichen Vorfällen gekommen, die die Entsendung eines Lübecker Ratsherrn angebracht erscheinen lassen. Es handelt sich um drei Morde an angesehenen Kaufleuten aus Rostock, Lübeck und Danzig. Alle wurden auf die gleiche Art und Weise mit einem einzigen Stich in die Brust getötet. Unserem Vogt, einem zweifelsohne tüchtigen Mann, ist es bislang nicht gelungen, den Mörder zu fassen, und die Vögte der Vitten werden unruhig. Sie verlangen vom Lübecker Rat, geeignete Maßnahmen zu ergreifen. Der Bürgermeister hat sofort zugestimmt, als ich vorschlug einen Ratsherrn zu entsenden, der sich, ausgestattet mit entsprechenden Vollmachten und einem überreichlichen Salär, das Ihr in Eurer derzeitigen geschäftlichen Lage sicherlich zu schätzen wisst, dieser Sache annimmt.«

»Ich soll einen Mörder dingfest machen? Mit Verlaub, das ist nicht Euer Ernst.« Was für ein Blödsinn, dachte Veit.

Osenbruge schaute ihn misstrauisch an. Er hatte mit vielem gerechnet, mit Gefeilsche ums Geld und um Kompetenzen, und er war bereit gewesen, bei diesen Fragen größte Zugeständnisse zu machen. Aber dass jemand aus Zweifel an der eigenen Fähigkeit ein so einträgliches Angebot ausschlug, das passte gar nicht in die Vorstellungswelt des obersten Lübecker Richters.

»Molkentin, unser Vogt vor Ort, wird Euch mit Rat und Tat zur Seite stehen«, versicherte er.

Veit war sich sicher, dass Osenbruge sich über die Unsinnigkeit seines Vorschlags im Klaren sein musste. Was steckte also wirklich dahinter?

»Veit Ellenbruch, der Vogt«, sagte er. Ihn überkam ein Lachen, das er nicht mehr zu kontrollieren vermochte.

Osenbruge schaute ihn verwirrt an. Eine Wache betrat den Raum. »Bring ihm einen frischen Becher Wein, beeil dich«, zischte er.

»Und was hat er zu Eurem Vorschlag gesagt?« Bürgermeister Crudener schaute hinunter auf das bunte Treiben auf dem Marktplatz und drehte sich dann zu seinem Richteherrn um.

»Ausgelacht hat er mich, dieser Hurensohn.«

»Ihr hättet mehr bieten müssen. Der Mann hat zwar sein Vermögen verloren, aber vermutlich nicht seinen Stolz«, sagte Wolter Crudener grinsend.

»Darum ging es ihm gar nicht.«

»Worum denn?«

»Die See. Noch nie habe er einen Fuß an Bord eines Schiffes gesetzt und gedenke auch in Zukunft nicht, dies zu tun. Ihm werde schon übel, wenn er eine Kogge aus der Ferne sehe.«

Jetzt fing der Bürgermeister an zu lachen.

Betke Osenbruge hatte für diesen Tag genug von dem Frohsinn, der um ihn herum zu herrschen schien, und er war entschlossen, diesem närrischen Treiben ein Ende zu bereiten. Zumindest Veit Ellenbruch würde das Lachen bald vergehen.

KAPITEL 7

Am Hintereingang des Weversen'schen Anwesens am Koberg, in der Gegend also, wo Veit seine Kindheit verbracht hatte und jeden Obstbaum kannte, empfing ihn an diesem Mittwochabend nicht die schöne Witwe mit einem verschmitzten Augenzwinkern und froher Erwartung auf die Freuden der kommenden Nacht, sondern eine verweinte und offensichtlich verstörte Frau, in deren Gesicht deutlicher als zuvor die Spuren des Alters sichtbar waren.

»He, Täubchen, was ist?«

»Veit, ach, Veit«, schluchzte die Witwe. »Komm nicht herein. Es stürzt uns ins Verderben.«

»Was redest du? Bis jetzt hat es uns die allerschönsten Wonnen gebracht.« Er zwinkerte ihr zu und schob sie durch den Gemüsegarten in die Kemenate, das eigentliche Wohnhaus der hansischen Kaufmannsfamilien, das sich in aller Regel eher unscheinbar hinter dem Dielenhaus mit der prächtigen Fassade an den Hof anschloss.

Nur mit Mühe gelang es Veit, der Witwe die Ursache ihres Nervenzusammenbruchs zu entlocken. Die Witwe Weversen hatte die jüngste ihrer drei Töchter mit dem Erstgeborenen der Familie von der Heide vermählt, der demnächst die Geschäfte von seinem Vater übernehmen sollte. Dazu gehörte auch der Sitz im Rat. Die von der Heides wurden nun offensichtlich unter Druck gesetzt, ihren Einfluss auf Margarete Weversen geltend zu machen, damit die ihr Verhältnis mit Veit Ellenbruch aufgab. Dabei ging es nicht um moralische Fragen, so schloss Veit, denn es war auch eindeutig von den Zahlungen der Witwe an ihren Liebhaber die Rede. Das alles hatte die jüngste Tochter Margarete Weversens ihrer Mutter aufgeregt berichtet und sie unter Tränen angefleht, ihrer Bitte nach einer sofortigen Beendigung des Verhältnisses mit Veit Ellenbruch zu entsprechen.

»Und wenn nicht?«, fragte Veit rebellisch.

»Bah, ein ›Wenn nicht‹ gibt es in diesem Fall nicht. Nach dem Tod meines Mannes bin ich in die Muntgewalt des ältesten lebenden männlichen Verwandten gefallen, und das ist – da mein Vater ebenfalls verstorben ist – dessen Bruder Yde, ein bankrotter, alter Krämer aus dem Heilig-Geist-Hospital. Es braucht nicht viel, und der lässt mich in ein Kloster einsperren.« Margarete Weversen brach erneut in Tränen aus. »Du musst gehen, bevor sie mich ins Verderben stürzen.« Sie fiel ihm um den Hals, drückte ihn an sich und begann ihn zu küssen. »Aber vorher lass uns noch einmal Liebe machen und dann auf alle Zeit entsagen«, schluchzte Margarete Weversen und fiel mit verzehrender Leidenschaft noch in der Küche über ihn her …

Mit einem großherzigen Abschiedsgeschenk in der Tasche entwich Veit eine Stunde später auf dem üblichen Weg durch einen der engen Gänge in Richtung der Burg. Das Burgtor wurde gerade geschlossen. Veit entschied sich, an der Wakenitzmauer entlangzulaufen. Das war zwar deutlich weiter, als wenn er durch Burg- und Königstrasse ginge, aber hier konnte er ziemlich sicher sein, nicht auf irgendwelche alte Nachbarn zu treffen. Veit kannte in dieser Stadt jeden Stein. Hier hatten die Tochslegers früher gewohnt, dort hinten war das Hurenhaus, in dem er seine Unschuld gelassen hatte, und in dieser Kneipe hatte er zum ersten Mal festgestellt, was für ein wunderbares Gefühl es war, mit Laute und Gesang Menschen zu unterhalten, sie zum Tanzen und Singen zu bringen, gebeten zu werden: »Veit, sing für uns.« Noch nie hatte er sich vorgestellt, dieser Stadt einmal den Rücken zu kehren. An diesem Abend kam ihm jedoch der Gedanke, irgendwo anders ganz neu anzufangen. Das Schicksal hatte es bislang gut mit ihm gemeint. Davon war er trotz seiner geschäftlichen Misserfolge überzeugt. Ihm war deshalb nicht bange vor einem neuen Anfang.

An der Ecke zur Gasse hinter St. Annen wartete sein Bruder Sievert auf ihn. »Na, Kleiner, warum stehst du hier und hältst Maulaffen feil?«

»Dicke Luft in ›Handwerkers Paradies‹. Ich dachte, ich sag's dir, damit du dir etwas zurechtlegen kannst.«

Veit schaute seinen Bruder besorgt an. Was um Himmels willen konnte denn jetzt schon wieder vorgefallen sein?

»Mechthild war heute im Rathaus vorgeladen. Es liegt eine Beschwerde der Schneider- und der Hutmacherzunft gegen sie vor«, sagte Sievert. »Möglicherweise wird sie mit einem Gewerbeverbot belegt.«

»Diesen Hühnern ein paar bunte Federn anzustecken ist doch

wohl kein Gewerbe, und bezahlt wird sie dafür doch auch nicht. Jedenfalls nicht offiziell.«

»Du warst in letzter Zeit selten zu Hause, Bruder. Es geht dort zu wie in einem Taubenschlag. Ständig kommt ein neues Täubchen, das felsenfest davon überzeugt ist, nur dann den Zustand höchstmöglichen irdischen Glücks zu erreichen, wenn ›Mechthild aus Brabant‹, wie sie inzwischen schon genannt wird, ihrer Kleidung den letzten modischen Pfiff verleiht. Und dafür bezahlen sie mehr, als du ahnst. So sind sie, die verrückten Vögel.«

»Es sieht fast so aus, als ginge es dem Hause Ellenbruch gar nicht so schlecht«, kommentierte Veit das soeben Gehörte. »›Mechthild aus Brabant‹, zu komisch, nur weil sie mit Vater zweimal auf Handelsreise in Brabant war – und das ist auch schon wieder mehr als ein Jahr her. Wo wir gerade bei Modetorheiten sind: Wie läufst du eigentlich rum? Letzte Woche noch die längsten Schnabelschuhe nördlich der Alpen, die grellsten Jacken südlich von Bergen und jetzt? Sack und Asche.«

»Mechthild meint, dass es mir als Künstler ...«

»Was?«

»Na, Schach musst du als Kunst begreifen, wie Malen oder Dichten, verstehst du?«

»Klar, und Singen.«

»Du machst dich lustig.«

»Nein, warum sollte ich?«

»Hör zu«, sagte Sievert. »Letztlich ist es egal, was es ist – Kunst oder nur ein simples Brettspiel. Es kommt darauf an, was die Leute glauben, was es sein könnte. Und dazu gehört eine überzeugende Gesamtdarstellung – meint Mechthild.«

»Mechthild aus Brabant.«

»Sie hat vorgeschlagen, ich solle den ganzen modernen Übertreibungen etwas Einfaches, Strenges entgegensetzen. Sie meint, Beige würde zu meinem Typ passen. Sie hat es mir aufgezeichnet, den Stoff ausgesucht, und ich hab's mir beim Meister Posel nähen lassen.«

»Die Schuhe?«

»Hat sie auch entworfen. Gemacht hat sie Meister Loste.«

»Schau sich einer meinen kleinen Bruder an«, staunte Veit. »Lässt sich von ›Mechthild aus Brabant‹ ausstaffieren. Wie sagtest du eben: ›So sind sie, die verrückten Vögel.‹ Und wo hast du das ganze Geld her?«

»Was dir die Witwe Weversen ist, ist mir ein neureicher Danziger Pelzhändler, der bisher geglaubt hat, er sei einer der besten Schachspieler weit und breit. Der Stümper probiert es immer wieder.«

»Was redest du da von der Witwe Weversen?«

»Na, mittwochabends beglückst du doch immer die Weversen.«

»He, pass auf, Kleiner, sonst fängst du eine.« Veit hob einen Moment drohend die Hand. »Dummes Geschwätz. Anscheinend erzählen sich alle diese Geschichte. Als ob es durch den Nachtwächter ausgerufen und am Rathaus angeschlagen worden wäre.«

»Von wegen Geschwätz. Hab doch eben selbst gesehen, wie sie dich auf den Küchentisch gezerrt hat.«

Veit schnappte seinen Bruder am Kragen und schüttelte ihn durch. »Arbeitest du jetzt als Spitzel für Crudener und diesen blutleeren Osenbruge?«

»Du warst so komisch gestern, als du von dem Richteherrn zurückkamst, und da dachte ich, dass ich jetzt aufpassen muss«, verteidigte sich Sievert.

»Worauf?«

»Ich komme auf jeden Fall mit.«

»Wohin?«

»Egal. Du wirst jedenfalls nicht aus dieser Stadt verschwinden und mich hier zurücklassen«, sagte Sievert entschieden. »Ich habe keine Lust, meinen Lebensunterhalt damit zu verdienen, indem ich in den Kneipen auf der Traveseite gegen Kapitäne und Kaufleute spiele, die kaum einen Bauern von einem Bischof unterscheiden können.«

»Um die Damen des Hauses scheinst du dir ja wenig Sorgen zu machen«, wandte Veit ein.

»Das sagst ausgerechnet du, der Ältere von uns beiden.«

»Ich bin ein Versager, das ist doch hinlänglich bekannt, aber du solltest versuchen, etwas aus dir zu machen.«

»Genau das habe ich vor. Mich wirst du nicht als Kaufmannsgeselle irgendwo Pfefferkörner zählen sehen.«

»Na schön, Kleiner, ich nehm dich mit, falls ich mal irgendwann weggehe, so in zehn, fünfzehn Jahren. Und jetzt verschwinde und hol unsere Lauten. Heute Abend gehen wir feiern.«

Veit Ellenbruch zog den Beutel mit den Münzen aus der Tasche, den ihm Margarete Weversen zugesteckt hatte, warf ihn in die Luft, fing ihn hinter dem Rücken wieder auf und ließ ihn geschickt in einer Tasche seines Wamses verschwinden.

KAPITEL 8

Als Veit und Sievert Ellenbruch das »Alte Zollhaus« betraten, war die Sonne bereits untergegangen, und in der Gaststube herrschte reges Treiben. Konstanze, ihre Tochter und zwei Mägde hatten alle Hände voll zu tun, wobei die Hauptarbeit in der Küche stattzufinden schien, denn Friederike hatte den Ausschank übernommen. Konstanze, die den Kontakt mit den Gästen sehr mochte, verließ diesen Platz nur, wenn es galt, in der Küche die entscheidenden Anweisungen zu geben, damit alles perfekt angerichtet wurde.

Am Eingang saß eine Gruppe von Wagnergesellen. Einer von ihnen hatte nach entbehrungsreichen Jahren als Lehrling und Geselle sein Meisterstück angefertigt, Bürgeraufnahmegeld bezahlt, sich einen eigenen Harnisch anfertigen lassen, die verschiedensten Beiträge an die Zunft gezahlt, Wachskerzen für die Zunftkirche gekauft, ein Mahl von mehreren Gängen für alle

Meister der Zunft aufgetischt und ein Haus erworben. War all dies bei langen Arbeitszeiten und geringen Löhnen geschafft, hatten die meisten Gesellen schon ein beträchtliches Alter erreicht. Auch dieser hier hatte bereits die ersten grauen Haare bekommen, und glücklich, dachte Veit, als er an den Wagnern vorbeiging, so richtig glücklich sah keiner der Gesellen aus.

An dem anderen Tisch saßen ein paar Reisende und wie üblich an dem Tisch in der Ecke mit dem Fenster zum Hof, das heute weit offen stand, Wicbold Langnase, Goswin Tochsleger und Henning Pinnow, ein Schulkamerad Veits, der von seinem Vater ein kleines Fuhrunternehmen übernommen hatte.

»Da schau einer an: Veit am Mittwochabend in unserer Runde. Ich bin beeindruckt«, begrüßte ihn Wicbold Langnase.

Veit stellte die Laute vorsichtig ab, setzte sich zu seinen Freunden und tat, als bemerke er deren wissendes Grinsen nicht.

Friederike kam an den Tisch. »Nanu, Veit, du hier? Was willst du trinken? Möchtest du etwas essen?«

Veit schaute schweigend von einem zum anderen und begann dann ruhig und getragen zu sprechen: »Freunde, ich spüre euren Spott und sehe euer hämisches Grinsen. Darum denke ich, dass es an der Zeit ist, ein paar Dinge ein für alle Male zu klären: Meine ehemalige Nachbarin, Margarete Weversen, hat über viele Jahre ein Leben der Entbehrungen ohne Liebe geführt. Als sie mich damals um Hilfe bat – nach dem Tode ihres Mannes –, konnte ich schon aus christlicher Nächstenliebe nicht nein sagen. Ich gebe offen zu, dass es ein Fehler war, dass ich in den letzten Monaten wiederholt gesündigt habe, wobei auch meine finanziellen Sorgen eine nicht ganz zu verschweigende Rolle gespielt haben mögen. Wie dem auch sei, die Sache ist beendet. Aus und vorbei. Endgültig. Ich liebe nur eine.« Er schaute Friederike in die Augen und sagte: »Geh, mein Kind, und berichte das deiner Mutter. Und bring uns einen guten Roten. Essen können wir später.«

Friederike verschwand eiligen Schrittes in der Küche.

Sievert, der sich auch an den Tisch gesetzt hatte, verdrehte die Augen und fragte sich anscheinend, was in seinen Bruder gefahren war. Wicbold lachte leise vor sich hin, Henning schüttelte den Kopf, und Goswin sagte: »Mann, du tischst uns hier wieder Geschichten auf, mit denen man vor Sankt Nikolai so manches Almosen erbetteln könnte. Los, pack aus!«

Veit rückte näher an den Tisch heran und sagte mit leiser Stimme: »Es ist aus mit der Weversen, weil sie von ihren Verwandten bedrängt wird, die Beziehung zu beenden, sonst würde sie im Kloster landen, und das wäre doch zu schade. Hinter der ganzen Geschichte stecken anscheinend Crudener, der Bürgermeister, und sein Adlatus, Osenbruge. Sie wollen mich zu einer Reise im Auftrag des Rates nach Falsterbo schicken. Dort wurden drei Kaufleute ermordet, und ausgerechnet ich soll ihnen da jetzt den Vogt machen. Das habe ich aber abgelehnt, weil ich das nicht kann und die Sache oberfaul ist. Um mich zu zwingen, lässt Osenbruge die Weversen unter Druck setzen und droht meiner Schwester mit der Zunftordnung. Alles sehr durchsichtig. Bleibt letztlich nur noch die Frage, warum ausgerechnet ich nach Schonen soll?«

»Mein Gott, Veit, deine Geschichten werden immer komischer«, stellte Henning fest.

Friederike brachte den Wein, schenkte die Gläser voll und gab Veit einen Kuss auf die Wange. »Der ist von Mama. Sie hat gerade viel zu tun.«

»Die Frauen hat er im Griff. Das muss man ihm lassen«, meinte Wicbold, als Friederike wieder an der Theke war.

»Vielleicht wollen sie dich hier einfach loswerden«, gab Goswin zu bedenken, nachdem Veit noch einmal in allem Ernst das Gespräch mit Osenbruge wiederholt hatte.

»Ich bin niemandem im Wege, stelle für keinen eine Bedrohung dar und lasse meine Finger von verheirateten Frauen. Warum also sollte mich jemand loswerden wollen?«

»Ich war letzte Woche in Rostock«, sagte Henning. »Dort habe ich von den Morden in Falsterbo gehört. Man wirft uns

Lübeckern dort vor, wir würden uns um die Aufklärung der Verbrechen nicht bemühen, uns überhaupt zu wenig um Falsterbo kümmern. Das Nest sei ein Fass ohne Boden und die anderen müssten die Zeche zahlen, während die Lübecker nur abkassierten.«

»Derlei Sprüche hört man überall. Sie sind alle neidisch auf Lübeck. Sie würden Lübeck gerne ersetzen, aber keiner kann uns das Wasser reichen. Das darf man gar nicht ernst nehmen«, meinte Wicbold.

»Was hat das mit mir zu tun?«, fragte Veit Ellenbruch.

»Ist doch klar«, fuhr Henning fort. »Sie schicken einen, der formell noch zu den vierundzwanzig einflussreichsten Männern Lübecks gehört, tatsächlich aber nichts zu sagen hat, nichts bewegen kann und für den Job völlig ungeeignet ist.«

»Und was soll das?«, wollte nun auch Wicbold wissen. »Warum sollten sie eine Aufklärung des Verbrechens hintertreiben wollen?«

»Dafür«, folgerte Henning, »gibt es normalerweise nur eine vernünftige Erklärung: Sie stecken selbst mit drin.«

»Noch ein Grund, die Sache auf jeden Fall abzulehnen«, sagte Goswin. »Stell dir mal vor, du findest wirklich etwas heraus. Das dürfte ihnen dann wahrscheinlich noch weniger gefallen.«

»Ich habe auch keineswegs vor, hier wegzugehen.« Veit breitete die Arme aus. »Besser als hier kann ich es nicht haben. Und nun lasst uns anstoßen und singen.«

Veit und Sievert nahmen ihre Lauten auf den Schoß und stimmten die Saiten. Dann spielte Veit ein paar Akkorde und hob dann mit zarter Altstimme an zu singen:

»Wie muss ich meine Zeit verschlüssen,
ich armes Kind,
ich darf von keinen Freuden wissen,
die weltlich sind:
Wie lieber möchte ich einen Knaben

als eine graue Kappe haben.
Pfui diesem Kleid und Nonnenleben,
hinweg mit dir,
mir ist kein Nonnenfleisch gegeben.«

Veit stand auf und schaute mit einem auffordernden Nicken in die Runde, bevor er zum Refrain ansetzte, der dann von den meisten Gästen des »Alten Zollhauses« mitgesungen wurde:

»Ist niemand hier,
der mich aus diesem Joch ausspannt
und meinen frischen Leib bemannt?
Ist niemand hier,
der mich aus diesem Joch ausspannt
und meinen frischen Leib bemannt?«

Veit setzte sich zur zweiten Strophe wieder. Die Gäste an den anderen Tischen hatten ihre Unterhaltungen eingestellt. Ihre Aufmerksamkeit galt dem Sänger, und Veit überkam wieder dieses wohlige Gefühl, das sich einstellte, wenn der Funke übersprang, und dazu genügten manchmal schon ein paar Akkorde.

»Man hat mich jung hierher getrieben,
ich war so schlicht,
dass ich nicht wusste, was das Lieben.
Nun mich die Jahre mannbar machen,
gedenk ich auch an Mannes Sachen.
Mein Denken ist in einen Orden,
wo man sich küsst,
ich bin der Nonnen müde worden,
denn mich gelüst'.«

Veit erhob sich und ging, langsam den Refrain einleitend, auf den Tisch der Wagner zu.

»Ist niemand hier,
der mich aus diesem Joch ausspannt
und meinen frischen Leib bemannt?
Ist niemand hier,
der mich aus diesem Joch ausspannt
und meinen frischen Leib bemannt?«[1]

Es folgten vier weitere Strophen und am Ende des Liedes langer Applaus. Konstanze brachte Veit ein Glas Wein. Er legte die Laute beiseite, nahm das Glas in die eine Hand und fasste mit dem anderen Arm um ihre Hüfte, zog sie zu sich heran und küsste sie. Dafür gab es erneut Beifall und zustimmendes Gejohle.

»Was für ein Glück, dass wir nicht im Kloster leben«, rief Konstanze, küsste Veit und kniff ihm danach in den Hintern. Es gab wieder Gejohle, während aus der anderen Ecke der Wirtsstube bereits neue Akkorde erklangen. Sievert stimmte das nächste Lied an …

»Warum hast du die Sache mit der Weversen erzählt?«, wollte Sievert wissen, als er sich als einer der Letzten auf den kurzen Heimweg begab.

»Wenn schon die halbe Stadt weiß, dass ich was mit der Witwe habe, dann sollen sie jetzt auch wissen, dass es vorbei ist, sonst muss die Gute wirklich noch ins Kloster, und das wünscht man seinem ärgsten Feind nicht.

»Stimmt es, dass Schluss ist mit der Weversen?«, fragte Konstanze, als sie zu Veit ins Bett kroch.

»Ich schwöre es bei Gott«, antwortete Veit Ellenbruch.

---

1 Aus einem mittelalterlichen Volkslied

Veit war noch müde. Er hätte durchaus noch ein wenig länger schlafen wollen. Andererseits liebte er es, auf diese Art geweckt zu werden. Ihre Hände fuhren über seine Brust und seinen Bauch hinunter, glitten über seine Hüften und streichelten seinen Po. Er stellte sich schlafend, um ihre Berührungen so lange wie möglich zu genießen. Ihre Hand setzte die Massage fort und landete schließlich da, wo sie hinsollte. Er seufzte erleichtert und drehte sich auf den Rücken. Ihre Hand massierte weiter, aber drängender als sonst – mit weniger Ruhe und Gelassenheit. Auch was dann geschah, passte nicht in den an zahlreichen Morgen praktizierten Ablauf. Kaum lag er auf dem Rücken, die Augen noch immer geschlossen, setzte sie sich auf ihn und begann sich schnell zu bewegen. Es stimmte einfach alles nicht: Konstanze war eine schwere Frau mit weichen Schenkeln, und ihre Bewegungen waren langsam und bezaubernd, und das hier …

Veit öffnete die Augen. Friederike grinste ihn an. Ihre festen Brüste hüpften im Rhythmus ihrer schnellen Bewegungen. Veit schloss die Augen wieder.

Es gibt verschiedene Arten, aus Träumen aufzuwachen. Eine davon ist, dass man, obwohl schon jenseits des Traumes, sich wünscht, man träume nur, schon wach zu sein, der Traum aber weitergehe, um dann möglicherweise durch ein anderes Wachsein beendet zu werden. So wünschte es sich Veit in diesem Moment. Er öffnete die Augen erneut, doch an der Szenerie hatte sich nichts geändert.

»Du bist überrascht, was?«

»Schon, ja. Kann man so sagen.«

»Ich hab es mir die ganze Zeit schon vorgenommen. Du bist anders als die Jungs, die ich bisher kannte.«

»Was redest du da?

»Ich hab euch beobachtet – Mama und dich. Es bleibt einem ja kaum etwas anderes übrig, so laut, wie sie stöhnt. Einmal habe ich direkt danebengestanden, unten in der Küche. Du hast ihr das Kleid hochgeschoben und sie auf den Küchentisch gesetzt, dich zwischen ihre Beine gestellt, und ihr habt nicht bemerkt, dass ich hinter der Tür stand – für ziemlich lange Zeit.«

Veit überlegte, was zu machen sei. Die Situation war äußerst schwierig, was zum großen Teil daran lag, dass er sie genoss. Friederike war eine Schönheit. Sie erinnerte ihn an eine der jungen Huren, mit denen er vor Jahren in einem Badehaus am Hüxtertor zusammengekommen war – zart, zierlich mit straffer Haut, ohne jeden Makel. Andererseits wusste er, dass die Sache nicht gut gehen konnte. Konstanze würde früher oder später dahinterkommen, und da sie wohl kaum ihre Tochter vor die Tür setzen würde, würde wohl ihn ihre ganze Härte treffen. Eigentlich sprach die Vernunft dafür, das kleine Biest von sich hinunterzustoßen, aufzustehen und sich ein paar Kübel frisches Wasser über den Kopf zu schütten. Genau das würde er tun – wenn auch nicht sofort, so doch zumindest in – na ja – einer Minute. Es war schwierig, Entscheidungen des Kopfes gegen dringende Wünsche der Lenden durchzusetzen. Ihre Bewegungen wurden schneller und fordernder. Sie schwitzte, der Schweiß tropfte auf seine Brust. Er streichelte ihren Körper, griff unter ihre Brüste und unterstützte die Bewegungen ihres Körpers mit seinen Armen und seinem Becken. Nach einer Weile hielt sie erschöpft inne.

»Du bist dran. Mach es genauso wie bei Mama, hörst du!« Sie ließ sich zur Seite fallen und zog ihn auf sich.

»Wo ist Konstanze eigentlich?«

»Sie hat ein Treffen mit einem Brauer in Warnemünde und ist frühestens gegen Mittag zurück.«

Veit dachte an den gestrigen Abend und versuchte sich zu erinnern. Irgendwas hatte er über ein Treffen mit einem Brauer gehört. Es musste schon ziemlich spät und er schon ziemlich betrunken gewesen sein.

Beate, die dickere der beiden dicken Mägde, war aus der Küche gekommen, als Veit auf dem Weg zum Mist gewesen war, und hatte Konstanze gefragt, ob sie morgen zum Markt gehen solle. Konstanze hatte geantwortet: »Nein, ich gehe selbst zum Markt, das Treffen mit dem Brauer ist verschoben auf nächste Woche.«

Veit erfasste Panik. Er versuchte, sich aus Friederikes Umarmung zu lösen, doch sie hielt ihn umklammert. Für Konstanze, die in diesem Augenblick die Tür öffnete, musste es ausgesehen haben wie das Ringen in wildem Verlangen. Wie auch immer – Konstanzes Augen verengten sich zu Sehschlitzen, sie schien die Ohren anzulegen und die Kiefer aufeinander zu pressen. Sie war wenig erfreut, das erkannte Veit sofort, doch was dann geschah, hätte er sich nicht im Traum vorstellen können. Konstanze stürmte auf das Bett zu und packte die armdicke Wachskerze auf dem Fensterbrett. Noch bevor sich Veit von Friederike gänzlich freizumachen vermochte – das Mädchen wimmerte indessen: »Mama, ich kann nichts dafür, der Schuft hat mich verführt« –, krachte die Kerze auf seinen Kopf, was dazu führte, dass er wieder zurück auf Friederike fiel, was dieser ein letztes Stöhnen entlockte. Veit, die Schmerzen ignorierend, rappelte sich auf, hatte schon ein Bein neben das Bett gesetzt, wobei er sich bemühte, den nackten Körper Friederikes nicht zu berühren, die ihrerseits versuchte, unter ihm hervorzukrabbeln. Konstanze hatte inzwischen einen Stuhl in die Hände bekommen und schwang ihn über ihrem Kopf. Für einen kleinen Moment hoffte Veit, dass es sich nur um eine Drohgebärde handele, dass sie nicht wirklich zuschlagen werde. Die Hoffnung währte nur kurz. Dann zersplitterte der Stuhl auf seinem Rücken, und Veit sank erneut in die Kissen. Diesmal fiel er mit dem Gesicht zwischen Friederikes Schenkel, was ihm allerdings wenig Genuss bereitete. Ein letztes Mal schaffte er es noch, den Kopf zu heben, dann traf ihn ein Stuhlbein hinter dem Ohr, und aus dem hellen Morgen wurde tiefe Nacht.

Am Hinterausgang des »Alten Zollhauses«, gegenüber der Stadtmauer, kam Veit wieder zu sich. Er war nackt. Seine Kleider lagen neben ihm im Dreck. Er brauchte eine Weile, um die Situation zu erfassen. Zu seinen Füßen hatte sich ein räudiger Köter niedergelassen. Merkwürdigerweise war es das Tier, das ihn in seiner Lage am meisten störte. Der Köter schaute ihn nicht mal an; er blickte stattdessen hechelnd die Gasse hoch und runter und hatte seine neue Straßenbekanntschaft anscheinend als seinesgleichen akzeptiert. Das war es, was Veit schockierte. Er war auf das Niveau abgerutscht, wo ein Straßenköter seine Nähe suchte.

Veit machte Anstalten aufzustehen. Alle Gliedmaßen schmerzten, aber zum Glück war sein »bester Freund« noch in Ordnung, was nach Konstanzes Raserei keineswegs eine Selbstverständlichkeit war. Er schaffte es zunächst, sich auf den Knien aufzurichten, stützte sich dann mit den Händen gegen die Gartenmauer, stellte einen Fuß auf die Erde und drückte sich hoch. Er stand, doch die Welt wollte nicht stillstehen. Die Mauer schien über ihm zusammenzustürzen. Krachend landete er auf dem Rücken. Er hörte Gelächter. Irgendwie gelangte er wieder auf die Knie. Alles drehte sich. Ihm wurde übel, sein Magen verkrampfte sich, und er kotzte auf den unbefestigten Weg. Der Köter stand ihm Auge in Auge gegenüber. Sie schauten sich einen Moment an, bis Veit vom nächsten Krampf erfasst wurde. Er hielt sich erneut an der Mauer fest; wider Erwarten gelang es ihm aufzustehen. Mit dem Rücken an der Wand, noch immer völlig nackt, versuchte er, die Sinne zu ordnen. Ihm gegenüber standen jetzt drei Jungen, die zwischen acht und zehn Jahre alt sein mochten und, ihrem Äußeren nach zu urteilen, ungefähr da lebten, wo auch der Hund herkam. Die drei grinsten ihn dreist an und hatten offensichtlich Spaß an seiner Vorstellung. Während er die Jungen anstarrte, hatte der Köter begonnen, das Erbrochene aufzufressen. Veit versuchte, sich dieses Bild, diese unglaubliche Situation einzuprägen: die Kinder, der Köter, die Schmerzen, der Schwindel, seine Nacktheit. Vor einem halben Jahr noch war er einer der reichsten Männer der zweitgrößten deutschen Stadt gewesen, mit Sitz im Rat und glänzenden Zukunftsaussichten. Jetzt stand er splitterfasernackt hier in der Gasse, und weiter bergab konnte es nicht mehr gehen. Es war höchste Zeit, etwas Neues zu machen, und dazu gehörte zunächst ein Ortswechsel. Er musste die Stadt verlassen, und es spielte überhaupt keine Rolle, in welche Richtung. Er konnte das Angebot Osenbruges also getrost annehmen. In seiner derzeitigen Lage war es sogar ein gutes Geschäft. Veit ahnte, dass er dabei das Letzte aufs Spiel setzen würde, was ihm noch geblieben war – sein Leben.

KAPITEL 10

Die »Güte Gottes« schien ihren Namen mit vollem Recht zu tragen. Die Kogge sah aus, als habe sie schon so manchen Sturm überstanden und dabei ein Alter erreicht, bei dem man schon auf die Güte Gottes hoffen musste, um im nächsten Hafen sicher anlegen zu können. Veit Ellenbruch stand am Pier und war so bleich, dass der Schiffer, der wesentlich jünger war als sein Kahn, sich von der Reling herab zu ein paar aufmunternden Worten veranlasst sah.

»Keine Sorge. Das ist ein alter Ackergaul. Der ist sämtliche Furchen hundertmal abgelaufen und kennt seinen Weg.«

»Das muss er auch bei so einem Grünschnabel als Kapitän«, raunte einer der Lastenträger, die dabei waren, Frachtgut an Bord des Schiffes zu tragen.

Veit verzog keinen Mundwinkel. Er schaute Sievert an, der neben ihm stand. »Lass uns an Bord gehen«, schlug er vor.

»Sie sagen, es dauert noch mindestens zwei Stunden, bis wir auslaufen«, wandte Sievert ein.

»Ist mir egal. Ich habe keine Lust, hier in einer Kneipe zu sitzen und dabei möglicherweise noch auf irgendwelche Bekannte zu treffen. Ich muss ohnehin an Bord, also kann ich es auch gleich tun.«

»Wie du möchtest«, sagte Sievert, dem alles egal war, solange er mit dabei sein durfte. Er schnappte sich seinen Seesack und ging voran. Veit folgte widerwillig. Sein Rücken schmerzte noch immer, und sein Schädel war voller Beulen. Zum Glück hatten die höllischen Kopfschmerzen nachgelassen. Er trug einen schmalen Seesack, dessen wichtigster Inhalt ein Schreiben des Bürgermeisters war, das seinen Auftrag und seine Vollmachten festlegte. Der Rest waren ein paar Kleidungsstücke und natürlich die Laute, die alle Eskapaden wie durch ein Wunder unbeschadet überstanden hatte. Jemand hatte sie ihm nach Hause gebracht.

Den größten Teil des Geldes, das man ihm für seine Mission aushändigte, hatte er seiner Schwester überlassen. Die Anklage gegen Mechthild wegen eines angeblichen Verstoßes gegen die Zunftordnung war inzwischen niedergeschlagen worden. Sie hatte Veits Geld nicht haben wollen. »Ich brauche es nicht«, hatte sie zu ihm gesagt und es sogar ernst gemeint. Sie hatte die Münzen dann aber doch genommen und ihn geküsst. »Pass auf dich auf, Bruder.«

»Sei unbesorgt, Schwesterchen.«

Der Abschied von seiner Mutter war kühl. »Mach einmal in deinem Leben etwas richtig«, hatte sie verbittert gesagt, kein Kuss, kein Handschlag.

»Fahr zur Hölle«, hatte er gemurmelt und das Haus verlassen, das er – wenn nicht alles schief ging – nie mehr in seinem Leben zu betreten beabsichtigte.

Von den Freunden hatte er sich nicht verabschiedet. Nicht zuletzt, weil er sich nach Konstanzes Anschlag in den Tagen bis zur Abreise so gut wie gar nicht bewegen konnte. Kaum hatte er sich unter Höllenqualen nach Hause geschleppt, war er zusammengebrochen und erst am nächsten Tag wieder aufgewacht. Sein Rücken war blutunterlaufen und schmerzte fürchterlich. Sein Kopf war voller Beulen. Den ersten klaren Gedanken, den er fassen konnte, hatte er zu einem Schreiben an Osenbruge genutzt, in dem er auf dessen Angebot zurückgekommen war, ihn als Ermittler im Falle dreier ermordeter Kaufleute nach Falsterbo zu entsenden. Das in ihn gesetzte Vertrauen ehre ihn zutiefst. Gerne nehme er das freundliche Angebot an. Er werde abreisen, sobald ein entsprechendes Bestätigungsschreiben des Bürgermeisters vorliege. Hochachtungsvoll, Veit Ellenbruch!

»Und, Kleiner«, hatte er seinen Bruder gebeten, »das drückst du Osenbruge persönlich in die Hand und sagst, dass ich davon ausgehe, dass die Witwe Weversen wie auch unsere Schwester Mechthild nicht weiter aufgrund falscher Gerüchte belästigt werden.«

Der andere Grund, warum er Goswin, Wicbold, Henning und den anderen nicht Lebewohl gesagt hatte, lag darin, dass er sich schämte. Er wollte ihnen nicht unter die Augen treten und erklären müssen, was vorgefallen war. Dafür waren die Leiden noch zu frisch – und viel Zeit bis zur Abreise war ja ohnehin nicht geblieben.

Am nächsten Tag hatte ein Bote den Brief Crudeners gebracht. »Morgen früh läuft die ›Güte Gottes‹ nach Falsterbo aus. Der Bürgermeister bittet Euch, frühzeitig am Pier zu sein.«

»Sag ihm«, wies Veit den Boten an, »dass ich dort sein werde und dass mein Bruder Sievert mitkommt.«

Der Schiffer stellte sich mit »Drewes Parow, Schiffer der ›Güte Gottes‹« vor, einer zwölf Jahre alten und zweiundzwanzig Meter langen Kogge, die bereits an der Schlacht vor Kopenhagen teilgenommen und dabei eine ruhmreich Rolle gespielt habe. Parow hieß sie an Bord willkommen.

»Der verehrte Bürgermeister hat eine Kabine unter dem Achterkastell für Euch reservieren lassen – gleich neben meiner eigenen Kajüte«, sagte er.

Ja, das Schiff gehöre mit zwei Parten dem verehrten Bürgermeister. Die anderen beiden Parten entfielen auf eine Eignergemeinschaft von insgesamt acht Kaufleuten. Man habe hauptsächlich Lüneburger Salz geladen. »Ihr wisst ja: Drei Tonnen Hering brauchen eine Tonne Salz.« Die Winde wehten zu dieser Jahreszeit äußerst günstig aus Westen, und abgesehen davon, dass im Hochsommer immer mit dem einen oder anderen kleineren Gewitter gerechnet werden müsse, erwarte er eine ruhige zwei- bis dreitägige Fahrt nach Schonen. Die Rückfahrt werde wesentlich schwieriger. Entweder warte man auf eine der eher seltenen Ostwind-Wetterlagen oder man kreuze mühsam zurück, wobei eine voll beladene Kogge bestenfalls noch neunzig Grad zum Wind steuern könne.

Die »Kabine« unter dem Achterkastell war ein drei mal zwei Meter großer Verschlag, in den genau zwei Pritschen passten. Dazwischen blieb ein Durchgang von etwa dreißig Zentimetern. Veit setzte sich vorsichtig auf die Pritsche und ließ sich dann langsam zur Seite gleiten.

»Sag mir Bescheid, wenn wir in Falsterbo sind, falls ich bis dahin noch lebe«, bat er seinen Bruder.

»Ich wusste gar nicht, dass du so einen Schiss vor der Seefahrt hast«, sagte Sievert.

»Vater hat mich als Kind einmal auf eine seiner Reisen mitgenommen – ausgerechnet nach Schonen. Kaum waren wir auf der Ostsee, wurde ich seekrank und habe mir fast die Innereien rausgekotzt. Alle haben über mich gelacht. ›Herr Ellenbruch, dem kleinen Kaufmann müsst Ihr aber noch die Seefahrt beibringen, hahaha … Herr Ellenbruch, wenn das Euer Sohn ist, solltet Ihr Eure Geschäfte auf dem Landweg tätigen, hahaha.‹ Du kannst dir vorstellen, dass ich danach kein großes Interesse an diesem ganzen Kaufmannskram mehr hatte. Ich hatte einfach immer Angst, dass ich der ganzen Sache nicht gewachsen sein würde und nur verlieren könnte. Vielleicht hat damals das ganze Unglück, das ich über die Familie gebracht habe, seinen Anfang genommen.«

»Ich dachte, man habe dich betrogen?«

»Ja, sicher hat man mich betrogen, aber es wäre nicht passiert, wenn ich ein guter Kaufmann gewesen wäre.«

»Wie ist das eigentlich alles gekommen?«

»Als Vater starb, war ein Großteil seines Vermögens in Pelzen angelegt. Die Verkaufspreise in Brügge, London und im Süden waren aber stark gefallen. Ich hätte nur mit Verlust verkaufen können. Also entschloss ich mich, das Zeug zu lagern, bis die Preise wieder stiegen. Mit dem noch flüssigen Kapital – zusätzlich hatte ich mir Geld bei einem Lübecker Kaufmann namens Luder Detherdt geliehen – habe ich dann Hering gekauft. Dabei habe ich wohl den entscheidenden Fehler gemacht: Ich habe mich nicht persönlich von der Qualität der gekauften Ware überzeugt. Ich war blauäugig genug anzunehmen, dass die Geschäfte, die Vater jahrelang problemlos getätigt hatte, von mir einfach fortgesetzt werden könnten. So war es aber nicht. Sie sind wie Aasfresser, riechen Schwächen und schlagen unbarmherzig zu, wenn es Beute zu machen gilt. Ich hätte nach Falsterbo fahren und die Ware persönlich in Augenschein nehmen müssen. Ich hatte Hering mit doppeltem Zirkel geordert.«

»Doppelter Zirkel?«, fragte Sievert nach.

»Die Qualität von Heringen wird nach Größe und Gewicht bemessen. Die beste Qualität erreichen die Fische etwa fünf bis sieben Monate vor der Laichablage – also genau zur Heringszeit in Falsterbo. Die Fische sind dann etwa zweiundzwanzig Zentimeter lang und wiegen um die achtzig Gramm. Eine geschlossene Tonne mit diesen Fischen erhält zur Markierung der Qualität des Herings einen doppelten Zirkel. Die Ware, die ich erhalten habe, bestand jedoch aus nahezu unverkäuflichen Hohlheringen. Das sind die nach dem Laichen zu dünn gewordenen Fische. Sie werden ebenfalls in Falsterbo gefangen, weil hier zur gleichen Zeit die Frühjahrslaicher auf dem Rückweg *von* den Laichplätzen vorbeikommen wie die Herbstlaicher auf dem Weg *zu* den Laichplätzen. Es ist ein beliebtes Spiel, mit Hohlheringen zu betrügen.«

»Gibt es keine Kontrollen?«

»Natürlich gibt es Kontrollen, aber offensichtlich gibt es auch Wege, sie zu umgehen.«

»Was ist dann passiert?«

»Ich habe einen riesigen Verlust beim Verkauf dieser Hohlheringe gemacht und konnte das geliehene Geld nicht an Detherdt zurückzahlen. Der bestand aber auf fristgerechter Zahlung. So sah ich mich gezwungen, die Pelze weit unter Wert an einen von Detherd vermittelten Kaufmann namens Bartholomäus Gedecker zu verscherbeln. Am Ende der ganzen Transaktion war ich pleite. Es kamen noch zwei, drei Rechnungen hinzu, und den Rest kennst du.«

»Warum wurde deine Klage gegen Detherdt abgewiesen?«

»Weil ich nicht nachweisen konnte, das der minderwertige Fisch aus dessen Lieferung stammte. Detherdt hingegen konnte eine Reihe von Papieren vorlegen, die belegten, dass der von ihm gelieferte Fisch die Qualitätskontrollen anstandslos passiert hatte. Es hätte ja sein können, dass ich versucht habe, minderwertigen Fisch aus einer anderen Lieferung dem ehrenwerten Detherdt unterzujubeln, um einen kleinen Extragewinn zu machen. Wie dem auch sei, am Ende war ich der Dumme, und halb Lübeck hat sich über meine Dummheit amüsiert.«

»Ich bringe den Kerl um, wenn er uns über den Weg läuft«, sagte Sievert aufgebracht.

»Schön ruhig, Kleiner. Dann endest du am Köpfelberg und anschließend im Fegefeuer.«

»Da dürfte ja zumindest dieser Gedecker schon angekommen sein«, vermutete Sievert.

»Wieso?«

»Na, eines der drei Opfer in Falsterbo hieß, wenn ich mich richtig erinnere, Bartholomäus Gedecker.«

»Dann hat es ja zumindest keinen Unschuldigen erwischt«, meinte Veit nachdenklich.

Kurze Zeit später lief die »Güte Gottes« aus. Ein Priester hatte Schiff, Mannschaft und Passagiere gesegnet, wie es guter Sitte entsprach. Eine Schute mit acht kräftigen Ruderern zog die Kogge vom Pier. Mit der langsamen Strömung der Trave ging es flussabwärts. Am Ende des Hafens, gegenüber dem Burgtor, ließ der Schiffer die Segel setzen. Veit war trotz seiner Ankündigung, bis zur Ankunft in Falsterbo in der Kajüte zu bleiben, an Deck gekommen und stand nun neben dem Kapitän und Sievert am Achterkastell, als die Häuser und Kirchtürme der Travestadt an ihnen vorüberzogen. Die Türme von St. Marien, des Doms und der Jakobikirche am Koberg waren noch stundenlang zu sehen, sogar noch, als sie am Nachmittag Travemünde passiert und die offene See erreicht hatten. Veit wurde wehmütig ums Herz, obwohl diese Stadt ihm zuletzt kein Glück mehr gebracht hatte.

»Wie wär's mit einem Spielchen?« Sievert hatte sich einen schattigen und zugleich windgeschützten Platz auf dem Achterkastell gesucht und faltete ein Samttuch auseinander. Zum Vorschein kam ein auffallend schönes Schachbrett. Die schwarzen und weißen Felder wurden von Blumenmustern umrankt, die als Intarsien aus Elfenbein in das dunkle Holz des Brettes eingelegt waren. Unter dem Brett befanden sich zwei Schubladen, die die Figuren aus Elfenbein und Bernstein aufnahmen. Sievert hatte die Schubladen geöffnet und baute die Figuren auf.

»Wo hast du das denn her, Kleiner?«, fragte Veit.

»Vor vier Jahren, du warst damals noch als Kaufmannsgeselle in Dortmund, fand im Franziskanerkloster über drei Tage ein Wettkampf statt«, erzählte Sievert.

»Schach bei den Franziskanern?«, wunderte sich Veit. »Ich dachte, die Kirche sei gegen jede Form des Spiels.«

»Ja, gegen Glücksspiel. Der Abt der Franziskaner, der selbst einer der besten Schachspieler ist, betrachtet das Spiel als Teil der göttlichen Offenbarung. Es sei eine Schulung des Geistes, die zur Erkenntnis Gottes führe, so hat er mir einmal gesagt«, klärte der kleine den großen Bruder auf.

»Du verkehrst also regelmäßig mit dem Abt der Franziskaner?«, fragte Veit zweifelnd.

»Er hat mir eine Menge beigebracht – nach diesen denkwürdigen Tagen in seinem Kloster.«

»Zurück zu diesem Wettkampf. Worum ging es?«

»Es ging um dieses Brett. Der Sieger würde es sein Eigen nennen dürfen. So war es abgemacht. Mich nahm ein Lehrer aus der Lateinschule mit zu dem Wettstreit, und er erklärte, dass der Herausforderer, ein junger Mann und ein Doktor der Mathematik und der Philosophie, extra aus Gent zu diesem Zweck angereist sei, also um sich mit dem damaligen Eigentümer in einem Wettstreit zu messen.«

»Wer war der Gegenspieler?«

»Ein Lübecker Kaufmann namens Reinekin Kelmer. Er handelte mit feinsten italienischen Weinen und mit Gewürzen.«

»Und wie geht die Geschichte weiter?«, drängte Veit, der wissen wollte, auf welchem Wege eine solche Kostbarkeit in die Hände seines Bruders geraten war.

»Kelmer verlor die ersten zwei Partien, und in der dritten dachten alle, er werde erneut verlieren, aber er hatte dem Flamen eine geniale Falle gestellt. Bei Gelegenheit kann ich dir die Partie mal zeigen.«

»Du hast sie notiert?«

»Nein, ich habe sie im Kopf, wie nahezu alle Partien, die ich von Kelmer gesehen habe. Jedenfalls war der Flame danach ziemlich am Ende. Die folgenden beiden Partien verlor er auch, und Kelmer entschied den Kampf mit drei Siegen für sich.«

»Und wie bis du an das Brett gekommen?«

»Ich habe Kelmer nach dem Wettkampf gratuliert und gesagt, ich könne nicht verstehen, warum er im vierzehnten Zug der fünften Partie nicht den Springer auf C sieben gezogen habe. Kelmer schaute mich verwundert an, dachte nach und antwortete, dass ihm dann die Dame auf B drei gedroht hätte, worauf ich entgegnete, dass dies doch eigentlich zu seinem Vorteil gewesen sei. Wir haben es an Ort und Stelle zu Ende gedacht. Mit meiner Variante, so musste er schließlich zugeben, wäre der Flame schon im neunzehnten Zug matt gewesen. Ich war damals gerade neun Jahre alt, und Kelmer fand das erstaunlich genug, um sich ab und zu mit mir zu treffen und mir Unterricht zu erteilen. Zwischendurch ging ich regelmäßig zu dem Franziskaner.«

»Und seit wann besitzt du das Brett? Hat Kelmer es dir überlassen?«

»Ich habe ihn besiegt. Letzte Woche unter Zeugen im Franziskanerkloster. Ich habe die ersten beiden Partien gewonnen und er die nächsten beiden. Die alles entscheidende fünfte Partie habe ich dann für mich entschieden. Seitdem gehört das Brett mir – so lange, bis jemand kommt und mich unter Zeugen dreimal besiegt, bevor ich ihn dreimal besiegt habe. Schau hier.« Sievert schob die bereits aufgestellten Figuren vom Brett und drehte es um. Am Boden des Brettes befand sich eine Silberplatte mit einer wunderschön ziselierten Inschrift in einer fremden Sprache und darunter eine Tabelle, deren erste Eintragungen ebenfalls in dieser fremden Sprache waren. »Das ist Arabisch«, erklärte Sievert. »Das Brett stammt aus Arabien und die ersten Eigentümer anscheinend auch.«

Der erste Eintrag in lateinischer Schrift lautete auf Domenico Ferrochi, Venedig, 1247–1253, und der letzte Eintrag: Sievert Ellenbruch, Lübeck, 1380. Davor stand: Reinekin Kelmer, Lübeck, 1361–1380. Kelmer hatte das Brett von einem Venezianer namens Bottone und dieser von einem Russen aus Kiew namens Lupaschinsky, der es von einem Griechen bekam. Insgesamt waren vierzehn Namen in lateinischer Schrift auf die Silberplatte graviert.

»Wie erfahren die Herausforderer, wer das Brett besitzt?«, fragte Veit, der das alles nicht so recht glauben konnte.

»Wer es wissen will, der bekommt es heraus. Die besten Spieler werden den Weg zu mir finden, auch wenn mein Name ihnen nichts sagt. Vielleicht kennen sie Reinekin Kelmer, und der wird sie an mich verweisen. Vielleicht treffe ich durch Zufall auf den einen oder anderen. Mit der Zeit wird mein Name so bekannt wie der von Kelmer, und dann werden sie mich noch leichter finden.«

»Und du musst gegen jeden dahergelaufenen Gaukler spielen, der Gefallen an deinem Brett gefunden hat?«

Sievert schüttelte den Kopf. »Bedingung ist, dass der Herausforderer vorher Kelmer geschlagen hat und ein Schreiben von diesem vorlegen kann. Erst dann wird es eine offizielle Herausforderung geben. Schon diese Hürde werden nur wenige schaffen. Ich gedenke, dieses Brett für sehr lange Zeit in meinem Besitz zu bewahren.«

Die nächsten beiden Tage verbrachten die Brüder bei Sonnenschein und bestem Reisewetter mit achterlichen Winden auf dem Kastell und studierten Schachpartien ein, mit denen sie künftig Geld zu verdienen gedachten. Eine Variante bestand darin, dass Veit sich als großer Schachspieler vorstellen sollte, der zwei Pfennig bot für jeden, der ihn schlagen würde, woraufhin er gegen Sievert, den Halbwüchsigen, verlieren sollte. Danach wäre Sievert an der Reihe und würde die »gewonnenen« Pfennige setzen. Leichtsinnige Spieler sollten so zu einem vermeintlich schnellen Gewinn und hohem Einsatz verführt werden. Bei einer anderen Variante würde Sievert sich als unschlagbarer Spieler rühmen, aber gleich in der ersten Partie zwei Pfennig gegen Veit verlieren, der wiederum vorgeben sollte, erst seit wenigen Tagen überhaupt die Regeln zu beherrschen und rein zufällig vorbeigekommen zu sein.

»Selbst wenn ich nur ein Spiel pro Tag mache, können wir beide davon sehr gut leben«, war Sievert überzeugt.

»Wir werden sehen«, sagte Veit.

Kurz darauf gab der Schiffer bekannt, dass die Küste von Falsterbo in Sicht sei.

ZWEITER TEIL

Falsterbo

Die »Güte Gottes« war den größten Teil der Reise in Sichtweite der dänischen Küste gesegelt, entlang den Inseln Falster, Mön und Seeland, und dann nach Osten abgebogen, um den Öresund zu überqueren. Hier war die schonische Küste bereits in Sicht, und der Öresund selbst war voller Fischerschuten. Es waren Tausende.

»Hering!«, rief der Schiffsherr und deutete auf das Wasser im Norden.

Die Ostsee schien zu brodeln. Wenige hundert Meter neben der Kogge kochte das Wasser in einer silbrigen Farbe.

»Eine Heringstime«, erklärte der Kapitän. »Ein riesiger Schwarm. Wenn das Wasser flach und schmal wird, drängen sich die Fische bis an die Oberfläche. Hier seht Ihr das Silber der Ostsee.«

Der Heringsschwarm hatte zahllose Fischerschuten angezogen. Die fünfköpfigen Besatzungen der kleinen Boote schöpften die Heringe mit Käschern aus dem Meer, wie man Wasser aus einem Fluss schöpft. Einige der Schuten drehten bereits voll beladen mit der brodelnden Beute ab, während die weiter entfernten Schuten versuchten, den Schwarm einzuholen.

Eine Stunde später erreichte die Kogge die schonische Küste. Vor dem südlichen Ende der Halbinsel mit den beiden dänischen Orten Falsterbo und Skanör lagen an die sechzig Koggen vor Anker. Die »Güte Gottes« bahnte sich mit kleiner Beseglung einen Weg zwischen ihnen hindurch und ließ dann ebenfalls den Anker fallen. Der zunächst in feinen Schwaden vom Festland herüberwehende Fischgeruch wurde hier – dreihundert Meter vom Ufer entfernt und trotz eines von der See aus westlicher Richtung wehenden leichten Windes – immer unerträglicher. Es stank erbärmlich.

Kaum hatte das Schiff seinen Ankerplatz gefunden, kamen zwei Schuten von dem dreihundert Meter entfernten Strand angerudert. Veit und Sievert verabschiedeten sich von dem Schiffer und stiegen in die erste Schute, die sie an Land brachte. Der Strand selbst war – so weit das Auge reichte – mit primitiven Hütten übersät. Sie bestanden aus vier in den Sand gerammten Pfählen, von denen die beiden vorderen einen halben Meter weiter aus dem Sand hervorschauten als die beiden hinteren Pfähle. Über den Pfählen lag ein dünnes Holzgeflecht und darauf eine Matte aus Schilfrohr, die als Regenschutz diente, wobei die unterschiedliche Höhe der Pfähle für ein entsprechendes Gefälle sorgte. Auch die Seiten der Hütten bestanden aus Schilfmatten. Hier, auf und zwischen den Dünen, das wusste Veit noch von seinem ersten Besuch in Falsterbo mit seinem Vater, lebten die Fischer, deren Lager nach Herkunftsgebieten getrennt waren. Das größte Fischerlager direkt an der Rede war das Lager der Warnemünder Fischer.

»Mein Gott, was für ein Gestank«, stöhnte Sievert.

»Daran, Kleiner, wirst du dich gewöhnen müssen. Dieses Nest besteht nur aus Fisch, und wer hier ist, hat irgendetwas mit Hering zu tun – mehr oder weniger.«

»Ich befürchte, dass ich nach zwei Tagen genauso stinke und den Gestank nie mehr loswerde.«

»Keine Sorge. Jeden Morgen ein paar Kübel klares Wasser über den Kopf. Du wirst sehen, das hilft«, tröstete Veit ihn.

Sie stapften durch den weißen Sand die Düne hinauf. Nach etwa zweihundert Metern ging der Sand in festen Boden über. Hier begannen die ersten Holzbuden, die zur Rostocker Vitte gehörten.

»Die Rostocker Vitte«, stellte Veit dann auch knapp fest.

»Was sind diese Vitten eigentlich?«, wollte Sievert wissen.

»Es sind Kaufmannslager«, erklärte Veit. »Sie sind vom König an eine bestimmte Stadt verliehen, damit sich deren Kaufleute dort ansiedeln können. Die Kaufleute der Vitten unterliegen dem Recht ihrer Heimatstädte. Diese Rechtssicherheit, die durch die Anwesenheit der Vögte garantiert wird, ist eine der Voraussetzungen für den Handel.«

»Sind das denn ständige Siedlungen«, fragte Sievert nach.

»Inzwischen sind sie es. Früher sind die Kaufleute wohl mit ihren Buden angereist und haben diese am Ende ihres Aufenthalts hier wieder mitgenommen. Aber wie du siehst, sind aus einigen der Buden recht ordentliche Häuser geworden.« Veit zeigte auf ein zweigeschossiges Fachwerkhaus, das auf einer etwa einen Meter hohen Steinmauer fußte.

Als die beiden Brüder den Platz vor der Burg erreichten, verabschiedeten sie sich voneinander. Während Sievert mit seinem Seesack auf dem Rücken in Richtung der Lübecker Vitte davonging, schritt Veit auf den Haupteingang der Burg zu. Sie hatten verabredet, getrennte Wege zu gehen. Das sei besser fürs Geschäft, hatte Sievert gemeint.

Es war später Vormittag. In der Burg herrschte Andrang. Die Petenten drängelten sich dicht an dicht vor dem einzigen geöffneten Schalter, hinter dem ein genervter Stadtschreiber saß.

»Die Genehmigung ist bezahlt und ordnungsgemäß erteilt, und jetzt kommt dieser dahergelaufene dänische Strolch und behauptet, dass sei sein Gebiet und ich solle ...«

»Dafür sind wir nicht zuständig«, sagte der Schreiber trocken. »Scher dich zum Teufel.«

Veit beobachtete aus dem Augenwinkel, wie eine Geldkatze über den Schalter geschoben wurde. Man werde die Sache noch einmal überdenken, erklärte der Stadtschreiber sogleich und fragte den Mann nach seinem Namen.

Veit überlegte, ob er sich hier in die Reihe der Petenten anstellen sollte, und kam zu dem Schluss, dass dies eines vom Rat der Stadt Lübeck entsandten Vogtes nicht würdig sei.

»Meine Herren, mit Verlaub, lasst mich durch, ich muss zum Vogt«, rief er und drängelte sich in die Gruppe der Petenten. Diese hatten zum Teil schon seit Stunden gewartet und waren nicht bereit, den dreisten Versuch dieses jungen Mannes zu tolerieren, an ihnen vorbei sein Anliegen vorzutragen. Veit hatte zudem den Nachteil, dass er mit seinem Seesack auf dem Rücken nicht die besten Voraussetzungen zum Vordrängeln mitbrachte,

»Hinten anstellen!«, wurde lautstark gefordert. »Da kann ja jeder kommen.«

»Der Lübecker Bürgermeister schickt mich in dringender Angelegenheit zum Vogt«, sagte Veit und ließ nicht nach, sich durch Zerren an Röcken, Armen und Schultern einen Weg nach vorne zu bahnen, bis sich einer der Männer, die offensichtlich alle ein bedeutendes Petitum vorzubringen hatten, zu ihm umdrehte und ihm die Faust ins Gesicht schlug. Veit stand eingekeilt zwischen den anderen Leibern, sodass er sich kaum bewegen konnte. Es brauchte eine Weile, bis er ausholen und dem Schläger seinerseits einen ordentlichen Hieb verpassen konnte. Jetzt kam allmählich Bewegung in die Gruppe der Bittsteller. Einige gingen in Deckung, andere krempelten die Ärmel auf, wiederum andere beschwerten sich wutschnaubend, weil sie sich ihrem Ziel nahe wähnten und durch diesen spontanen Ausbruch von Gewalt den Erfolg ihrer Mühen bedroht sahen. Das Erscheinen einer Wache setzte dem Tumult ein Ende. Während die meisten der Bittsteller kurzerhand auf die Straße befördert wurden, gelang es Veit immerhin, sein Anliegen derart überzeugend vorzutragen, dass der Wachmann ihn seinem Hauptmann übergab. Dieser reichte ihn an den stellvertretenden Schreiber weiter. Der Schreiber schickte nach einem Mann namens Drewes und erkundigte sich bei diesem nach der Lage im »Feindesland«.

»Heute sieht es verhältnismäßig gut aus. Bislang läuft alles nach Plan. Es warten derzeit noch zwei Bittsteller«, gab dieser Drewes Bescheid.

»Gut«, sagte der Schreiber. »Der Mann hier kommt mit einem Brief des Lübecker Bürgermeisters. Bring ihn umgehend nach oben und lass ihn vor.«

»Sehr wohl«, antwortete Drewes und nickte Veit zu.

»Was meint er mit ›Feindesland‹?«, fragte Veit.

»Feindesland, das ist der zweite Stock. Der Amtssitz des Vogtes.«

Hans Molkentin las das Schreiben des Lübecker Bürgermeisters mit zunehmender Erheiterung. »... und ihm werden im Zusammenhang mit der Aufklärung der schrecklichen Morde in Falsterbo alle Vollmachten eines Vogtes übertragen. Alle Städte der Hanse und ihre Organe werden aufgefordert, den Inhaber dieses Schreibens, den hochverehrten Ratsherrn Veit Ellenbruch, bei der Ausübung seiner Tätigkeit mit allen Mitteln zu unterstützen.« Molkentin legte das Papier auf seinen überfüllten Schreibtisch.

»Ein Vogt mit besonderen Aufgaben, sozusagen«, sagte Molkentin lachend und schüttelte den Kopf. »Was wird sich Crudener dabei wieder gedacht haben?«

»Nun ja, also ich habe mich nicht um die Aufgabe gerissen«, versuchte Veit zu beschwichtigen. Er wollte auf jeden Fall den Eindruck vermeiden, als beabsichtige er, dem Vogt einen Teil seiner Kompetenzen abzunehmen.

»Drewes!«, schrie der Vogt unvermittelt, woraufhin der grauhaarige Bürodiener den Kopf durch einen Türspalt steckte. »Bring mir was zu trinken.«

»Roten oder Weißen?«

»Weißen – und was wollt Ihr?«

»Weißen«, antwortete Veit.

Drewes nickte und verschwand.

»Crudener ist ein schlauer Fuchs. Ich kenne ihn seit fünfundzwanzig Jahren. Crudener und Osenbruge – wenn sie Euch hierher schicken, dann werden sie sich was dabei gedacht haben. Natürlich habt Ihr meine volle Unterstützung, aber nach Lage der Dinge dürfte es äußerst schwierig werden, Licht in diese Sache zu bringen.« Molkentin schaute gedankenverloren aus dem Fenster.

Drewes kehrte mit einer Karaffe mit Weißwein in den Händen zurück und goss die beiden Gläser auf dem Schreibtisch voll.

»Zum Wohl«, sagte Molkentin und nahm einen kräftigen Schluck. »Wenn Ihr nichts Besseres gefunden habt, könnt Ihr hier in der Burg wohnen. Hier oben.« Molkentin deutete mit dem erhobenen Daumen zur Decke über seinem Kopf. »Da sind noch zwei Zimmer frei, die eigentlich als Privaträume des Vogtes gedacht sind, was sich ja irgendwie gut trifft, denn Ihr seid in dieser Angelegenheit ja jetzt der Vogt«, sagte Molkentin grinsend. »Ich habe diese Räume nie genutzt. Bin froh, wenn ich es bis hier in den zweiten Stock schaffe. Da hinauf bringen mich keine zehn Pferde. Vielleicht ein bisschen warm im Sommer, direkt unterm Dach, aber Ihr seid noch jung. Es wird Euch nichts ausmachen.«

Veit nahm das Angebot dankend an.

»Drewes soll Eure Sachen dort hinaufbringen. Richtet Euch ein und dann lasst uns gemeinsam durch die Stadt gehen. Ich zeige Euch alles, was Ihr wissen müsst.«

Molkentin hatte sich für seine nachmittägliche Ortsbegehung trotz sengender Hitze seinen Mantel mit Hermelinkragen umgehängt und den Filzhut aufgesetzt. Keuchend stapfte er los, begleitet von Veit Ellenbruch und zwei Männern der Stadtwache. Veit war noch weit davon entfernt, sich an die bestialischen Gerüche dieser Stadt zu gewöhnen, und die Gesellschaft Molkentins machte es ihm nicht leichter..

»Fangen wir mal bei der Lübecker Vitte an«, begann Molkentin. »Sie grenzt hier an die Rostocker Vitte, und seit Jahren geht der Streit über den eigentlichen Grenzverlauf. Aber das soll nicht Euer Problem sein. Hier auf der Lübecker Vitte, der größten in Falsterbo, befindet sich zunächst einmal die Niederlassung unseres Lübecker Heilig-Geist-Hospitals. Übrigens finden sich auch auf der Kopenhagener, der Stralsunder und der Wismarer Vitte Niederlassungen der jeweiligen Heilig-Geist-Hospitäler.«

»Gibt's hier so viele Alte und Kranke?«, wollte Veit wissen.

»Wo denkt Ihr hin. Die geistigen Herren handeln mit Hering. Billiger als hier bekommen sie ihn nirgends. Sie kaufen in großen Mengen für ihre Hospitalinsassen. Sie kaufen für den eigenen Bedarf und machen nebenbei noch so manches andere gute Geschäft«, ließ der Vogt Veit wissen. Sie gingen weiter. »Und dahinter«, fuhr Molkentin fort, »seht Ihr bereits unser geistliches Zentrum: eine Niederlassung der Lübecker Marienkirche. Die Rostocker haben auch ihre Kirche, aber unsere ist älter. Neben der Kirche ist der Lübecker Friedhof, aber jeder, der etwas auf sich hält, lässt sich natürlich in der Kirche begraben.« Bei der Kirche handelte es sich um einen Fachwerkbau, der an die zwanzig Meter lang und etwa fünfzehn Meter breit war. »Zudem haben die Franziskaner einen Domus auf unserer Vitte. Die Lübecker Vitte erstreckt sich über einen Kilometer nach Nordosten. An sie schließt sich die Kopenhagener Vitte im Norden und die Stralsunder Vitte im Osten an.«

Molkentin bog nach Osten ab.

»Die Vitten sind unterteilt in Felder oder Spatien und diese wiederum in Budenstellen. Dadurch erhält das Ganze eine rechtwinklige Form.«

Sie erreichten die Stralsunder Vitte. Zweistöckige Fachwerkhäuser standen neben niedrigen Holzschuppen. Heringsfässer wurden gestapelt und für den Abtransport vorbereitet. Karren wurden beladen, Fässer ausgebessert, Heringe in Fässer gelegt und mit Salzlauge übergossen. Die Gasse war kaum hundert Meter lang. Schließlich kamen sie zu einem freien Platz.

»Das ist der eigentliche Ort – die Stadt Falsterbo«, sagte Hans Molkentin und legte so viel Verachtung in seine Stimme wie nur irgend möglich.

»Dieses Nest hat vielleicht dreihundert Einwohner. Sie bilden sich etwas darauf ein, dass ihre Stadtkirche Sankt Gertrud ein paar Meter länger ist als die Kirche auf der Lübecker Vitte. Mein Gott, dabei leben sie nur von unserem Handel. Wenn wir nicht herkommen würden, wären sie schon längst im Flugsand untergegangen.«

Molkentin blieb stehen, drehte sich um und ging in westlicher Richtung zurück.

»Jetzt laufen wir noch zum Strand, dann kennt Ihr fast alles von Falsterbo. Mehr gibt's nicht zu sehen. Das ist natürlich nur die südliche Hälfte meines Zuständigkeitsbereichs. Im Norden schließt sich Skanör an. Das ist das Gleiche noch mal in Grün, wenn Ihr wisst, was ich meine: Grenzstreitigkeiten, Betrug, ab und an eine kleine Schlägerei, hier und da mal ein Totschlag und die andauernden Versuche, möglichst hohe Gewinne zur Not auch auf Kosten anderer zu machen.«

Sie kamen wieder an der Burg vorbei.

»Hier unten in der Rostocker Vitte wurde der jüngste Mord begangen. Thiedemann Paternostermaker hat es fast direkt vor seiner Bude erwischt. Die anderen beiden wurden in der Lübecker Vitte gefunden. Hieronymus Pracht war auf dem Heimweg in die Wismarer Vitte, und Bartholomäus Gedecker starb ebenfalls nur wenige Meter von seiner Bude entfernt. Alle drei Morde geschahen zu nächtlicher Stunde. Es gibt keine verlässlichen Zeugen, mal abgesehen von denjenigen, die den Leibhaftigen persönlich gesehen haben wollen.«

»Wo kamen die Opfer her? Warum läuft jemand zur finsteren Nacht noch durch die Gassen?«, fragte Veit Ellenbruch.

»Hier finden sich alle Möglichkeiten, das Leben fern der Heimat und fern der Familie angenehm zu gestalten«, erklärte Molkentin. »Es gibt hier an jeder Ecke Wirtshäuser, und wenn Ihr links in die Rostocker Vitte einbiegt, findet Ihr nach fünfzig Metern das ›Salzfass‹. Dort betreibt eine Frauenwirtin ein gut gehendes Hurenhaus mit an die zwanzig Frauen aus Rostock. Sie kommen jedes Jahr zur Heringszeit mit der ersten Rostocker Kogge herüber und verschwinden wieder mit dem letzten Schiff im November. Dazwischen haben sie alle Hände voll zu tun, wenn Ihr wisst, was ich meine.«

Veit nickte. Sie erreichten den Strand, der voller Fischerschuten lag – eine neben der anderen, so weit das Auge reichte. Die Fischer waren damit beschäftigt, den Fang an Land zu schaffen.

»Wir haben in diesem Jahr allein in Falsterbo sechstausendsiebenhundertdreißig gemeldete Fischerschuten«, erzählte Molkentin, dem der Schweiß über das speckige Gesicht lief. »Auf jeder Schute arbeiten fünf Mann. Sie zahlen an den dänischen König für die Fischereiberechtigung und zudem den Budenpfennig zum Verkauf der gefangenen Ware.«

»Und worauf warten die Leute hier?«, wollte Veit wissen.

Sie hatten den Beginn des Strandes erreicht. Hier standen Hunderte von Männern, darunter, an der Kleidung gut erkennbar, viele Kaufleute.

»Die Rückkehr der Fischer ist das wichtigste Ereignis des Tages, und darauf warten hier alle«, sagte der Vogt und wischte sich mit dem Sacktuch über das Gesicht. »Von der Qualität und der Menge der gefangenen Ware hängt der Preis ab. Um gleiche Bedingungen beim Handel zu gewährleisten, ist es den Käufern verboten, den Strand zu betreten, bevor das Zeichen dazu gegeben wird.«

An einem Mast, auf den alle zu stieren schienen, wurde jetzt ein Korb hochgezogen, woraufhin die oberhalb des Strandes versammelten Kaufleute und ihr Gefolge losstürmten, um sich ihren Teil des Fangs zu sichern.

»Hier am Strand ist es verboten, Waffen zu tragen«, sagte Hans Molkentin, der das aufgeregte Geschehen mit unbewegter Miene beobachtete. »Der Kaufmann, der hier Hering erwirbt, muss innerhalb von drei Tagen bezahlen. Den Fisch selbst darf er erst wieder in gesalzenem Zustand verkaufen, und nur dem Kaufmann ist es erlaubt, den Fisch zu salzen oder salzen zu lassen. Bei allen anderen wird dies nur in kleinen Mengen zum Eigenbedarf geduldet. Der Kaufmann muss die erworbene Ware vom Strand in seine Bude oder zu den Stürzräumen bringen lassen, wo der Hering weiterverarbeitet wird. Der Transport in den Wagen obliegt gesondert zugelassenen Wagenführern. Kippt der Wagen aufgrund von Fahrlässigkeit eines Wagenführers, so steht darauf die Todesstrafe.«

»Strenge Regeln«, bemerkte Veit.

Der Vogt nickte. »Hier leben Tausende von Männern über Monate fern der Heimat auf engstem Raum. Manchmal bleibt der Hering tagelang aus. Dann fällt die Stimmung. Es gibt nichts zu tun, und so mancher Händel wird begonnen. In einer solchen Umgebung braucht man strenge Regeln.«

»Und was passiert nach dem Abtransport der Heringe?«

»Der Fisch wird von Fischweibern, den Gallekonern, ausgenommen. Danach werden die Fische von Sortierfrauen in die Tonnen gestürzt, wobei Euch der Ausdruck stürzen wahrscheinlich eine falsche Vorstellung von diesem Prozess gibt, denn es geschieht nach einem ausgeklügelten System. Unter ständiger Beobachtung von vereidigten Fachleuten werden nur Heringe einer bestimmten Größe und Qualität so in die Tonnen gelegt, dass etwa achthundertdreißig bis -vierzig Heringe hineinpassen. Als Standardmaß verwenden wir die Tonne mit dem Rostocker Band, was bedeutet, dass das mittlere Metallband des Fasses einen in Rostock gebräuchlichen Umfang besitzt. Liegen die Heringe in dem Fass, wird dieses mit Salzlake aufgefüllt, bis alle Fische gleichmäßig bedeckt sind, wobei ausdrücklich nur Lüneburger Salz verwendet werden darf, weil es – wie Ihr wisst – von besonderer Reinheit ist. Mit dem Schließen der Tonne ist aber noch lange nicht alles getan. Der beim Kehlen entstandene Abfall, der Grum, wird weiterverarbeitet, gehört allerdings der Krone. Er wird von Grumkerlen abgeholt und oben im Norden der Kopenhagener Vitte in den Grumbuden zu Heringstran verarbeitet. Es riecht ein wenig. Der Grum darf übrigens nicht länger als zwei Nächte auf dem Spatium des Kaufmanns liegen bleiben.«

»Wer überprüft eigentlich die Qualität der Ware?«, fragte Veit mit einem gewissen Eigeninteresse.

»Die von den Städten bestallten und vereidigten Wracker kontrollieren, ob Heringe gleicher Größe und Güte verwendet werden, die Qualität der Ware in der Mitte der Tonne und unten mit der der oberen, sichtbaren Ware übereinstimmt. Sie kontrollieren außerdem die Verwendung von Lüneburger Salz und die Qualität der Lake. Ist alles in Ordnung, so erhält die Heringstonne mit schonischem Herbsthering als Zeichen unübertrefflicher Qualität den doppelten Zirkel.«

»Betrug ist also ausgeschlossen?«

»Wo denkt Ihr hin, verehrter Ellenbruch. Betrug ist gang und gäbe. Er ist gar nicht zu verhindern. Man bräuchte nur die Wracker zu bestechen. Theoretisch versteht sich, denn praktisch kommt so etwas in meinem Amtsbezirk nicht vor.« Hans Molkentin lachte Veit an und entblößte dabei ein äußerst lückenhaftes Gebiss. »Kommt, wir gehen etwas trinken«, schlug er dann vor. »So weit bin ich schon seit Jahren nicht mehr gelaufen – und dann diese Hitze.«

»Vielleicht solltet Ihr den Pelzmantel ablegen«, empfahl Veit.

Hans Molkentin schaute ihn aus listigen Schweinsäuglein entsetzt an. »Ein Vogt darf niemals die Insignien der Macht ablegen, sonst macht er sich gemein mit all diesen Kerlen hier. Auch Euch, junger Mann, würde ich empfehlen, dass Ihr Euch ein förmliches Auftreten zu Eigen macht, wenn Ihr hier respektiert werden wollt.«

Sie erreichten ein Gasthaus gegenüber der Burg mit dem Namen »Zum doppelten Zirkel«. Molkentin schien hier ein und aus zu gehen. Der Wirt brachte – ohne auch nur eine Bestellung abzuwarten – eine Karaffe Rotwein und füllte zwei Gläser.

»Ich bin Euch noch das Ende des Verarbeitungsprozesses schuldig«, fuhr Molkentin fort. »Wenn der Kaufmann eine größere Menge ordnungsgemäß verpackter Heringstonnen hat fertig stellen lassen, werden sie von Wagenkerlen abgeholt und zum Strand gebracht, wo Prahmkerle sie im Flachwasser in Leichter laden und zu den auf Reede liegenden Koggen rudern. Tja, und dann hat der Kaufmann im Prinzip zwei Jahre Zeit, um die Ware zu transportieren und zu verkaufen. Derzeit liegen in Lübeck – wie ich höre – die Preise bei etwa vier Mark lübisch pro Fass. Bedenkt man, dass Ihr heute Nachmittag hier die nötigen achthundertvierzig Fische für wenige Pfennige kaufen könntet, so habt Ihr eine Vorstellung von den Gewinnen, die man im Heringsgeschäft erzielen kann.«

»Wenn derartige Summen im Spiel sind, braucht es wohl wenig für ein Verbrechen«, bemerkte Veit.

»Ich sehe, Ihr habt den richtigen Blick auf das Geschehen hier«, stellte der Vogt grinsend fest.

Veit lenkte das Gespräch auf die drei ermordeten Kaufleute. Zumindest bei Hieronymus Pracht war klar, wo er seine letzten Stunden verbracht hatte, nämlich im »Salzfass«, dem Hurenhaus in Falsterbo. Zwischen den drei Opfern schien es keine Verbindung irgendeiner Art zu geben, sah man einmal von dem Fischer ab, der sowohl Pracht als auch Gedecker gekannt und mit ihnen geschäftlich zu tun hatte.

»Wo würdet Ihr an meiner Stelle ansetzen?«, fragte Veit den auch ohne Hermelinmantel noch immer schwitzenden Molkentin, der sich zum dritten Mal aus der Karaffe nachschenkte.

»Schwer zu sagen. Ich habe alles überprüft, soweit das meine anderen Verpflichtungen zuließen. Vielleicht findet Ihr eine Gemeinsamkeit zwischen den drei Männern. Es muss eine geben, denn sie wurden von derselben Person auf die gleiche Art und Weise ermordet. Der Mörder ist seinen Opfern offen entgegengetreten. Er hat allem Anschein nach so schnell und entschlossen getötet, dass von den Männern keinerlei Abwehrreaktion kam. Möglicherweise muss man tiefer graben, als ich das getan habe. Vielleicht muss man ihre Geschäftsverbindungen lückenlos offen legen.« Molkentin trank und dachte nach. »Man kann natürlich«, sagte er schließlich, »darauf hoffen, dass der Mörder ein weiteres Mal zuschlägt und dass aus dieser vierten Tat sich möglicherweise neue Hinweise ergeben, er vielleicht sogar gesehen oder erwischt wird.«

»Eine sehr fragwürdige Taktik«, bemerkte Veit.

»Aus der Not geboren. Ihr werdet Euch schnell genug die Zähne an dem Fall ausbeißen. Wir reden in ein paar Tagen noch einmal. Ab morgen lasse ich Euch von einer Wache begleiten, zu Eurem Schutz und damit man überhaupt mit Euch redet. Falls Ihr mich braucht, Ihr wisst ja, wo Ihr mich findet.«

Hans Molkentin stand auf, legte seinen Hermelinmantel um und setzte den Filzhut auf. Dann trat er hinaus in die Nachmittagssonne. Der Gesandte des Bürgermeisters war ein Grünschnabel, aber wenigstens quatschte er nicht dauernd, dachte er. Zudem stellte der Mann vernünftige Fragen. Man durfte ihn nicht unterschätzen. Noch immer war dem Vogt nicht klar, was Crudener und Osenbruge mit der Entsendung dieses Mannes bezweckten. Er musste vorsichtig sein, denn es war durchaus möglich, dass am Ende dieser vermaledeiten Geschichte seine Abberufung stand. Es galt auf jeden Fall zu vermeiden, dass dieser Bursche einen Mörder präsentierte und er, Hans Molkentin, wie der letzte Idiot aussah. Er musste genau informiert sein über jeden Schritt, den Ellenbruch unternahm. Molkentin ließ den Hauptmann der Wache kommen.

KAPITEL 12

Sievert erwartete seinen Bruder wie verabredet gegenüber der Burg, an der Ecke der Rostocker Vitte.

»Wie ist es dir ergangen?«, fragte Veit.

»Es war nicht ganz einfach, hier eine Herberge zu finden. Hier kommen zwar Tausende von Menschen an, aber es gibt kaum direkte Übernachtungsmöglichkeiten, weil jeder irgendwie und irgendwo unterkommt. Die Fischer schlafen am Strand, die Kaufleute und ihre Helfer nächtigen in ihren Buden, die Prahmkerle neben ihren Booten, die Schiffer auf ihrem Schiff, und das ganze Hilfspersonal stammt aus diesem Drecksnest. Ich habe was gefunden, so weit, so gut. Es ist ein Bretterverschlag hinter einer Kneipe in der Lübecker Vitte, die den schönen Namen ›Zum Goldenen Hering‹ trägt.«

»Origineller Name.«

»Du sagst es. Los, lass uns was essen gehen«, schlug Sievert vor. »Ich habe einen Bärenhunger.«

»Was hättest du denn gerne?«

»Egal, Hauptsache keinen Fisch.«

Minuten später saßen sie im ›Doppelten Zirkel‹ und aßen Schweinerippe mit Kraut, dazu frisches Weizenbrot.

»Der Gestank wird schlimmer, je weiter du nach Norden kommst«, berichtete Sievert. »Zuerst dachte ich, er weht vom Strand herüber, aber so ist es nicht. Er entströmt den Buden, in denen sie die Innereien verarbeiten. Ein normaler Mensch schafft es wahrscheinlich gar nicht bis dahin, sondern fällt schon auf dem Weg dorthin tot um. Es ist unglaublich. Eben dachte ich, Bruder, ich sterbe. Da gehen zwei Kerle mit einem Bottich neben mir her, in dem ausschließlich Innereien lagen, und das Zeug hat gedampft, als hätte es den ganzen Tag in der Sonne gelegen. Ich bin am Straßenrand in die Knie gegangen und habe gekotzt. Ich dachte, ich könne nie mehr was essen. Hier unten in der Rostocker Vitte geht's ja einigermaßen, oder ich bin dabei, mich an den Gestank zu gewöhnen. Vielleicht riecht man das alles in ein paar Tagen gar nicht mehr. Du stellst dich neben eine Grumbude, plauderst nett mit einer Fischausnehmerin, fragst sie, was sie nach der Schicht macht, verabredest dich auf ein Heringsfilet ... Mein Gott, wenn wir hier wieder rauskommen, wird draußen kein normaler Mensch mehr etwas mit uns zu tun haben wollen«, fürchtete Sievert. »Wir riechen wahrscheinlich hundert Meter gegen den Wind, als hätten wir in Heringstran gebadet. Und wenn ...«

»He, Kleiner, beruhige dich mal wieder. Es stinkt. Na und? Es gibt Schlimmeres, oder?«

»Eben, als ich neben die Grumkarre gekotzt habe, dachte ich, dass dies der mieseste Ort auf der Welt sei. Jetzt mit dem Rippchen geht's schon wieder. Als ich dir neulich gesagt habe, ich will weg – egal, wohin –, da hatte ich mehr so was wie Rostock, Wismar, Stralsund, Danzig, Hamburg, Bremen, Gent oder Brügge im Kopf. Hätte mir gerne mal Bergen angeschaut, London oder Venedig. Wie dem auch sei – an so was hier hatte ich eher nicht gedacht, verstehst du?«

»Es ist besser, du fängst hier mit deinen Reiseerfahrungen an. Dann kann es in Zukunft nur noch aufwärts gehen«, sagte Veit tröstend.

»Sehr komisch, Bruder«, maulte Sievert.

»Hab ich von dir verlangt, du sollst mich nach Falsterbo begleiten? Du tust ja gerade so, als hätte ich dich auf Knien gebeten, mit in dieses Nest zu kommen, dabei war es ja wohl eher umgekehrt, Kleiner, was!«, fuhr Veit jetzt seinen jammernden Bruder an.

»Sei doch nicht gleich sauer. Ich stelle hier doch nur eine unbestreitbare Tatsache fest – oder? Es stinkt. Und jetzt lass uns gehen. Wir probieren mal aus, ob die Sache mit dem Schachspiel funktioniert, wie wir es auf dem Schiff geübt haben.«

Das Wirtshaus »Zum Goldenen Hering« an der Ecke der Lübecker Vitte gegenüber der Burg wurde hauptsächlich von Kaufleuten aufgesucht. Sievert setzte sich an einen Tisch in der Mitte des Raumes. Er packte sein abgegriffenes altes Schachspiel aus, stellte die Figuren auf, legte ein paar Münzen neben das Brett und bestellte ein Bier.

Veit trat an den Tisch.

»Kleines Spiel gefällig? Mit zwei Pfennig seid Ihr dabei«, forderte ihn Sievert heraus.

»Gegen einen Grünschnabel wie dich will ich das gerne wagen«, entgegnete Veit und legte ebenfalls zwei Pfennig auf den Tisch. Veit brauchte nicht lange, bis er die Partie gewonnen hatte und das Geld einstrich. Schon während der ersten Züge hatten sich einige Kaufleute zu den beiden Spielern gesellt und schauten ihnen zu. Einer von ihnen, ein kleiner, knollennasiger Lübecker mit Schweinsäuglein, rundem Bauch und kurzen Wurstfingern, konnte es kaum abwarten, dem Jüngling ebenfalls ein paar Pfennige abzunehmen. Umso erstaunter musste er bereits nach vierzehn Zügen in aussichtsloser Lage aufgeben. Der Nächste war ein ehemaliger Nowgorodfahrer, der sich rühmte, ganze Winter nichts anderes gemacht zu haben, als Schach zu spielen. Der Mann war nach zweiunddreißig Zügen matt. Es folgten ein Kaufmann aus Wismar und einer aus Danzig, und zum Schluss wollte die Lübecker Knollennase noch einmal ihr Können unter Beweis stellen, aber Sievert hatte genug.

Vor dem »Goldenen Hering« teilte Sievert den Gewinn mit seinem Bruder. »Nicht schlecht für den Anfang«, fand er.

»Hier sitzt das Geld locker«, sagte Veit. »Die Kaufleute verdienen gut. Was bedeuten schon zwei Pfennig, wenn die Heringstonne vier Mark lübisch bringt!«

»Wir treffen uns morgen wieder im ›Goldenen Hering‹, und dann sehen wir weiter. Ich habe das Gefühl, man kann die ganze Sache noch einträglicher gestalten.«

»Da hast du Recht, Kleiner. Gar kein schlechter Platz zum Geldverdienen, wenn man mal vom Gestank absieht. Was hast du jetzt vor?«

»Ich bin müde, und du?«

»Ich werde mich noch ein bisschen in der Rostocker Vitte umschauen. Eines der Opfer ist dort zuletzt in einem Laden namens ›Salzfass‹ gesehen worden.«

»Viel Glück, Bruder.«

»Bis morgen, Kleiner.«

Die Eingangstür des »Salzfasses« war verschlossen, aber das schreckte Veit nicht ab. Bei den meisten dieser Häuser musste man anklopfen und wurde nur nach Prüfung durch einen zumeist kräftigen Knecht eingelassen. So war es auch hier. Der Knecht, der Veit um einen Kopf überragte, schaute ihn kurz an und ließ ihn dann eintreten. Der Innenraum des »Salzfasses« war nur spärlich von zwei Kerzen erleuchtet. Eine der beiden Kerzen stand auf einem Tisch, an dem vier Frauen saßen. Drei der Frauen waren bloß mit einem kurzen Unterhemd bekleidet. Ihre Beine und Arme waren nackt. Sie musterten Veit. Die vierte

Frau im Habitus einer Kaufmannsgattin stand auf und trat auf Veit zu.

»Es ist schon spät«, sagte sie mit warmer Stimme. »Womit können wir Euch dienen?«

Veit hatte noch nie eine so junge und schöne Frauenwirtin gesehen. Normalerweise waren das ältere Frauen, die selbst jahrelang als Huren gearbeitet hatten und dann durch den einen oder anderen Wink des Schicksals Wirtin geworden waren. Diese hier war kaum älter als Veit, und weder ihre Ausdrucksweise noch die selbstbewusste Art, mit der sie auf ihn zugegangen war, wollte so recht in ein Hurenhaus passen.

»Nun ja, ich würde gerne die Nacht bei Euch verbringen, wenn es Euch nichts ausmacht.«

»Aber mit Vergnügen. Ihr zahlt drei Pfennig bei mir, und den Rest macht Ihr mit dem Mädchen aus.«

Die Preise sind jedenfalls auch gesalzen, dachte Veit und legte die Münzen auf den Tisch.

»Bitte.« Die Wirtin deutete auf die drei Frauen. Veit fragte die Rothaarige mit den Sommersprossen nach ihrem Namen.

»Eva«, sagte die Frau, die etwa zwanzig Jahre alt sein mochte.

Veit nickte ihr zu, und sie stand auf, entzündete eine Kerze und ging zu einer Stiege im hinteren Teil des Raumes. Veit folgte ihr schweigend. Im Obergeschoss verzweigte sich ein Flur. Aus einem der Zimmer drang Gelächter, aus einem anderen rhythmisches Stöhnen. Die Frau führte ihn über einen Balkon zum Innenhof. Sie öffnete ein Zimmer, das sich im Hinterhaus zu befinden schien, soweit Veit das im Schein der Kerze erkennen konnte. Sie stellte die Kerze auf einen Nachttisch und setzte sich aufs Bett. Dann zog sie das Hemd aus und war nackt; ihre roten Haare fielen bis auf ihre kleinen Brüste hinab. Sie schaute ihn lächelnd an und deutete auf den Waschtisch, auf dem ein Krug mit Wasser stand. Über dem Krug hing ein frisches Tuch, und daneben befand sich eine Schale mit Lauge. Veit zog seine Kleider aus, wusch sich und legte sich zu der Frau aufs Bett. Mit den Fingerspitzen fuhr er ihr sanft über Hals und Brust.

»Erzähl mir deine Geschichte«, forderte er sie auf.

»Was war das für ein merkwürdiger Kerl?«, wollte die Frauenwirtin von Eva wissen.

»Ein sehr liebenswerter, zärtlicher Mann, wie man ihn wohl nur alle hundert Jahre einmal trifft«, schwärmte die Rothaarige. »Ich hoffe, er kommt wieder, aber das wäre wohl zu viel des Glücks.«

»Mein Gott, übertreibst du nicht ein bisschen? Und warum schüttet sich dieser Kerl am Brunnen eimerweise Wasser über den Kopf?« Die Frauenwirtin hatte es berufsbedingt mit allerlei schrägen Vögeln zu tun, und sie war sehr tolerant, solange ihre Geschäfte nicht litten. Dieser Kerl war anders als die anderen. Auf ihn würde sie aufpassen müssen.

KAPITEL 13

Die Rostocker Vitte war schon früh am Morgen ein Schauplatz mannigfaltiger Aktivitäten. Das Ausnehmen und Stürzen der Heringe beschäftigte Hunderte von Menschen, soweit Veit auf dem kurzen Weg in die Burg sehen konnte. Tonnen wurden zum Abtransport an die Reede fertig gemacht und Waren vor den Buden ausgebreitet, darunter auch allerlei Dinge, die nichts mit dem Heringshandel zu tun hatten. Es war bekannt, dass die Heringszeit Kaufleute aus halb Europa anlockte, deshalb war es kein Wunder, wenn neben Hering auch noch andere Waren gehandelt wurden. Vor einigen Geschäften lagen Pelze zur Ansicht aus, vor anderen waren Tuchballen aufgeschlagen. Gegenüber in der Lübecker Vitte wurden Lederschuhe angeboten, und daneben waren verschiedene Weine zum Probieren aufgereiht. Während es in Falsterbo bereits geschäftig zuging, erwachte die

Burg erst allmählich zum Leben. Der Hauptmann, bei dem Veit sich melden sollte, kam mit einiger Verspätung, und er schien vom gestrigen Abend noch ziemlich mitgenommen.

»Worum ging es?«, versuchte er sich zu erinnern. »Ach ja, einen Mann von der Wache zu Eurer Begleitung.« Er schaute sich in der Wachstube um.

»Habt Ihr bestimmte Vorlieben? Da haben wir Barthelmy, zuverlässig, einfältig, leutselig, gut gelaunt und lässt keine Gelegenheit aus zu trinken, was sich natürlich auf die Zuverlässigkeit auswirkt. Dann haben wir noch den roten Hans. Zuverlässig, maulfaul, einfältig bis zur Schmerzgrenze, selbst zum Würfeln zu dumm – und das will was heißen. Und da wäre noch der fromme Reymer, nicht ganz so einfältig, aber ständig am Beten, was die Sache auch nicht einfach macht. Mir geht er jedenfalls gehörig auf die Nerven, und ich fürchte, wenn es mal hart auf hart kommt, wird er, statt zum Schwert zu greifen, niederknien und beten. Außerdem könnte ich Euch noch Jeppe anbieten, aber der ist selten nüchtern, und im Prinzip braucht er ständig jemand, der auf ihn aufpasst. So«, schloss der Hauptmann, »das sind meine besten Männer. Über die anderen möchte ich nicht reden. Da ist Hopfen und Malz verloren.«

»Sagtet Ihr nicht, Barthelmy habe gute Laune und sei leutselig?«

»Ja, aber ich habe auch gesagt, dass er einfältig ist, um nicht zu sagen strohdumm. Es dürfte Euch zudem sehr schwer fallen, ihn über die Mittagszeit hinaus nüchtern zu halten.«

»Den nehme ich. Barthelmy ist mein Mann«, entschied sich Veit entschlossen.

Barthelmy, so erfuhr Veit von diesem, stammte aus einem Bauerndorf in der Nähe Lübecks und war bei der Wache gelandet, weil er mit außergewöhnlicher Größe und überdurchschnittlicher Kraft gesegnet war. So einen konnte man an jedem Stadttor einsetzen, und bei der Auflösung von Wirtshausschlägereien brachte einer wie Barthelmy strategische Vorteile mit. Zum Dienst in Falsterbo hatte sich der junge Mann mit dem verwilderten schwarzen Haar freiwillig gemeldet, weil es hier mehr zu verdienen gab. Das Geld konnte er gebrauchen, denn er beabsichtigte, im nächsten Jahr zu heiraten. Veit erklärte ihm in knappen Worten, worin sein Auftrag in Falsterbo bestand und was er in den kommenden Tagen zu unternehmen beabsichtige. Barthelmy schaute ihn freundlich an, und Veit fragte sich, was er von dessen Gesichtsausdruck zu halten hatte.

»Egal«, sagte Veit schließlich, »komm einfach mit. Wir gehen erst mal zur Bude von diesem Gedecker.«

Gedeckers Tod lag mittlerweile schon über vier Wochen zurück, und von seinem Besitz in Falsterbo war nichts übrig geblieben. Die Bude und die darin befindlichen Waren waren verkauft. Der neue Eigentümer der Bude hatte Gedecker nicht persönlich gekannt, sondern das Geschäft mit dessen Witwe getätigt. Es war ein Zufall, dass sich noch einer der Knechte des Ermordeten vor Ort befand. Hinnerc, so hieß der Mann, hatte quasi mit der Bude den Besitzer gewechselt. Der Knecht war wenig gesprächig, bis Barthelmy aus einer nahen Kneipe einen Liter Weißwein geholt hatte und Hinnerc, der um die fünfzig Jahre zählen mochte, ein Glas voll schenkte und ihm zuprostete. Nach dem ersten Schluck wurde Hinnerc schon etwas auskunftsfreudiger, und nach dem zweiten Glas redete er sich seine Sorgen von der Seele. Es sei nicht einfach, in seinem Alter noch eine neue Anstellung zu finden. Deshalb sei er auch bei Bartholomäus Gedecker geblieben. Gedecker habe fast ausschließlich mit Hering gehandelt. Das Geschäft sei mühsam gewesen und voller Risiken. Vor drei Jahren sei das Handelshaus durch einen Schiffbruch an den Rand seiner Existenz geraten. Es gab monatelang nur dünne Suppe und kein Geld, erzählte der Alte. Auch in besseren Zeiten war Bartholomäus Gedecker ein gestrenger Herr gewesen, der oft genug den Knüppel eingesetzt hatte, um seine Knechte und Mägde zu züchtigen. Darüber hinaus war der Kaufmann anscheinend ein übler Geizkragen gewesen, der keinen Pfennig freiwillig herausrückte und dem selbst die üblichen Zuwendungen zu den hohen kirchlichen Feiertagen mühsam abgerungen werden mussten.

»Wo sind die Bücher?«, fragte Veit, der sich einen Überblick über die Geschäftsbeziehungen Gedeckers verschaffen wollte.

»Es gibt keine Bücher«, behauptete der Knecht.

Veit schaute ihn ungläubig an.

Den Erläuterungen des Knechtes nach hatte der Kaufmann keine Bücher geführt, weil er nicht lesen und schreiben konnte. Veit wollte es kaum glauben. Als Kaufmann musste man Briefe schreiben, Waren bestellen, anbieten und verkaufen, nach Preisen fragen, Geld wechseln und vieles mehr. Gedecker aber hatte nach Aussagen des Knechtes Handel getrieben wie die ersten Kaufleute, die ihre Ware noch persönlich begleiteten.

»Ich schwöre es bei der Heiligen Jungfrau. Der Herr konnte nicht mehr lesen und schreiben als ich und alle anderen in seinem Haus.«

»Wann bist du in die Dienste des Kaufmanns getreten?«, wollte Veit wissen.

»Es sind bald zehn Jahre, dass ich für ihn gearbeitet habe. Er kam damals aus Rostock und suchte einen Knecht. So bin ich zu ihm gegangen, weil es bei meiner damaligen Herrschaft nicht zum Aushalten war. Wie hätte ich wissen sollen, dass es bei dem neuen Herrn auch nicht besser sein würde. Im Gegenteil – schlimmer ist es noch geworden als vorher.«

Veit versuchte noch eine ganze Weile, etwas über die Geschäftsbeziehungen des Lübeckers herauszufinden. Hatte es irgendwo unbezahlte Rechnungen gegeben, alte Feindschaften, Rivalitäten? Zu all dem wusste der Knecht nichts zu erzählen. Bartholomäus Gedecker war ein Kotzbrocken gewesen, der sich sicherlich mehr Feinde als Freunde gemacht hatte, ein Mann, dem anscheinend niemand eine Träne nachweinte, einer, den keiner vermisste, vermutlich nicht einmal seine Witwe.

»Kam es öfter vor, dass der Kaufmann so spät abends noch außer Haus war und erst am frühen Morgen zurückkam?«, fragte Veit.

Hin und wieder sei Gedecker bis spät in die Nacht unterwegs gewesen, sagte der Knecht.

»Zum Zechen?«, hakte Veit nach.

Nein, gezecht habe der Kaufmann jeden Abend. Das sei nichts Besonderes gewesen. Zumeist sei er wohl in den »Goldenen Hering« gegangen. Manchmal sei es besonders spät geworden. Vielleicht habe er an diesen Abenden gespielt oder sich im »Salzfass« vergnügt oder in einem der anderen Hurenhäuser. Jedenfalls seien die darauf folgenden Tage immer besonders schlimm gewesen.

Veit bedankte sich bei dem Knecht und drückte ihm eine Münze in die Hand. »Geht es dir jetzt besser, bei deinem neuen Herrn?«, fragte er.

»Ja, ich habe Glück gehabt. Der neue Herr ist gütig. Ich hoffe, ich kann bei ihm bleiben.«

Zumindest einer, dachte Veit, als er sich verabschiedete, der Vorteile aus dem Ableben des Kaufmanns hat.

Zum Mittagessen steuerte Barthelmy eine der Fischbuden in der Rostocker Vitte an. »Sauren Hering solltet Ihr probieren, mit Zwiebeln und Butter«, empfahl der Wachmann, aber Veit lehnte dankend ab. Ihm war nicht nach Fisch, bei dem Gedanken an Hering wurde ihm übel. »Wo bekommt man den Hering schon so frisch wie hier? Und er kostet so gut wie nichts«, redete der Wachmann ihm zu.

Aber Veit ging hinüber zum »Goldenen Hering« und bestellte einen Schweinebraten mit Kraut, der nicht halb so raffiniert zubereitet war wie im »Alten Zollhaus«, aber immerhin für ein paar Minuten den Fischgeruch verdrängte und Veit das Gefühl gab, an einem ganz normalen Ort zu sein.

Barthelmy wartete draußen, als Veit das Wirtshaus verließ. Sein Grinsen war noch breiter und sein Blick glasig geworden; das Schwert baumelte nachlässig an seinem Gürtel. Veit wusste jetzt, dass die Beschreibung des Hauptmanns nicht übertrieben war. Es war heiß, der Fischgestank unerträglich, und die letzte Nacht war verdammt kurz gewesen. Veit hatte einen vollen

Bauch, und der Wein tat ein Übriges. Er wollte eigentlich hinauf zur Danziger Vitte, in der Hoffnung, etwas über Hieronymus Pracht herauszufinden, doch der Gestank schien genau aus dieser Richtung zu kommen, und seine Beine waren schwer, vom Kopf ganz zu schweigen.

»Barthelmy«, sagte Veit, »es wird ein langer Tag, und ich denke, wir machen eine Pause.«

Der Wachmann sah ihn verständnisvoll grinsend an.

»Ich lege mich aufs Ohr und du am besten auch. Wir treffen uns hier in zwei Stunden, und dann geht's weiter.«

Barthelmy nickte. Das schien er also verstanden zu haben. Veit ging hinüber in die Burg, stieg die drei Stockwerke hinauf, öffnete seine Kammer, ließ sich aufs Bett fallen und war sofort eingeschlafen.

Barthelmy war pünktlich zur Stelle, aber er hatte die Pause offensichtlich nicht dazu genutzt, sich aufs Ohr zu legen. Sein Grinsen hatte mittlerweile etwas Debiles. Er schwankte und nutzte jede sich bietende Gelegenheit, um sich mit Händen und Armen durch die Gassen zu hangeln und seinen ausladenden Gang abzusichern.

Die Danziger Vitte war sehr klein und bestand fast nur aus einem einzigen Budenquadrat am nordwestlichen Ende der Lübecker Vitte, genau gegenüber dem Strand. Obwohl auch Hieronymus Pracht schon seit mehr als einem Monat tot war, hatte es anders als im Falle von Bartholomäus Gedecker noch keinen Eigentümerwechsel der Pracht'schen Bude gegeben. Das lag vor allem daran, dass es noch nicht gelungen war, einen Erben ausfindig zu machen, dem die Bude hätte abgekauft werden können. Pracht hatte ein gut gehendes Handelsunternehmen hinterlassen, das unter Führung des jungen Danziger Kaufmannsgesellen Jan Mechtel weiterlief, als sei der Kaufmann lediglich für ein paar Stunden aus dem Haus gegangen. Mechtel, ein dicklicher, blasser junger Mann mit Stupsnase und flinken Äuglein, kaufte täglich Heringe am Strand, ließ sie in Prachts

Bude ausnehmen und stürzen und die gefüllten Heringstonnen zweimal die Woche an den Strand schaffen und nach Danzig und Rostock ausschiffen, wo sie entweder an langjährige Handelspartner von Hieronymus Pracht verkauft oder weiter ins Binnenland verfrachtet wurden. Mechtel hatte trotz seines jugendlichen Alters dieses ganze Handelsnetz unter Kontrolle. Der Tod des Kaufmanns war für ihn die Gelegenheit gewesen, sich zu beweisen. Jan Mechtel, Sohn eines Krämers aus Danzig, führte im Alter von zweiundzwanzig Jahren ein Handelshaus ohne Fehl und Tadel.

»Ich darf sogar behaupten«, sagte der junge Mann stolz, »dass die Gewinne in den letzten vier Wochen gestiegen sind, trotz der Kosten für die Beerdigung auf dem Lübecker Friedhof und die Messen, die ich für den Kaufmann habe lesen lassen.«

»Wie das?«, fragte Veit überrascht.

»Die Ausgaben sind erheblich gesunken.«

»Welche Ausgaben?«

»Insbesondere die Ausgaben für den täglichen Bedarf.«

»Das müsst Ihr mir erklären.«

»Nun, der Kaufmann hat von den Gewinnen eine nicht unerhebliche Summe alleine für sich verwendet. Das belief sich immerhin auf etwa eine Mark lübisch pro Woche.«

»Unglaublich«, murmelte Veit in gespielter Entrüstung. »Hat er gezecht oder gehurt?«

»Beides«, sagte Jan Mechtel angewidert. »Am Abend seines Todes hat er ein Frauenhaus in der Rostocker Vitte aufgesucht, wie auch schon am Vortag.«

»Ihr scheint sehr genau über den Lebenswandel Eures Kaufmanns unterrichtet zu sein«, stellte Veit fest.

»Das ließ sich gar nicht vermeiden. Der Kaufmann liebte es, ausführlich über die Erlebnisse mit den Hübschlerinnen zu berichten.« Jan Mechtel rümpfte angewidert seine Stupsnase. Dabei schien die Verschwendungssucht seines ehemaligen Herrn den jungen Mann mindestens ebenso zu stören wie das moralisch zweifelhafte Treiben des Kaufmanns. Während ein Besuch im Frauenhaus auf der Lübecker Vitte bislang mit etwa zwei Pfennig zu Buche geschlagen habe, hätten sich die Ausgaben nahezu verdoppelt, seit der Kaufmann das »Salzfass« entdeckt habe. Auch die genauen Preise kenne er aus den Erzählungen des Kaufmanns.

Veit erkundigte sich nach den persönlichen Lebensverhältnissen Prachts und erfuhr, dass der verwitwet und ohne Nachkommen sei. Seine Frau sei letztes Jahr im Kindbett gestorben, und der Kaufmann habe sich mit der Absicht getragen, baldmöglichst wieder zu heiraten. Unklar sei, ob es mögliche Erben gebe. In Danzig seien mit Sicherheit keine Erben vorhanden da Pracht aber ursprünglich aus Rostock stamme, werde derzeit dort noch nachgeforscht. Falls es keine Erben gibt, werde das Vermögen an die Stadt Danzig fallen, wobei es sich aber nur um ein eher bescheidenes Anwesen in Danzig und zwei Parten handele, die er, Jan Mechtel, bereit sei zu übernehmen, ebenso wie das Haus in Danzig. Feinde habe Pracht nicht gehabt, eher zu viele falsche Freunde, weil er zu freigebig mit seinem Geld umgegangen sei und vor allem in den Wirtshäusern so manchen Zecher zum gemeinsamen Trunk eingeladen habe. Auch gegenüber seinem Dienstpersonal habe der Kaufmann nicht geknausert.

Wann denn Pracht nach Danzig gekommen sei, fragte Veit.

Im Frühjahr des Jahres 1371, erinnerte sich der Geselle. Das wisse er von seinem Vater, der von Anfang an einer der Abnehmer der Pracht'schen Heringslieferungen gewesen sei.

Schließlich ließ sich Veit noch die akkurat geführten Bücher zeigen, deren Einträge im letzten Jahr ausschließlich Jan Mechtel ausgeführt hatte, wie ein Schriftvergleich bestätigte.

»Das sieht alles sehr unauffällig aus«, stellte Veit fest.

»Das mag so sein, auf den ersten Blick«, erwiderte der Geselle. »Aber ich sage Euch, dass die Rücklagen zu gering waren. Ein Kaufmann sollte auch für schlechte Zeiten vorsorgen, den Verlust einer Ladung mit einkalkulieren oder ein Jahr mit schlechten Preisen. Hinzu kommt, dass es in heutigen Zeiten einfach nicht mehr ausreicht, nur mit einer Ware zu handeln.

Das Risiko muss vielmehr auf verschiedene Waren verteilt werden.« Er, Jan Mechtel, habe das dem verehrten Kaufmann wiederholt vorgetragen, doch der habe sich trotz seines noch jungen Alters von dreißig Jahren gegenüber solchen Neuerungen wenig aufgeschlossen gezeigt.

Veit bedankte sich bei dem strebsamen jungen Kaufmannsgesellen. Barthelmy war indessen auf einem Stuhl sitzend eingeschlafen. Nachdem es Veit gelungen war, den Wachmann zu wecken, schaute sich dieser verwundert in der ihm ungewohnten Umgebung um, erkannte dann aber Veit Ellenbruch, setzte sein gewohnt freundliches Lächeln auf und trat seufzend auf die Straße. Die Sonne stand inzwischen tief, aber es war noch immer sehr warm, und daran änderte auch die leichte Brise nichts, die vom Strand herüberwehte und den Geruch frisch gefangenen Herings mit sich trug. Veit wandte sich, begleitet von Barthelmy, in Richtung der Rostocker Vitte. Barthelmy wusste Bescheid. Er kannte die Bude des Rostockers. Er war es schließlich gewesen, der bei einem nächtlichen Rundgang den noch warmen Leichnam des Thiedemann Paternostermaker gefunden, ihn an die Hauptstraße verbracht und dort bei ihm gewacht hatte, bis der Vogt erschienen war. Paternostermaker sei sozusagen vor seiner eigenen Haustür ermordet worden. Er, Barthelmy, glaube, dass der Teufel mit dieser Tat zu tun habe, denn anders sei ein so merkwürdiges Verbrechen nicht vorstellbar – ein winziger Stich in die Brust, keinerlei Gegenwehr und keine Zeugen.

»Mit Verlaub, Barthelmy, aber du redest Unsinn. Der Teufel in Person ist bislang noch in die allerwenigsten Mordfällen direkt verwickelt gewesen.«

»Aber hier war es so«, behauptete Barthelmy. »Ich habe ihn schließlich selbst gesehen – mit eigenen Augen. Ich hatte gerade mit Jeppe den toten Paternostermaker aufgehoben, und wir wollten ihn hinüber zur Hauptstraße tragen, da bog er aus einer der Budengassen um die Ecke – fast wäre er in mich hineingelaufen –, drehte sich dann um und verschwand. Jeppe hat ihn nicht gesehen, weil der ja hinten ging. Ich habe vor Schreck den

Toten fallen lassen, und Jeppe hat fürchterlich geschimpft. Er regt sich immer schnell auf.«

»Wie kommst du darauf, dass es der Teufel war und nicht irgendein verspäteter Zecher?«

»Er trug einen Mantel mit Kapuze, und dennoch konnte man deutlich seine beiden Hörner erkennen.« Barthelmy schüttelte sich, als liefe ihm ein Schauer über den Rücken.

Nach einem Gang durch das Gewirr der engen Gassen in der Rostocker Vitte erreichten sie die Bude des Rostocker Kaufmanns. Ein Knecht öffnete die Tür und führte sie in einen Hof zwischen dem zweistöckigen Fachwerkgebäude an der Straßenseite und einem flachen Schuppen auf der Rückseite. Zwei Männer standen im Hof und schauten Veit verwundert an, als dieser sich vorstellte. Einer der beiden war ein junger Mann mit schmalem Mund und misstrauischem Blick, der sich als Arndt Stubbe vorstellte, der Rostocker Vogt. Der andere Mann war älter, mochte an die fünfzig Jahre zählen und machte sich Veit als Bertram Paternostermaker bekannt, ältester Bruder des Mordopfers.

»Es wird Zeit, dass der Lübecker Rat handelt«, sagte der Rostocker Vogt. »Dieser Sache ist bislang zu wenig Beachtung geschenkt worden. Es sind schließlich drei ehrenwerte Kaufleute auf gewaltsame Weise gestorben, und obschon die beiden ersten Morde mittlerweile über vier Wochen zurückliegen, wurde noch nicht einmal ein Verdächtiger verhaftet.«

Was wollte dieser arrogante Wichtigtuer? Veit fragte sich, ob er es mit einem der aufgeblasenen Schwätzer zu tun hatte, wie man sie in jedem Wirtshaus fand, oder ob etwas anderes hinter dem gestelzten Gerede stecken mochte.

»Es geht schließlich um Recht und Ordnung auf einem der wichtigsten Marktplätze der Hanse, und da kann man nicht so tun, als ob …«

»Da habt Ihr völlig Recht. Ich stimme Euch hundertprozentig zu«, fiel Veit ihm ins Wort und erntete misstrauische Blicke des Rostocker Vogtes.

»In einem solchen Fall muss mit aller Härte durchgegriffen werden, und zwar ohne jedes Zögern …«, hob der Rostocker erneut an, und Veit nahm ihm ein weiteres Mal den Wind aus den Segeln.

»Genau. So sehe ich das auch. Ihr seid ein Mann der Tat. Das gefällt mir gut. Wir sollten uns baldmöglichst zusammensetzen und unsere Erkenntnisse zu diesem Fall austauschen.«

Der Rostocker nickte verblüfft.

»Lasst uns morgen gemeinsam zu Mittag essen«, schlug Veit vor. »Ich weiß nicht, wo Ihr zu speisen pflegt, aber der ›Goldene Hering‹ scheint mir ein leidlich gutes Wirtshaus zu sein. Und wenn Ihr mich jetzt entschuldigen würdet. Ich muss dem ehrenwerten Bruder des Opfers noch ein paar Fragen stellen.« Veit ergriff die Hand des Rostocker Vogtes und geleitete ihn zum Ausgang. »Als dann, zur Mittagszeit im ›Goldenen Hering‹, und es ist mir wirklich eine Freude …«

Als der Rostocker Vogt gegangen war, wenn auch zögernd, wandte Veit sich an Bertram Paternostermaker. »Erzählt mal«, forderte er den Mann auf.

»Ich kann nicht viel sagen«, meinte der achselzuckend. »Ich bin sofort hierher gereist, nachdem ich vom Tod meines Bruders erfahren hatte. Er hinterlässt Frau und drei Kinder im minderjährigen Alter. Als ältester männlicher Verwandter war es meine Pflicht, mich hier um die Hinterlassenschaft meines Bruders zu kümmern. Das ist nicht ganz einfach. Die Bude ist voller Waren, die mein Bruder hier zu verkaufen beabsichtigte. Für mich ist das alles ein Buch mit sieben Siegeln. Ich bin Bernsteinschnitzer. Das ist das Metier, das wir von unserem Vater – Gott hab ihn selig – erlernt haben.«

Den Ausführungen von Bertram Paternostermaker zufolge hatte auch dessen Bruder Thiedemann zunächst als Bernsteinschnitzer gearbeitet und dann begonnen, die eigenen Produkte auf den schonischen Messen zu verkaufen. Erst vor etwa zehn Jahren habe er dann auch mit dem Heringshandel begonnen, die Reisen nach Schonen aber immer auch genutzt, um Bernsteinprodukte und schließlich auch andere Sachen bis hin zu Eisenwaren zu handeln. Der Bruder habe keine Feinde gehabt. Er sei ein ehrenwerter und allseits beliebter Mann gewesen, der in den letzten Jahren zu einer tiefen Frömmigkeit gefunden habe.

»Thiedemann ging täglich zur Messe, und er war ein großer Förderer der Kirche.«

»Gab es dafür einen bestimmten Grund?«

»Nicht dass ich wüsste.«

»Der Mord geschah in den frühen Morgenstunden. Könnt Ihr Euch vorstellen, wo Euer Bruder um diese Zeit hergekommen war?«

»Nein, auch ich habe mich schon gefragt, was ihn bewogen haben mag, nächtens durch die Stadt zu streifen.«

»Kann es sein, dass er in einem Wirtshaus war oder in einem Frauenhaus?«

»Nein, wo denkt Ihr hin!«, entrüstete sich Bertram Paternostermaker. »Thiedemann betrat so gut wie nie ein Wirtshaus und ein Frauenhaus – nein – ganz undenkbar.«

»Zu Hause in Rostock – das ist eine Geschichte. Aber hier in Falsterbo, fernab der Heimat, wo ihn niemand kannte – könnte sich Euer Bruder hier nicht vielleicht einen etwas anderen Lebensstil zugelegt haben?«

»Sprecht mit Peter, seinem Knecht. Er wird Euch bestätigen, dass mein Bruder ein gottesfürchtiges Leben geführt hat.«

»Und doch ist er am zwölften August morgens vor Sonnenaufgang hier in Falsterbo einem Menschen begegnet, der ihn so gehasst haben muss, dass er ihm einen Dolch ins Herz gestoßen hat – ohne auch nur eine Sekunde zu zögern.«

Veit suchte, wie empfohlen, den Knecht des Rostocker Kaufmanns auf, doch der bestätigte im Großen und Ganzen die Aussagen von Bertram Paternostermaker, wonach sein Herr ein strenggläubiger Christ, ein Mann ohne Fehl und Tadel gewesen sei. Warum er in der Nacht das Haus verlassen habe, könne er sich nicht erklären, aber möglicherweise hänge das mit einer Nachricht zusammen, die sein Herr am Nachmittag des zwanzigsten August erhielt und die ihn in große Nervosität versetzt habe. Thiedemann Paternostermaker habe an diesem Abend die Messe aufgesucht und er sei auch danach noch sehr unruhig gewesen.

Ein Blick in die Bücher des Kaufmanns ergab, dass dieser nicht nur mit Heringen und Bernstein gehandelt, sondern zudem mehrfach Geld verliehen hatte. Unter den Schuldnern fand sich auch der Name Claus Bylant, der am 1. Dezember 1380 in Lübeck zwei Mark lübisch an den Ermordeten zu zahlen hatte.

Veit bedankte sich bei dem Knecht und machte sich mit Barthelmy auf den Rückweg zur Burg. Dort angekommen, hielt er Ausschau nach Sievert, der sich aber nicht blicken ließ. Anscheinend kam der Kleine ganz gut ohne seine Hilfe zurecht. Veit entließ Barthelmy für diesen Tag und überlegte, was er noch unternehmen konnte. Zunächst wollte er im »Goldenen Hering« auf Sievert warten und dabei etwas essen. Als sein Bruder auch nach der Schweinshaxe nicht aufgetaucht war, entschloss er sich, seine Nachforschungen im »Salzfass« fortzusetzen. Immerhin waren mit Pracht und Gedecker zwei der Opfer aller Wahrscheinlichkeit nach am Abend vor ihrem Ableben in dem Frauenhaus gewesen. Das war ein ausreichender Grund, so sagte sich Veit, um dort ohne schlechtes Gewissen wieder an die Tür zu pochen.

Und das tat er denn auch. Nach einer Weile öffnete der Muskelberg, nickte ihm zu, ohne ihn anzusehen, schaute stattdessen die Budengasse hinauf und hinunter und schloss die Tür hinter ihm. Veit fühlte sich schon wie ein Stammgast. An diesem Abend war in der Wirtsstube eindeutig mehr Betrieb als am Vorabend zu später Stunde. Veit zählte zwölf Frauen sowie eine Hand voll männlicher Gäste, allesamt im Habitus der Kaufleute. Auch die rothaarige Eva war wieder da. Sie flüsterte den zwei Frauen neben sich etwas zu, die sich wiederum an die ihnen nächststehenden Frauen wandten. Alle schienen Veit anzuschauen.

»Sieh an, da hat jemand eine Laute mitgebracht. Wollt Ihr uns ein Ständchen bringen?«, rief eine Brünette, deren Bluse weit aufgeknöpft war und viel weiche weiße Haut sehen ließ.

»Warum nicht?«, antwortete Veit. »Aber erst mal wäre ich für ein Bier dankbar.«

Er setzte sich an einen der Tische, und kaum hatte er Platz genommen, gesellten sich vier Frauen zu ihm.

»Wo kommt Ihr her?«, fragte ihn die Brünette.

»Aus Lübeck.«

»Ein Kaufmann aus Lübeck«, rief die Brünette den anderen Frauen zu.

»Wer hat etwas von Kaufmann gesagt? Ich bin ein fahrender Sänger.«

»Habt Ihr gehört, Schwestern, Humor hat er auch.«

Eine schwarzhaarige, grazile Frau mit eleganten Bewegungen stellte schwungvoll ein Bier vor Veit ab, der einen tiefen Zug nahm.

»Was gibt es Neues aus Lübeck? Los, erzählt uns etwas.«

»Liebe Schwestern«, hob Veit an. »Ich will euch nicht langweilen mit eitlem Geschwätz über dieses und jenes, was sich in unserer Stadt zugetragen hat. Eine Sache will ich euch aber erzählen, eine Geschichte, die sich im letzten Herbst ereignete, als ich wieder einmal gänzlich ohne finanzielle Mittel auf dem Weg nach Hause war. Es war zur Mittagszeit, als ich am Gehöft eines reichen Bauern vorbeikam. Der gute Mann war nicht zu Hause, weil er auf dem Markt zu tun hatte. Seine Frau – eine hübsche, dralle Blonde – empfing mich, und ich bat sie um ein Almosen. Ihr Mann, so sagte sie mir, sei ein fürchterlicher Geizkragen, der alle Vorräte weggeschlossen habe. Sie könne mir daher nichts geben, ja schlimmer noch, sie habe selbst nichts zu essen. Ich schlug der Bäuerin daher vor, mir ein Almosen in Form eines Liebesdienstes darzubringen, denn wo immer ich bislang auch hingekommen sei, habe man mich doch nie auf diese Art beschenkt. Liebe Schwestern, ihr mögt zweifeln, aber ich erzähle euch nichts als die Wahrheit. Die Bäuerin nahm mich bei der Hand und führte mich zu ihrem Lager, wo sie mich reich beschenkte. Damit nicht genug. Nach einer Weile sagte die Bäuerin: ›Was ich Euch bis jetzt gegeben habe, das nehmt für das Brot. Jetzt aber sollt Ihr auch noch etwas für das Fleisch erhalten.‹ Als die gute Bäuerin das zweite Almosen verschenkte, kam ihr Mann vom Markt zurück und schrie Zeter und Mordio, woraufhin die Frau dem alten Geizkragen zurief: ›Du weißt genau, dass man Almosen geben muss, wenn man in den Himmel kommen will. Ich habe dem armen Bettler für unser Seelenheil – als Buße für deine und meine Sünden – meine Liebe geschenkt. Der Lohn für diese gute Tat wird uns beiden zugute kommen.‹ Der Bauer hatte daraufhin ein Einsehen und händigte der Frau, ohne zu zögern, den Schlüssel zur Vorratskammer aus. So ertrotzte sich die Frau die Schlüssel und die Hausgewalt. Ich aber möchte von euch wissen, ob sich eine Frau versündigt, wenn sie sich ebenso verhält wie jene, wobei ich euch sage, dass ich glaube, wenn sie es aus edler Nächstenliebe tut, so kommt dies einem reinen Almosen gleich.«

Veit trank den Bierkrug aus, während die Frauen lachten und applaudierten.

»Eine schöne Geschichte habt Ihr Euch da ausgedacht«, sagte die rote Eva.

»Wie, ihr glaubt mir nicht, dass es sich genau so zugetragen hat?«, fragte Veit empört in die Runde.

»Wahrscheinlich hat er kein Geld und will sich auch hier nur ein Almosen erbetteln«, rief die Frauenwirtin von der Theke her.

»Aber woher denn. Alles will ich mit euch teilen. Alles, was ich besitze.«

Veit trank einen weiteren Humpen und ließ sich einen dritten kommen. Die Wirtsstube füllte sich mit Gästen, die mit den Frauen im hinteren und oberen Teil des Hauses verschwanden. Die Frauen tauchten nach einer Weile wieder auf. Die Gäste nahmen den Hinterausgang. Veit hatte die Laute auf dem Schoß liegen und spielte, was immer ihm in den Kopf kam. Mit harmlosen Volksliedern fing er an, um mit der Zeit den einen oder anderen schamlosen Text zu wohl bekannten Melodien einzustreuen:

»… nackt liegt Flora auf dem Bette:
wie ihr weißer Leib mich freut,
samt der Brüste Jugendglätte,
die sich heben ungescheut.
Menschlich fühl ich nimmer mich,
der Götterlust bin ich jetzt mir seliglich,
im Glück bewusst, kose ich die süße Brust,
auf und ab mit Andachtshänden, um dann tiefer gleitend just
in der Gegend ihrer Lenden zu entdecken unverdrusst,
was ich streichle leise …«

Cecilie Andersen mochte den Fremden. Er hatte eine besondere Ausstrahlung, war jung und schön und ein wunderbarer Sänger und Erzähler. Nach sechs Wochen in diesem stinkenden Nest war die Stimmung der Frauen nahezu auf dem Tiefpunkt. Die Arbeit war hart, und an den freien Tagen gab es in Falsterbo keinerlei Abwechslung: keinen Bummel über den Markt, weder einen Schneider noch eine Goldschmiede. Nur die Monotonie der täglichen Arbeit, die hier härter war als in Rostock. Die Kunden stanken meist derart nach Hering, dass die Frauen sich mitunter schon geweigert hatten, ihrer Arbeit nachzugehen. Einzig dass das Geld hier wesentlich lockerer saß als zu Hause, ließ sie die Mühen ihrer Arbeit ertragen. Einer wie dieser junge Lübecker war ein Lichtblick im Einerlei des täglichen Geschäfts – ein netter Kerl, der nicht nur Spaß haben wollte, indem er mit der ersten Frau, deren er habhaft werden konnte, in einer Kammer verschwand. Der Lübecker hatte offensichtlich Freude daran, zu unterhalten und zu singen:

»Ach, es führen wonniglich vom Herzelein
ihre Hüften schwellend mich zum Lockenhain,
und ihr Fleisch, von Makel rein,

nimmt nicht Anstoß am Berühren,
unterm Nabel hebt sich ein
heißes Bäuchlein zum Verführen
und scheint gar erfreut zu sein ob des Ziels der Reise ...«

Veit legte die Laute zur Seite und trank.

»Singt noch etwas!«, rief eine der Frauen durch die Wirtsstube.

»Gemach, liebe Schwestern. Es war ein langer Tag, und ich bin müde, aber gerne will ich wieder kommen und euch noch ein paar Lieder und Geschichten vortragen.« Veit stand auf und ging zu der Frauenwirtin. Er legte drei Pfennig auf die Theke und bedankte sich für den schönen Abend. Die Frau lächelte ihn an. Sie war eine Schönheit, und Veit hatte das Gefühl, als habe sie eine besondere Geschichte zu erzählen, aber er spürte auch, dass es dazu noch zu früh war. Er nahm die Laute und sah die Brünette an, die Lilli genannt wurde. Zwischen ihr und ihm hatte sich im Laufe des Abends eine Art stillschweigendes Einverständnis entwickelt. Sie entzündet eine Kerze und ging ihm voraus.

Am folgenden Morgen wartete nicht nur ein freundlich lächelnder Barthelmy an der Burg, sondern auch Sievert.

»Wo warst du gestern Abend?«, fragte Veit.

»Ich konnte unmöglich weg. Ich habe gestern Nachmittag in einem Wirtshaus gespielt, das ›Silber des Meeres‹ heißt. Da verkehren hauptsächlich Viehhändler, Knochenhauer und andere Zünfte, aber bei denen sitzt das Geld genauso locker wie bei den Kaufleuten. Einer hat insgesamt viermal versucht, mich aufs Kreuz zu legen. Ich habe gestern Abend über eine Mark lübisch eingenommen. Ist das nicht unglaublich, Bruder?!«

Veit nickte bewundernd.

»Und wie kommst du voran?«, fragte Sievert.

»Ich habe noch nichts von Bedeutung herausgefunden. Die drei Ermordeten hatten alle irgendwelche Beziehungen nach

Rostock. Paternostermaker war Rostocker, Gedecker war aus Rostock nach Lübeck gekommen, und Pracht war ebenfalls ehemaliger Rostocker. Pracht und Gedecker haben sich vor ihrem Tod in einem ziemlich teuren Hurenhaus in der Rostocker Vitte vergnügt. Das aber war kein Ort für Paternostermaker, der ein ziemlich prüder Kirchgänger gewesen sein soll.«

»Vielleicht hilft dir weiter, was ich gestern von den Knochenhauern aufgeschnappt habe«, sagte Sievert. »Bei denen herrscht eine richtige Aufbruchstimmung. In Braunschweig haben die Knochenhauer anscheinend zu den Waffen gegriffen. Mehrere Ratmänner wurden erschlagen. Die Zünfte haben sich gewaltsam Sitz und Stimme im Rat erkämpft. Ein Teil des alten Rates ist wohl vertrieben worden. Die Lübecker Knochenhauer meinen nun, es sei höchste Zeit, dass in Lübeck ähnlich verfahren wird. Das große Wort schwingt einer, der sich Claus Bylant nennt und behauptet, sein Bruder sei der Zunftmeister der Knochenhauer in Lübeck. Dieser Bylant hat gestern gesagt, die erschlagenen Kaufleute von Falsterbo seien nur der Anfang. Auf ein paar Pfeffersäcke könne man gerne noch verzichten, und er sei der Erste, der denen den Schädel einschlüge, wenn sie nicht freiwillig ihre Privilegien aufgeben würden.«

»Hunde, die bellen, beißen nicht. Ich kenne diesen Zunftmeister Bylant in Lübeck. Ein Schwätzer vor dem Herrn, und ich kann dir sogar sagen, was sein Problem ist: Der ist nämlich der kleinste Knochenhauer, den ich je gesehen habe. Indem er sich besonders kämpferisch für die Sache der Zünfte einsetzt, versucht er nur, ein paar Zentimeter zu wachsen.«

»Ich glaube, Veit, du unterschätzt das«, warnte Sievert. »In Braunschweig haben sie schon Ratsherren erschlagen, und dieser Claus Bylant würde lieber heute als morgen damit anfangen, auch in Lübeck unter den Ratsmitgliedern aufzuräumen.«

»Gut, Kleiner, ich werde ein Auge auf ihn haben. Was hast du heute vor?«

»Ich weiß noch nicht. Hier sind so viele Wirtshäuser. Ich glaube, ich spiele mich einfach von einem zum anderen durch.«

»Kannst du mir Geld borgen?«, fragte Veit etwas verlegen.

»Aber klar. Was brauchst du?«, erwiderte Sievert freigebig und öffnete mit gespielter Lässigkeit einen prallen Lederbeutel.

Barthelmy kannte Bylant, den Knochenhauer. Dessen Bude befand sich am östlichen Rand der Lübecker Vitte und grenzte an die Stralsunder Vitte. Hier in dieser Gegend hatten sich Knochenhauer, Böttcher und andere Zünfte angesiedelt. Claus Bylant begrüßte den Lübecker Ratsherrn und Vogt mit geringschätziger Miene, was ihn im Übrigen als Bruder von Arnold Bylant auswies. Claus Bylant war kaum größer als sein älterer Bruder, hatte den gleichen nahezu kahlen Rundschädel und die gleichen Schweinsäuglein.

»Natürlich kannte ich Gedecker. Das habe ich auch schon dem Vogt geantwortet. Wir haben so manchen Krug zusammen geleert und bisweilen auch gewürfelt. Einmal war auch dieser Pracht dabei, netter Kerl, hat den ganzen Abend fast nur verloren.« Bylant lachte.

»Davon habt Ihr dem Vogt bislang aber nichts erzählt.«

»Wahrscheinlich hat er mich nicht danach gefragt. Außerdem ist das schon über ein Jahr her. Es war während der letzten Heringszeit.«

»Waren Gedecker und Pracht befreundet, oder habt Ihr beide nur zufällig zusammen getroffen?«

»Alte Freunde, würde ich sagen.«

»Warum?«

»Keine Ahnung, war so mein Gefühl.«

»Habt Ihr auch über Politik gesprochen.«

»Natürlich, oder ist das vielleicht verboten? Wir haben darüber gesprochen, dass die Knochenhauer beim Sieg gegen die Dänen entscheidenden Anteil gehabt haben, während die meisten Pfeffersäcke sich durch bezahlte Söldner haben vertreten lassen, als es hart auf hart ging. Da wäre es ja nur gerecht, wenn wir auch entsprechende Anerkennung in der Stadt gefunden hätten, aber unsere Bemühungen um einen Sitz im Rat wurden ebenso zurückgewiesen wie unsere Forderung nach einer Befreiung vom Marktzwang. Haltet Ihr es vielleicht für rechtens, dass in Lübeck jeder seine Litte aufmachen kann, wo er will, nur wir Knochenhauer und die Bäcker werden verpflichtet, die teuren Verkaufsstände am Markt zu mieten? Hinzu kommt, dass der Rat die Zahl der Litten künstlich knapp hält, um die Preise nach oben zu treiben und um die Zahl der selbständigen Meister zu begrenzen.«

»Das ist ohne Zweifel nicht in Ordnung, Meister Bylant«, stimmte Veit dem Knochenhauer zu. »Was haben denn Gedecker und Pracht dazu gesagt?«

»Pracht kam aus Danzig. Dem war das egal. Der hat, wenn ich mich richtig erinnere, ohnehin nur über Frauen geredet. Aber Gedecker sah das genauso wie ich. Der war schließlich selbst noch nicht allzu lange Kaufmann und konnte sich noch gut daran erinnern, wie das Leben als Seemann gewesen war.«

»Vom Seemann zum Kaufmann – nicht schlecht«, sagte Veit anerkennend. »Wie hat er das denn geschafft?«

»Das kann ich Euch nicht sagen. Darüber hat er nie gesprochen.«

»Was hört Ihr eigentlich von Eurem Bruder? Wie ist die Abstimmung im Rat gelaufen?«, fragte Veit.

Bylant zeigte ein finsteres Gesicht. »Die Abstimmung wurde verschoben – wieder einmal. Aber lange werden sie dieses Spiel nicht mehr so weiterspielen können. Die Braunschweiger haben es vorgemacht, und ich sage Euch, es ist nur noch eine Frage der Zeit, bis wir in Lübeck eine ähnliche Bewegung bekommen. Wir werden uns dann einfach nehmen, was uns zusteht, und wer sich uns in den Weg stellt, dem gnade Gott.«

»Aber, verehrter Meister Bylant. Ihr würdet doch nicht so weit gehen wie die Braunschweiger und ehrenwerte Kaufleute und Ratsherren erschlagen?«, tat Veit erschrocken.

»Ich habe im dänischen Krieg schon so manchen Kaufmann

erschlagen, und so Gott will, werden das nicht die letzten gewesen sein!«, rief Bylant erregt.

»Aber Ihr macht doch gute Geschäfte mit den Kaufleuten, leiht Euch sogar Geld.«

Bylant musterte Veit misstrauisch. »Was meint Ihr?«

»Wie viel habt Ihr Euch geliehen und wofür?«

»Was geht Euch das an?«

»Es geht mich etwas an, weil einer Eurer Gläubiger mit einem Dolch in der Brust gestorben ist.«

»Paternostermaker hat mir ein paar Pfennige vorgestreckt. Nicht der Rede wert«, wiegelte Bylant ab.

»Warum leiht Ihr Euch ausgerechnet bei diesem Paternostermaker Geld?«

»Ich konnte ja nicht wissen, dass er ermordet wird, sonst wäre ich zu einem anderen gegangen«, erwiderte der Knochenhauer spöttisch.

»Und wofür braucht Ihr das Geld? Bei den hiesigen Fleischpreisen könnte man annehmen, dass ein Knochenhauermeister mehr Geld in der Tasche hat als so mancher Heringshändler.«

»Pah, die Preise sind hoch, weil das Vieh teuer ist, nicht weil wir so viel draufschlagen. Die Dänen haben sich abgesprochen. Hier werden selbst für das magerste Rind Preise verlangt, wie sie in Lübeck nicht mal für einen Zuchtbullen zu zahlen sind.«

»Und wenn man dann noch beim Würfeln verliert ...«

»Ich hatte eine Pechsträhne«, fiel Claus Bylant Veit ins Wort. »Das hat sich längst wieder geändert. Ich hätte den Rostocker jederzeit ausbezahlen können, aber er wollte sein Geld im Herbst in Lübeck haben. Er sagte, er möchte nicht mit zu viel Geld in der Tasche reisen und im Dezember sei er ohnehin geschäftlich in Lübeck.«

Was für eine nette Familie, dachte Veit, als er sich von Bylant verabschiedet hatte. Der ältere Bylant versuchte, den sozialen Aufstieg mit Bestechung und Erpressung, während der jüngere es offensichtlich gar nicht erwarten konnte, dem Recht der zu kurz Gekommenen mit dem Schwert Geltung zu verschaffen.

Das Mittagessen mit dem Magister Stubbe nahm den von Veit erwarteten Verlauf. Der Rechtsgelehrte hatte außer allgemein gehaltenen Empfehlungen, wie mit Verbrechern und insbesondere mit Mördern zu verfahren sei – volle Härte des Gesetzes, kein Pardon –, wenig zu bieten. Molkentin, der Vogt, sei ein faules und stinkendes Schwein, korrupt und völlig unfähig, eine Schande für Lübeck und die ganze Hanse. Er, Stubbe, werde dafür sorgen, dass beim nächsten Hansetag diese ganze Sache angesprochen werde. »Das wird noch Folgen haben«, sagte der Magister wiederholt. Es schien einer seiner Lieblingssätze zu sein.

Veit hörte sich das Geschwätz mit zustimmendem Nicken an. Das hatte er auch im »Alten Zollhaus« immer getan, wenn Goswin nach übermäßigem Weingenuss wieder einmal anfing, von Nonnen zu schwärmen. Nichts Schöneres gebe es auf der Welt, als eine brünstige Nonne zu besteigen, hatte Goswin dann jedem, der zufällig in der Nähe war, verraten. »Fragt meinen Freund hier. Fragt Veit Ellenbruch, den großen Veit Ellenbruch, der schon mehr Frauen besessen hat als wir alle zusammen. Sag, Veit, habe ich Recht, Nonnen sind das Beste überhaupt, stimmt's, Veit?«

»Goswin, du hast völlig Recht, wie wäre es, wenn wir jetzt gehen. Ich bringe dich nach Hause.«

Veit dachte in diesem Moment, dass der junge Magister Stubbe wohl ähnlich viel über das Amt eines Vogtes wusste wie Goswin über Nonnen.

»Thiedemann Paternostermaker war Rostocker, und Pracht war aus Rostock nach Danzig übergesiedelt. Auch Gedecker war ursprünglich Rostocker. Ihr mit Euren Verbindungen könntet doch sicher herausfinden, aus welchen Familien die drei stammten, ob sie möglicherweise etwas verbindet. Das könnte für die Aufklärung der Morde von Bedeutung sein. Von Pracht und Gedecker wissen wir immerhin, dass sie sich gekannt haben – möglicherweise aus ihrer gemeinsamen Zeit in Rostock.

Vielleicht liegt der Schlüssel zu dieser Geschichte in ihrer Vergangenheit.«

»Das, verehrter Ellenbruch, würde voraussetzen, dass es sich hier um ein durchdachtes Vorgehen handelt. Was aber, wenn ein irrer Mörder durch diese Stadt läuft und ohne Sinn und Verstand tötet? Dagegen hilft nur vorbeugender Schutz. Ihr solltet in jeder Vitte eine bewaffnete Bürgerwehr aufstellen lassen, die des Nachts die Straßen kontrolliert. Nur so können weitere Untaten verhindert und der Mörder gefasst werden«, empfahl Stubbe mit Eifer.

»Eine Bürgerwehr schlägt uns hier in der ersten Nacht gleich drei vermeintliche Mörder tot. Davon kann ich nur abraten«, erwiderte Veit. »Die Stimmung wird dadurch auch nicht besser. Beschafft mir die Auskünfte aus Rostock, und dann treffen wir uns wieder.«

Veit entließ Barthelmy für diesen Tag. Er war hundemüde, weil er in der letzten Nacht kaum geschlafen hatte. Er ging in die Burg, legte sich aufs Bett und schlief sofort ein. Als er aufwachte, stand die Sonne bereits tief; Zeit, sich wieder im »Goldenen Hering« sehen zu lassen.

Dort saß Sievert vor seinem alten Holzbrett und trieb einen Kaufmann zur Verzweiflung. Der Mann raufte sich die Haare, überlegte hin und her und machte zögernd einen Zug. Sieverts Antwort kam ohne Zögern und mit ungeheurer Wucht. Er drängte die weißen Figuren zurück, wie die Flut das Land zurückdrängt, und sowenig man gegen die Flut ausrichten kann, so wenig konnte der Kaufmann gegen Sieverts Spiel unternehmen. Er gab schließlich in aussichtsloser Lage auf, schob die zwei Pfennig über den Tisch, erhob sich und verließ wortlos das Wirtshaus.

Veit setzte sich auf den frei gewordenen Platz.

»Gegen den habt Ihr keine Chance«, sagte ein Kaufmann vom Nebentisch, der schon die letzte Partie Sieverts mit Interesse verfolgt hatte.

»Das werden wir doch erst mal sehen. Ich setze drei Pfennig«, sagte Veit und dann zu Sievert gewandt: »Aber, bitte, seid so gut und erklärt mir noch einmal, wie die Figuren gezogen werden.«

Sievert erfüllte ihm natürlich den Wunsch, und dann legte Veit mit den weißen Figuren los. Ohne zu überlegen, setzten die beiden Spieler einen Zug nach dem anderen in einem Tempo, dem die umstehenden Zuschauer kaum folgen konnten. Veit und Sievert spielten die Partie, die sie auf der Überfahrt von Lübeck nach Falsterbo einstudiert hatten. Nach wenigen Minuten hatte Veit gewonnen und strich die drei Pfennig ein. Der Kaufmann vom Nebentisch konnte es kaum fassen.

»Bylant ist ein Spieler«, raunte Sievert seinem Bruder unauffällig zu. »Ich habe gestern gesehen, wie er beim Würfeln verloren hat. Er ist dabei völlig ausgerastet, und wenn die anderen ihn nicht gehalten hätten, dann hätte er den Kerl, gegen den er verloren hat, wohl mit bloßen Händen erwürgt. Es gibt Zeugen, die gesehen haben wollen, dass Bylant auch gegen Pracht und Gedecker gewürfelt und verloren hat.«

Veit nickte kaum merklich. »Halte weiter die Ohren offen«, sagte er leise und stand auf.

Ein junger Kaufmann nahm augenblicklich Veits Platz am Brett ein und legte den Spieleinsatz auf den Tisch. »Dann wollen wir mal«, sagte er, durch Sieverts schnelle Niederlage zuversichtlich geworden.

»Weiß oder Schwarz?«, fragte Sievert.

Der Kaufmann entschied sich für Weiß und machte den ersten Zug auf dem Weg zu einer unvermeidlichen Niederlage.

An diesem Abend war im »Salzfass« kein Betrieb. Es war Freitag, und in der Nacht von Freitag auf Samstag galt die Befriedigung wollüstigen Verlangens der Kirche als besondere Sünde. Beischlaf sei grundsätzlich sündhaft, wenn er mit Wollust einhergehe, lehrte die Kirche, auch wenn er der Zeugung von Nachkommen diente. Es handelte sich aber um eine lässliche

Sünde, während an kirchlichen Feiertagen sowie von Freitag auf Samstag und von Samstag auf Sonntag diese Sünde wesentlich schwerer wog. Wer eine solche Sünde beichtete, dem legte der Priester ein volles Jahr Enthaltsamkeit als Buße auf. Damit war nicht zu spaßen, wenn man überhaupt die Aussicht auf das ewige Himmelreich wahren wollte. Die Frauenhäuser, die in allen Städten geduldet wurden, durften bei Androhung der Schließung an den genannten Tagen keine Kundschaft bedienen. Folglich war es kein Wunder, dass das »Salzfass« leer war. Der Knecht, der auf Veits Klopfen hin die Tür öffnete, wies dann auch gleich darauf hin, dass man heute geschlossen habe.

»Ich komme nicht als Kunde«, sagte Veit, »sondern eher als Freund des Hauses.«

Der Knecht warf einen Blick in die Wirtsstube. Die Wirtin nickte ihm zu, und Veit wurde eingelassen.

»Ihr habt Mut. An einem Freitag wagen es nur wenige, an unserer Tür zu klopfen«, sagte die Wirtin.

»Ich habe schlicht nicht daran gedacht, dass heute Freitag ist«, gab Veit zu.

»Dann solltet Ihr möglichst bald wieder verschwinden.«

»Ach, jetzt, wo ich einmal hier bin, könntet Ihr mir ein Bier geben«, bat Veit mit gespielter Einfältigkeit.

»Ich glaube Euch kein Wort«, sagte die Wirtin und lächelte ihn an. Sie nahm einen Krug und zapfte ihn randvoll. »Zum Wohl«, wünschte sie.

Veit nahm einen langen Zug.

»Erzählt von Euch«, forderte sie ihn auf, als er den Krug absetzte.

»Da gibt es nicht viel zu erzählen«, wehrte Veit ab.

»Oh, dass sehen wir hier anders. Ihr kommt hierher, verdreht erst Eva den Kopf und dann Lilli und Mathilde. Es kommt noch so weit, dass sich die Mädchen prügeln, wer als Nächste mit Euch die Nacht verbringen darf. Ihr gefährdet mein Geschäft. Da ist es doch mein gutes Recht zu erfahren, was es mit Euch auf sich hat, oder?«

Eine der Frauen kam mit einer Kerze in der Hand die Stiege zur Gaststube herunter. Sie trug ein kurzes Nachthemd und gähnte. Offensichtlich hatte sie geschlafen und nicht mit Gästen gerechnet. Als sie Veit erblickte, errötete sie so stark, dass Veit dies sogar im Schein der Kerze zu erkennen vermochte. Sie drehte sich um und eilte wieder die Stiege hinauf.

»Da seht Ihr, sie wollen sich vor Euch nicht mal mehr ungeschminkt sehen lassen.«

»Na schön«, sagte Veit. »Ich bin der Sohn eines reichen Lübecker Kaufmanns und habe mein gesamtes Erbe innerhalb nur weniger Wochen in den Sand gesetzt. Jetzt lebe ich von der Hand in den Mund. Derzeit arbeite ich für den Lübecker Bürgermeister, der mich hierher nach Falsterbo geschickt hat, um herauszufinden, wer die drei Kaufleute auf dem Gewissen hat.«

»Sehr interessant, und was führt Euch da ins ›Salzfass‹?«

»Ins ›Salzfass‹ komme ich eher privat, wenn man einmal davon absieht, dass die beiden ersten Opfer, Hieronymus Pracht und Bartholomäus Gedecker, wohl ebenfalls hier Kunden waren.«

»Waren sie das? Schon möglich. Es kommen so viele, und man kann sich die Namen nicht merken. Die wenigsten nennen überhaupt ihren Namen. Sie bleiben lieber unerkannt – aus Angst, dass es sich bis in ihre Heimatstadt herumspricht, wo sie hier ihre Nächte verbracht haben.« Die Frauenwirtin lachte verächtlich. »Die ehrbaren Bürger.«

»Dennoch – die beiden waren hier«, sagte Veit. »Pracht hat es seinem Knecht erzählt, und es war auch kein Geheimnis, dass Gedecker regelmäßig das ›Salzfass‹ aufsuchte, wenngleich er es selbst wohl nicht an die große Glocke gehängt hat. Mich würde eher interessieren, ob auch das dritte Opfer, dieser Thiedemann Paternostermaker, mal hier war.«

»Mir ist er jedenfalls nicht bekannt, zumindest nicht dem Namen nach.« Sie schaute ihn bedauernd an. »Es ist sicher eine sehr schwere Aufgabe, die Ihr da übernommen habt.«

»So ist es«, räumte Veit ein. »Aber es beginnt mir Spaß zu machen. Ich habe das Gefühl, dass ich den Mörder finden werde.«

»Ihr seid ihm schon auf den Fersen?«

»Nein, das nicht. Aber immerhin habe ich bereits herausgefunden, dass die drei Opfer etwas gemeinsam hatten. Sie kamen alle aus Rostock, und möglicherweise liegt dort irgendwo der Schlüssel zu den Bluttaten.«

»Das ist beeindruckend. Ihr solltet in Rostock weiterforschen.«

»Das tue ich bereits«, sagte Veit. »Der Rostocker Vogt stellt für mich Erkundigungen an.«

Sie nickte anerkennend. »Ich bin gespannt, was Ihr in Erfahrung bringen werdet.«

»Das wird allerdings eine Weile dauern.«

»So, wie ich Euch kenne, wisst Ihr die Zeit zu nutzen.« Sie lächelte ihn viel sagend an, und Veit lächelte verlegen zurück.

»Jetzt solltet Ihr mir aber auch Eure Geschichte erzählen«, bat er sie dann.

»Oh, da gibt es noch viel weniger zu erzählen. Ich bin die Tochter eines Krämers aus Rostock. Meine Mutter ist schon bei meiner Geburt gestorben und mein Vater, als ich sechzehn war. Er hat mir nicht viel hinterlassen, und so habe ich geheiratet. Leider war mein Gatte nicht sehr tugendsam. Er hat gewürfelt und mich im Spiel an einen Frauenwirt verloren. So wurde ich zur Hure, und als der Frauenwirt starb, habe ich sein Geschäft übernommen. Das ist jetzt zwei Jahre her. Damals hörte ich von der Möglichkeit, das ›Salzfass‹ zu pachten. Ich habe nicht lange gezögert. Ich war sicher, es würde eine Goldgrube werden, und ich habe Recht behalten. Jetzt kommen wir im zweiten Jahr auf die schonische Messe, und einige der Mädchen haben schon so gut verdient, dass sie sich eine Rückkehr ins normale Leben leisten können. Wer sparsam wirtschaftet, der hat hier bald eine anständige Mitgift zusammen.«

»Und Ihr, spart Ihr auch auf eine Mitgift?«

Sie lachte. »Ihr seid ein verdammt neugieriger Kerl, aber ich will es Euch trotzdem verraten. Ich habe noch keinen gefunden, für den sich meine Mitgift lohnen würde.«

»Das lässt ja noch hoffen«, sagte Veit lächelnd und trank sein Bier aus. Er schaute auf die Tür. »Dann werde ich wohl gehen. Es ist spät.«

»Seid Ihr sehr religiös, Veit?«

»Leider nehme ich es mit meinen geistlichen Pflichten nicht sehr genau. Ich gehe am Sonntag zur Messe …«, sagte Veit und schränkte dann nach kurzem Nachdenken ein, »… wenn nichts dazwischenkommt.«

»Dann nehmt Ihr es doch sicher mit dem Freitag auch nicht so genau.« Sie griff nach der einzigen Kerze, die in dem Schankraum noch brannte, und führte ihn zur Stiege.

Veit Ellenbruch erwachte wie immer mit dem ersten Tageslicht. Er war sich ziemlich sicher, dass er in dieser Nacht der höchsten Form irdischen Glücks näher gekommen war, ja, vielleicht war es ein Vorgeschmack auf das Paradies gewesen. Er betrachtete die nackte Frau, die neben ihm schlief – nur spärlich von Laken bedeckt. Veit stand auf und ging hinunter in den Hof. Der Brunnen war nicht tief. Das Grundwasser in Falsterbo stand kaum zwei Meter unter der Erde. Veit füllte den Eimer und goss ihn sich über den Kopf. Das Wasser war frisch und klar. Es schmeckte weder brackig noch nach Hering, was fast ein Wunder war. Es war klares, reines, kühles Wasser. Er ließ den Eimer in den Brunnen fallen und wiederholte die Prozedur wieder und wieder. Es war wie eine Taufe, und diese Nacht war für ihn so etwas wie eine neue Geburt gewesen. Alles war anders. Was vorher gewesen war, war nichtig. Nichts zählte mehr. Cecilie Andersen hatte alles verändert. Veit trocknete sich ab und ging zurück ins Haus.

Sie erschrak, als er sich zu ihr legte. »Du bist kalt.« Sie öffnete die Augen. »Und du riechst so frisch.« Sie drängte sich an ihn, zog ihn mit beiden Armen zu sich heran und umschlang ihn mit ihren Beinen. »Bleib so«, flüsterte sie, und Veit genoss die Wärme ihres Körpers und ihren ruhigen Atem, als sie wieder einschlief. Er betrachtete ihre blonden Haare, ihr Ohr, ihren Hals, die winzigen Sommersprossen auf ihrer Nase, ihre feingliedrigen Hände und die schlanken Oberarme. Diese Frau in seinen Armen zu halten war das höchste irdische Glück. Daran gab es keinen Zweifel. Wie lange würde er es festhalten können?

KAPITEL 14

Als Veit in die Burg kam, wartete Barthelmy auf ihn, um ihm auszurichten, dass Hans Molkentin ihn sprechen wolle und vorschlüge, nachmittags gemeinsam zum Badstübner zu gehen. Veit zog sich in sein Burgzimmer zurück und begann einen vorläufigen Bericht für den Lübecker Bürgermeister aufzusetzen. Er brütete lange über den Formulierungen. Was war wichtig und was nicht? Bedurfte es der Erwähnung, dass Bartholomäus Gedecker nicht lesen und schreiben konnte, was für einen Kaufmann sehr ungewöhnlich war, und dass Gedecker angeblich früher einmal als Seemann gearbeitet hatte? Sollte man erwähnen, dass Gedecker und Pracht regelmäßig das »Salzfass« aufgesucht hatten, dass beide mit Claus Bylant bekannt waren und möglicherweise mit ihm gewürfelt hatten, dass Bylant dem dritten Opfer Geld schuldete? War es der Rede wert, dass die drei Opfer ursprünglich alle aus Rostock stammten? Veit schrieb all das auf, wenn auch zunächst nur, um sich selbst über die Lage der Dinge klar zu werden. Den Bericht an den Bürgermeister würde er später noch abschicken können, möglicherweise nur mit einer Auswahl der notierten Fakten. Veit verzichtete an diesem Tag auf ein Mittagessen im »Goldenen Hering« und dachte darüber nach, welche Schritte er weiter unternehmen sollte. Er benötigte die Ergebnisse der Untersuchung aus Rostock und hoffte, dass Stubbe sich bald meldete, aber bis Ende der nächsten Woche würde er sich wohl noch gedulden müssen. Und er musste Bylant noch mal auf den Zahn fühlen. Veit hatte sich aufs Bett gelegt, doch an Schlaf war heute nicht zu denken, obwohl er mindestens so müde war wie an den letzten Tagen. Die stockende Untersuchung der Morde machte ihm Kopfzerbrechen, und ständig schweiften seine Gedanken zur vergangenen Nacht mit Cecilie, bis Barthelmy klopfte.

»Der Vogt, äh, Hans Molkentin steht unten und wartet auf Euch.«

»Danke«, sagte Veit und wollte zur Treppe eilen.

»Herr!«, rief Barthelmy grinsend hinter ihm her. »Das ist die falsche Aufmachung für den Badstübner.«

»Oh, ja, da hast du Recht«, stimmte Veit zu. Rasch legte er Wams, Unterhemd und die beinlangen Strümpfe ab, die mit Knöpfen an der Unterhose befestigt waren, stieg aus der Unterhose und band sich ein Tuch um die Hüften.

Hans Molkentin wartete im Hof der Burg. Er trug ein Tuch um den mächtigen Bauch, über die Schultern hatte er den Hermelinmantel gehängt. Molkentin schien auch auf dem Weg zum Badstübner auf amtliche Würde zu achten.

»Ich dachte, ich nehme Euch mit zum Badstübner. Da lässt sich herrlich entspannen, und Ihr könnt mir ein bisschen von Euren ersten Eindrücken erzählen.«

Veit bedankte sich für die freundliche Einladung. Flankiert von zwei Wachen und gefolgt von Barthelmy, gingen sie in Richtung des Ortskernes von Falsterbo.

»Die Badstübner sind so ziemlich das Einzige, was hier nicht von den Kaufleuten mitgebracht wird. Und das muss man den Dänen lassen: Vom Baden verstehen sie was«, sagte der Vogt.

Hinter der Stralsunder Vitte begann der dänische Ort Falsterbo, und eines der ersten Häuser war eine Badestube – gekennzeichnet durch ein Holzschild mit einem Badezuber. Veit folgte Molkentin in die Badestube, wo sie ein Bader begrüßte und eine Baderin Molkentins Hermelinmantel in Empfang nahm. Der

Bader führte die beiden Männer in einen Vorraum, in dem mehrere kleine Wasserbottiche standen, und reichte ihnen Büschel mit Eichenblättern. Molkentin tauchte sein Büschel in einen der Wasserbottiche und schlug es sich dann auf Brust, Rücken und Beine. Veit, der diese Prozedur von den Lübecker Badern nicht kannte, tat es ihm gleich. Das Wasser war kalt und roch nach Kräutern. Danach geleitete der Bader die beiden Männer in einen Raum mit niedrigen Bottichen, die mit grauer Flüssigkeit gefüllt waren.

»Die Badelauge wird hierzulande aus Weidenasche gewonnen«, erklärte Molkentin. »Setzt Euch!«

Der Bader rieb zuerst Molkentin und dann Veit mit der Lauge ein. Dann holte er einen Bottich mit lauwarmem Wasser und goss es über die Badenden, bis die Lauge abgespült war. Die angebotene Massage verschob Molkentin auf später. Zunächst wolle er schwitzen und außerdem die Dienste des Barbiers in Anspruch nehmen.

»Ist Euch das recht?«, fragte er Veit, der zustimmend nickte.

Sie suchten einen mit Holz abgetrennten kleinen Raum auf, der gerade groß genug war, um zwei Erwachsenen Platz zu bieten, und der an einen Kachelofen grenzte, auf dem Kieselsteine lagen. Über diese schüttete der Bader ein mit Kräuteressenzen versetztes Wasser und schloss dann die Tür hinter den beiden Männern. Es war dunkel in dem Schwitzraum. Nur durch zwei kleine Bleiglasscheiben fiel gedämpftes Licht.

»Das ist gut«, sagte Molkentin und setzte sich stöhnend. »Danach schmeckt der Wein noch mal so gut.«

»Ob es in der Hölle auch so heiß ist?«, überlegte Veit laut.

»Das werdet Ihr noch früh genug erfahren«, erwiderte Molkentin amüsiert.

»Das ist eine gute Erinnerung, doch wieder einmal zur Heiligen Messe zu gehen«, sagte Veit, dem die Schweißtropfen über die Haut liefen.

»Habt Ihr gehört, was sich in Braunschweig zugetragen hat?«, fragte Molkentin nach einer Weile.

»Nein«, behauptete Veit, der die Geschichte aus Molkentins Sicht hören wollte.

»Die Zünfte – angeführt von den Knochenhauern – haben die Herrschaft im Rat übernommen. Die Kaufmannschaft, die sich nicht mit ihnen verbünden wollte, wurde vertrieben und einige sogar erschlagen.«

»Eine üble Geschichte«, sagte Veit.

»Und das ist erst der Anfang. Die Braunschweiger Zünfte haben Abordnungen zu den Zünften der anderen großen Städte entsandt.«

»Wozu soll das gut sein?«

»Sie befürchten, dass Braunschweig aus der Hanse ausgeschlossen wird. Das wäre praktisch das Ende der Handelsbeziehungen, und kein Rat kann sich lange halten, wenn es mit der Stadt bergab geht. Die Braunschweiger würden den neuen Rat schnell aus den Mauern jagen.«

»Aber die Zünfte haben keinen Einfluss auf einen eventuellen Ausschluss der Braunschweiger«, wandte Veit ein.

»Richtig. Deshalb versuchen die Braunschweiger, die Zünfte in den anderen Städten zu überreden, ebenfalls mit den bestehenden Machtverhältnissen aufzuräumen.«

»Woher wisst Ihr das alles?«, fragte Veit.

»Ich habe ein Schreiben von Osenbruge vorliegen«, sagte der Vogt. »Er hat durch Spitzel erfahren, dass die Lübecker Zünfte gegen den Rat aufgestachelt wurden. Man ist sehr besorgt in Lübeck.« Unter Molkentin hatte sich eine riesige Schweißlache ausgedehnt.

Veit lief Schweiß in die Augen. Er fuhr sich mit dem Handrücken über das Gesicht und fragte: »Und Ihr meint, dass die Zünfte auch in Lübeck den alten Rat vertreiben könnten?«

»Man muss vorsichtig sein. Einerseits ist Lübeck natürlich nicht mit Braunschweig zu vergleichen. Dort sind die Zünfte am stärksten. Bei uns hingegen sind die Kaufleute zahlreicher. Dennoch besteht eine gewisse Gefahr. Gegen eine bewaffnete und wild entschlossene Gemeinschaft der Zünfte würden die

Kaufleute möglicherweise den Kürzeren ziehen. Die Herren Pfeffersäcke kämpfen nicht gerne«, sagte Molkentin mit Verachtung in der Stimme.

»Ich glaube, mir reicht's«, stellte Veit fest und erhob sich. Molkentin folgte ihm.

Vor dem Schwitzbad standen Kübel mit kaltem Wasser, das sie sich gegenseitig über Kopf und Rücken gossen, bis ein Mann auftauchte, der sich als Barbier und Scherer vorstellte und sie in einen großen Raum mitnahm, in dem sich unterschiedlich große Kufe befanden.

»Wollen die beiden Herren vielleicht hier Platz nehmen?« Der Barbier deutete auf eine kleine Kufe für zwei Personen. »Oder zieht Ihr es vor, dort drüben mit den anderen Herren in der großen Kufe zu baden?«

Molkentin stieg über einen Schemel in den gut einen Meter hohen Bottich mit warmem Wasser, und Veit tat es ihm nach.

»Und bring uns etwas zu trinken«, sagte Hans Molkentin zu dem Barbier.

»Bier oder Wein?«

»Wein, weißen, mit möglichst wenig Kräutern«, antwortete der Vogt. »Nachmittags um diese Zeit mag ich ihn nicht mehr mit Honig gesüßt und mit Nelken, Kardamom oder Zimt«, erklärte er, an Veit gewandt.

Der Barbier brachte den Wein, goss seinen beiden Gästen ein und nahm dann ein scharfes Rasiermesser aus seinem Schurz, das er auf einen kleinen Beistelltisch legte. Danach tauchte er ein Tuch in ein Gefäß mit Aschelauge, rieb damit Molkentins Gesicht ein und begann – nicht ohne den Vogt ermahnt zu haben, sich jetzt nicht mehr zu bewegen – mit der unangenehmen Entfernung der Barthaare. Zwischendurch wurde das Messer mehrfach mit einem Wetzstein nachgeschliffen und neue Lauge auf das Gesicht aufgetragen. Trotz aller Vorsicht floss Molkentin Blut aus zwei Schnitten am Hals.

»Tölpel, willst du mich zur Ader lassen?!«, herrschte Molkentin den Barbier an.

»Verzeiht, Herr. Das Doppelkinn ist eine Problemzone, und ich ...«

»Pass jetzt auf, oder soll ich hier im Bad verbluten?«

Der Barbier nickte eilfertig und war erleichtert, als die Rasur vorüber war. Dann machte er sich über Veit her.

»Man fürchtet in Lübeck, dass die Braunschweiger auch hier in Falsterbo herumkrakeelen«, sagte Molkentin und schöpfte mit beiden Händen Wasser auf die brennende Gesichtshaut. »In Falsterbo sind eine ganze Reihe von Lübecker Zünften vertreten. Unter anderem natürlich auch die Knochenhauer, Bäcker, Böttcher, Wagner, Schmiede und etliche mehr. Wenn es den Braunschweigern gelingt, die Zünfte aufzuwiegeln, dann wird es Ärger in Lübeck geben. Stellt Euch vor, wenn um Martini Hunderte von Zunftgenossen aus Falsterbo nach Lübeck zurückkehren und nichts anderes im Kopf haben, als den Rat zu vertreiben. Na, dann gnade ihnen Gott, den Herren Pfeffersäcken.«

Der Barbier hatte Veit ohne größere Blessuren rasiert und widmete sich nun, mit einer Schere ausgerüstet, dem verbliebenen Haarkranz des Vogtes. Nachdem auch Veit die Schere hatte über sich ergehen lassen, kümmerte sich der Barbier um Fuß- und Fingernägel seiner Gäste. Danach kehrten die beiden Männer zurück ins Schwitzbad.

»Gibt es denn Anzeichen dafür, dass die Braunschweiger hier in Falsterbo etwas vorhaben?«

»Ich selbst habe davon noch nichts gehört, aber Osenbruge will herausgefunden haben, dass irgendetwas geplant ist. Er hat es von seinem Spitzel bei den Knochenhauern erfahren.«

»Ich dachte, den Knochenhauern geht es nur um einen Sitz im Rat«, sagte Veit.

»Damit hat es angefangen, aber natürlich bleibt es nicht dabei. Das sieht man ja in Braunschweig. Biete ihnen den kleinen Finger, und sie nehmen die ganze Hand. Man stelle sich das vor, wenn die Knochenhauer eine Stadt regieren.« Molkentin schüttelte den schwitzenden Kopf, dass die Schweißtropfen umherflogen. »Das ist gegen die Vernunft, und ich gehe noch weiter und behaupte, dass es gegen die göttliche Ordnung ist. Dabei kann nur Wirrnis und Sünde entstehen.«

»Da stimme ich Euch zu«, sagte Veit schnell.

»Wirrnis und Sünde«, wiederholte Molkentin und schien mit seinen Gedanken weit weg zu sein. Die beiden Männer schwitzten, bis sich große Schweißlachen unter ihnen gebildet hatten. Danach kühlten sie sich ab, und Molkentin nahm einen großen Schluck Weißwein, trank den Becher aus und füllte sich aus einer Karaffe nach.

»Schwitzen macht durstig«, sagte er und leerte den Becher in einem Zug. »Und jetzt, denke ich, ist es Zeit für eine kleine Massage.« Molkentin verschwand und kam kurz darauf mit zwei Baderinnen zurück. Die beiden Frauen trugen züchtige Kopfbedeckungen, die so gar nicht zum Rest ihrer Aufmachung passen wollten – sie waren barfuß und trugen nur ein dünnes Hemd, das an ihren nassen Körpern klebte und mehr sichtbar machte, als es verbarg.

Die Baderinnen führten die beiden Männer zu zwei hochbeinigen Massagebetten. Veit legte sich bäuchlings auf eines. Zwischen die Betten wurde ein Paravent geschoben und ein weiterer als Sichtschutz zu den anderen Badezubern.

»Die Massage ist das Beste am ganzen Bad«, schwärmte der Vogt. »Es gibt zwar immer wieder einzelne Vertreter der Geistlichkeit und bisweilen sogar Ratsherren, die das für sündig halten, aber ich sage Euch, lieber Ellenbruch, es dient der Körperreinhaltung. Genießt es.«

Die jüngere der beiden Frauen bestrich Veits Rücken mit einem Öl und begann sanft seine Schultern zu massieren.

»Wo kommt Ihr her, junger Herr?«, fragte die Frau in gebrochenem Niederdeutsch. Während sie Veits Rücken, seinen Hintern, die Oberschenkel und Waden bis hinunter zu den Fußzehen bearbeitete und ihn dann hieß, sich umzudrehen, stellte sie eine Frage nach der anderen, die Veit, soweit es ihm möglich schien, wahrheitsgemäß beantwortete. Fragen über Lübeck, seine familiären Verhältnisse, das Aussehen seiner Schwester und so weiter.

Als die öligen Hände der Frau sich seinen Lenden näherten, hielt Veit sie fest. »Das genügt«, sagte er knapp.

»Seid Ihr wirklich sicher?«, fragte die Frau in ihrem merkwürdigen Dialekt.

Veit musste grinsen. »Ganz sicher. Mein Freund wird heute noch gebraucht.«

»Das muss eine glückliche Frau sein«, sagte die Baderin. »Falls es doch nichts wird, könnt Ihr es Euch ja noch überlegen und zurückkommen. Fragt nach Irmgard, verstanden?«, flüsterte sie und zwinkerte ihm zu.

»Irmgard«, sagte Veit nickend und stand auf, während hinter dem Paravent das zufriedene Grunzen Hans Molkentins zu hören war.

Nach der Massage goss der Bader heißes Wasser in die Kufe und stellte dann vor die beiden Männer jeweils ein Brett, das von einer zur anderen Seite der Kufe reichte. Die beiden Baderinnen, die soeben noch Hand an die Gäste gelegt hatten, servierten nun eine gebratene Ente auf Roggenbrot mit grüner Soße aus Kräutern, Gewürzen und Essig. Irmgard lächelte Veit nochmals verschmitzt zu, und der lächelte höflich zurück.

»Ich sehe, Ihr habt auch Euren Spaß gehabt, verehrter Ellenbruch?«

»O ja, selbstverständlich.«

»Ist das nicht beachtlich? Die Küche hier kann sogar mit dem ›Goldenen Hering‹ mithalten«, sagte Molkentin, spießte ein Entenbein auf sein Messer und biss herzhaft hinein. Kaum hatte er seine Schüssel geleert, bestellte er eine weitere. »Nach dem Bad habe ich immer einen Mordshunger«, verriet er Veit mit einem Augenzwinkern. Hans Molkentin hatte gute Laune, und die verbesserte sich noch mit jedem weiteren Becher Wein. Auch in den anderen Kufen schien die Stimmung zu steigen. Fünf Baderinnen hatten ihre Kleider abgelegt – mit Ausnahme der züchtigen Kopfbedeckung – und waren zu den Badenden in die

Kufen gestiegen. Ein Lautenspieler begann zweideutige Lieder zu singen, von denen Veit die meisten nur allzu gut kannte. Draußen war inzwischen die Sonne untergegangen, und Veit sehnte sich nach Cecilie Andersen.

»Verzeiht, verehrter Molkentin, wenn ich jetzt aufbreche, aber ich bin fürchterlich müde. So ein Bad strengt an, und ich bin es nicht gewohnt …«

»Nur zu, lieber Ellenbruch, aber ich sage Euch, Ihr verpasst das Beste, wenn Ihr jetzt aufbrecht.«

»Ich werde es nachholen, seid versichert.« Veit stand auf und band sich das Badetuch um die Hüften. Sofort nahm eine dralle Baderin seinen Platz ein und kicherte Molkentin an.

»Haltet die Ohren offen und sagt mir Bescheid, falls Ihr etwas Verdächtiges über die Knochenhauer hört«, raunte Molkentin Veit zu. Schaut Euch diesen Bylant einmal etwas genauer an. Es heißt, dass er mit den Opfern bekannt gewesen sein soll.«

Veit nickte und eilte zur Burg. Dort zog er seine Kleider an und machte sich auf den Weg in die Rostocker Vitte. Er fühlte seinen Herzschlag bis zum Hals, als er an die Tür des »Salzfasses« klopfte. Er konnte es kaum erwarten, sie wieder zu sehen.

Der Knecht, er hieß Jakob, wie Veit mittlerweile erfahren hatte, öffnete die Tür.

»Wir haben heute geschlossen«, sagte der Riese mürrisch.

»Ich weiß, ich möchte zur Wirtin.«

»Sie ist nicht da, und ich habe Befehl, niemanden hereinzulassen«, wies der Knecht ihn ab.

»Aber ich bin doch sozusagen ein, äh …,« Veit überlegte. Was war er hier eigentlich, woraus leitete er das Recht auf Zutritt in dieses Frauenhaus am Samstagabend ab? Er hatte sich mit zwei, drei Huren eingelassen und eine Nacht im Bett der Frauenwirtin verbracht. Er hatte ein paar neckische Lieder gesungen und die Gäste unterhalten. Welches Recht ergab sich daraus?

»Niemanden«, wiederholte Jakob, der Knecht, und schloss die Tür. Veit sah ein, dass es sinnlos war, hier weiter Einlass zu fordern, und trat enttäuscht den Heimweg an.

KAPITEL 15

Es klopfte an Veits Tür. Er versuchte, sich zu orientieren. Für einen Augenblick dachte er, er sei im Ellenbruch'schen Haus am Koberg. Dann fiel ihm ein, dass das Anwesen längst verkauft war und er sich jetzt hinter St. Annen ein Zimmer mit seinem Bruder teilte – aber das war es auch nicht. Falsterbo kam ihm in den Sinn. Verdammt, wer klopfte zu nachtschlafender Zeit an seine Tür!

»Wer ist da?«

»Barthelmy. Wacht auf, Herr. Es hat wieder einen erwischt.«

Veit tastete sich zur Tür. Barthelmy hatte eine Kerze dabei. »Komm her und leuchte mir, damit ich meine Kleider finde«, sagte Veit. Er zog sich hastig an.

»Keine Eile, Herr. Der Kerl ist tot und läuft Euch nicht mehr weg, hahaha.«

»Aber vielleicht findet sich noch eine Spur des Mörders.«

»Wenn es wieder der Leibhaftige gewesen ist, dann ist der längst weg, wenn Ihr mich fragt.«

»Barthelmy, mit Verlaub, aber in dieser Angelegenheit frage ich dich nicht.«

»Ihr haltet mich für einfältig, aber ich habe gesehen, was ich gesehen habe.«

»Siehst du meine Schuhe?«

»Da, Herr, unter dem Stuhl.«

»Danke. Ich halte dich keineswegs für einfältig. Ich finde nur, dass man an so ein Verbrechen mit dem Verstand herangehen sollte und nicht mit Aberglauben.«

»Ihr seid sicher belesen, aber in dieser Sache werdet Ihr früher oder später zum gleichen Schluss kommen wie ich.« Barthelmy war erstaunlich hartnäckig, was seine Meinung über die Morde beziehungsweise den Mörder betraf.

»Los, gehen wir«, sagte Veit und schickte den Wachmann mit der Laterne voran.

Die Leiche lag am westlichen Rand der Lübecker Vitte. Drei Männer standen mit einer Laterne um sie herum. Zwei von ihnen waren unschwer als Wachen zu erkennen. Der dritte stellte sich als Bernhard, Knecht im Dienste des Kaufmanns Heinrich Pottholt, vor. Er habe nachts Lärm gehört und aus dem Tor geschaut und da habe dieser Mann zwischen den leeren Heringstonnen gelegen.

»Wieso warst du so schnell zur Stelle?«, fragte Veit.

»Ich musste pissen, Herr, und gerade wollte ich in die Gosse treten, da hörte ich den Lärm.«

»Wer lässt denn seine Heringstonnen hier an der Straße stehen?«, wunderte sich Veit.

»Sie sind schadhaft, Herr, und müssen morgen repariert werden.«

Veit betrachtete die Heringstonnen. So viel verstand er inzwischen von dem Geschäft, um zu wissen, dass diese Tonnen nagelneu waren und noch nie Fisch enthalten hatten.

»Kennst du den toten Mann?«, fragte er den Knecht.

»Freilich. Das ist Hermen Fläming, ein Kaufmann aus Wismar. Er wohnt da drüben, weil die Wismarer hier keine eigene Vitte haben.« Der Knecht deutete auf ein Nachbarhaus.

Veit bückte sich und schaute sich die Leiche des ermordeten Kaufmanns näher an. Der Körper war noch warm, wie er mit einem Griff an den Hals feststellen konnte. Das ziemlich schmutzige Wams des Mannes wies in der Herzgegend einen kleinen Blutfleck auf. Veit öffnete im Schein der Laterne das Wams und riss das Unterhemd auf, das mit Blut getränkt war. Auf der linken Seite der Brust zeigte sich eine fingerbreite Wunde.

»Genau wie bei den anderen«, sagte jemand in Veits Rücken.

Veit richtete sich auf, drehte sich um und schaute in das aufgedunsene Gesicht von Hans Molkentin, der ihn mit säuerlichem Atem, der nach Erbrochenem stank, anhustete.

»Die gleiche Waffe, derselbe Mörder. Keine Kampfspuren, nur ein einziger, präziser Stich genau ins Herz«, sagte Molkentin, nachdem sich sein Hustenanfall gelegt hatte. »Und natürlich gibt es wieder keine Zeugen, die den Mörder gesehen haben.« Molkentin schaute die Gasse hinauf und hinunter. Langsam fing es an zu dämmern, und man konnte allmählich die Konturen der Straße und der Buden erkennen.

»Ich habe den Mörder gesehen, Herr«, sagte da jemand.

Molkentin und Veit wandten sich um. Bernhard, der Knecht, der eigentlich nur hatte in die Gosse pissen wollen, stand aufrecht vor ihnen und streckte die Brust vor, als gelte es, nun eine ordentliche Meldung zu machen. Veit hätte schwören können, dass der Mann früher bei einer Wache gedient hatte.

»So sprich, Mann«, verlangte Molkentin ungeduldig.

»Als ich auf die Straße trat, sah ich den Mörder davoneilen. Dort drüben.« Der Knecht deutete die Budengasse nach Süden hinunter. »Da vorne ist er gelaufen und dann links in die Schweinsgasse eingebogen.«

»Verdammt, warum bist du nicht hinterher!«, fuhr Molkentin den Burschen an.

»Herr, es war der Teufel. Ich schwöre es bei der Mutter Gottes. Es war der Teufel!«

»Klar«, sagte Molkentin, »und wer rennt schon dem Teufel hinterher.«

»Wie hast du erkannt, dass es der Teufel war?«, fragte Veit den verstörten Knecht.

»Er trug einen weiten, wehenden Mantel, er ging auf Pferdefüßen, und man konnte ganz deutlich seine Hörner erkennen.«

»Sag ich doch. Genau so habe ich ihn gesehen, als wir die Leiche des Kaufmanns Paternostermaker an die Hauptstraße gebracht haben.« Barthelmy hatte sich neben dem Knecht aufgebaut und schaute nun siegessicher in die Runde. Im Licht der Laterne sah man sein weißes Pferdegebiss und ein strahlendes, stolzes Lächeln.

»Halt's Maul, oder ich lasse dich zur Kontrolle der Grumbuden versetzen«, knurrte Molkentin.

Veit kniete sich neben die Leiche, irgendetwas im Gesicht des Toten schien ihm schon die ganze Zeit unnatürlich. Nun, mit einsetzender Dämmerung, glaubte er zu erkennen, was die Ursache für diesen Eindruck war. Der Mann war auffällig ungepflegt. Seine dünnen Haare waren strähnig verklebt, und in dem verfilzten Bart hingen Essensreste. Umso auffälliger war das volle Rot seiner Lippen. Veit fuhr dem Toten mit dem Daumen über den Mund. An seinem Finger blieb eine rote, schmierige Paste hängen.

Bernhard hatte mittlerweile sowohl seinen Herrn, den Kaufmann Heinrich Pottholt, geweckt als auch den Knecht des ermordeten Hermen Fläming. Der Knecht des Toten stimmte ein großes Wehklagen an, als er seinen ermordeten Herrn zwischen den leeren Heringstonnen liegen sah, worauf sich Türen und Fenster der anliegenden Buden öffneten und sich innerhalb kürzester Zeit eine Menschenansammlung in der Budengasse um die Leiche des Wismarers bildete.

»Kennt Ihr Euren Nachbarn näher?«, fragte Veit den Lübecker Kaufmann Pottholt.

»Nein«, antwortete der Mann mit dem sorgsam gestutzten grauen Bart. »Wie man sich eben so kennt als Nachbarn: guten Morgen, wie geht's, wie laufen die Geschäfte, und das war's dann auch. Einmal haben wir uns durch Zufall beim Würfeln getroffen, im ›Danziger Hafen‹, einem Wirtshaus nicht weit von hier.« Der Wismarer habe seines Wissens ausschließlich mit Hering gehandelt.

Veit beriet sich kurz mit Molkentin. Beide kamen überein, dass es an der Zeit sei, die Leiche des Wismarers zur Vermeidung weiteren Aufsehens in die Burg verbringen zu lassen. Anschließend forderten sie Flämings Knecht auf, einen Mann um die vierzig mit zotteligem Bart und ebensolchen langen Haaren, ihnen die Bude des Kaufmanns zu zeigen. Dort stand gleich hinter der Tür ein erbärmlich stinkendes Fass Grum.

»Du weißt, dass der Grum höchstens zwei Nächte in der Bude bleiben darf«, fuhr Molkentin den Knecht an. »Dieser Dreck steht hier schon mindesten fünf Tage, und wenn du nicht dafür sorgst, dass er heute Morgen noch abgeholt wird, dann lasse ich dich einsperren.«

»Aber heute ist Sonntag, Herr, da arbeiten die Grumknechte nicht«, wandte der Knecht ein.

»Dann trägst du die Scheiße persönlich zu den Grumbuden, verdammte Sauerei.« Hans Molkentin wurde von einem Hustenanfall übermannt. Er spuckte gelben Schleim in das Grumfass. »Widerlich«, sagte er, und Veit war nicht ganz klar, was er damit meinte.

Im Hof der Bude konnte man kaum einen Schritt machen. Überall standen Herings- und Salztonnen. Die Heringstonnen waren nur zum Teil gefüllt, neben den Tonnen lagen ausgenommene Fische auf dem Boden.

»Mein Gott, was für ein Saustall! Entweder du bringst das hier im Laufe des Tages in Ordnung, oder ich lasse morgen die Bude schließen und den ganzen Kram als Abfall zu den Grumbuden bringen.« Hans Molkentin war wie immer, wenn man ihn noch vor Sonnenaufgang aus dem Schlaf riss, schlecht gelaunt. Veit ließ sich von dem zotteligen Knecht ins Haus des Kaufmanns führen. Dort sah es indes nicht wesentlich besser aus als im Hof. Auch da standen halb und zum Viertel gefüllte Heringstonnen herum. In einem Bottich wurde anscheinend Salzlauge vorbereitet. Auf einem Tisch häufte sich schmutziges Geschirr, und neben der Feuerstelle hing ein Schinken, der von Maden bedeckt war.

»Wo sind die Bücher?«, fragte Veit.

»Die Bücher?«, fragte der Knecht und sah ihn furchtsam an.

»Die Bücher«, wiederholte Veit.

»Ja, die Bücher«, murmelte der Knecht, wie in Gedanken versunken. Dann öffnete er einen windschiefen Schrank, der als Sammelsurium für alles zu dienen schien, was nicht auf dem Tisch Platz fand. Die Suche darin blieb ergebnislos, und der Knecht ging, gefolgt von Veit und Hans Molkentin, hinüber ins Schlafgemach des Kaufmanns. Hier stank ein randvoller Nachttopf vor sich hin. Der Knecht hob eine fleckige Decke an, unter der sich ein paar Wertgegenstände zu befinden schienen. Veit erkannte ein Bernsteinpaternoster, mehrere Lederbeutel, die offensichtlich Münzen enthielten, und hier lag auch eine speckige Kladde, die der Knecht hervorzog.

»Vielleicht ist es das«, sagte er und reichte Veit das Buch.

Veit trat in die Tür zum Hof, um besser lesen zu können. Mit ungelenker Handschrift hatte jemand spärliche Eintragungen in die Kladde gemacht.

»Das Buch nehme ich vorläufig mit«, sagte Veit.

»Und den Geldbeutel nehmen wir ebenfalls in Verwahrung«, sagte Hans Molkentin.

Mit Letzterem war der Knecht nicht einverstanden. »Der Kaufmann schuldet mir noch Lohn, und schließlich brauche ich auch Geld, wenn ich mich hier um alles kümmern soll, und eine neue Stelle muss ich mir auch suchen.«

Hans Molkentin öffnete einen der Lederbeutel und entnahm ihm ein paar Münzen. »Das dürfte fürs Erste reichen. Alles Weitere wird sich weisen, wenn wir wissen, wer noch alles Ansprüche gegenüber deinem Herrn hat.«

Auf dem Weg zurück zur Burg fragte Veit den Vogt: »Habt Ihr die Heringstonnen von diesem Pottholt gesehen?«

»Ein ideales Versteck für einen Mörder, der dort auf sein nächstes Opfer wartet«, sagte Hans Molkentin.

»Das meine ich nicht. Die Fässer waren nagelneu. Möchte wissen, warum er sie zurückschickt.«

»Das hat mit Sicherheit nichts mit diesem Mord zu tun«, erklärte Hans Molkentin und wies Veit damit indirekt auf dessen begrenzte Zuständigkeit hin. »Das Wetter ändert sich«, bemerkte er, was hieß, dass das Thema für ihn damit beendet war. »Der Wind hat auf Nordost gedreht, und es zieht sich zu. Würde mich nicht wundern, wenn wir bald Regen bekämen.«

In seinem Zimmer in der Burg nahm Veit sich das Buch des Wismarer Kaufmanns vor. Fläming hatte nur selten Einträge gemacht und am Ende der Heringszeit die Anzahl der Heringstonnen summiert. Die einzelnen Kostenfaktoren wie Löhne und Transport fehlten ebenso wie der Einkaufspreis, zu dem er den Fisch bezogen hatte. Für das Jahr 1379 war lediglich aufgelistet, dass Fläming siebenundachtzig Heringstonnen in Wismar zu einem Preis zwischen drei und vier Mark lübisch verkauft hatte. Auch die Handelspartner waren nicht im Einzelnen aufgelistet. Hinzu kam, dass die Einträge zahlreiche Schreibfehler aufwiesen. Hermen Fläming kannte weder die Grundbegriffe kaufmännischen Rechnens, noch beherrschte er mehr als ein paar vereinzelte Schreibregeln. Veit blätterte zurück. Die Einträge der vergangenen Jahre unterschieden sich wenig von denen des Vorjahres, und auch die Menge des verarbeiteten Herings war in den zurückliegenden Jahren mit wenigen Ausnahmen gleich geblieben. Die Einträge begannen im Jahr 1370. Fläming hatte in diesem Jahr neunzig Heringstonnen abgesetzt zu einem verhältnismäßig niedrigen Preis von drei Mark lübisch die Tonne, obwohl die Kladde vermerkte, dass die Ware den doppelten Zirkel für höchste Qualität getragen hatte.

»Dreizehnhundertsiebzig«, murmelte Veit und machte sich eine Notiz für seinen Bericht an Crudener. Danach legte er die Kladde zur Seite; es war Zeit für einen Besuch der Lübecker Kirche.

Zur Sonntagsmesse war die Kirche bis auf den letzten Platz mit Lübecker Kaufleuten besetzt und mit solchen, die wie die Wismarer keine eigene Kirche in Falsterbo hatten. Nach dem Gottesdienst für die Kaufleute würde ein Gottesdienst für die Zünfte folgen. Die Fischer waren bereits am frühen Morgen vor ihrer Ausfahrt in den Genuss einer Kurzmesse am Strand unter freiem Himmel gekommen. Heute war zwar Sonntag, aber die schonischen Messen waren vom Feiertagsgebot befreit, damit in den wenigen Wochen des Heringsfangs keine Zeit vertan würde. Der Priester, ein gebeugter Greis mit Fistelstimme und krummen Fingern, wetterte gegen die Sünde im Allgemeinen, den Ehebruch und die Unzucht im Besonderen und die Verderbtheit in Falsterbo im Speziellen; gegen Hurenhäuser, Badestuben und Frauen. Niemand solle sich einbilden, dass hier – fern der Heimat – andere Regeln galten. Vielmehr sehe Gott in Falsterbo besonders genau auf seine Schäfchen, denn zu Hause sei es keine große Prüfung, ein tugendhaftes Leben zu führen. Je größer die Versuchung, umso höher werde die Tugendhaftigkeit gezählt und umso schlimmer sei die Sünde. Wegen der geisttötenden Gewalt des Beischlafs sei dieser zu unterlassen an vierzig Tagen vor Weihnachten sowie an vierzig Tagen vor Ostern, zwei Wochen vor und eine Woche nach Pfingsten, außerdem an allen Nächten vom Freitag auf den Samstag und vom Samstag auf den Sonntag, in den Nächten vor einem und an einem Feiertag und an den Bußtagen der Woche, also Mittwoch und Freitag …

Mein Gott, was bleibt denn da noch, überlegte Veit und hörte nur noch mit einem Ohr auf das Gefasel des Alten. Wenn man keine Kraft mehr in den Lenden hat, lässt sich leicht über Enthaltsamkeit predigen, dachte er.

Als er nach der Messe auf den Burgplatz trat, hatte es zu regnen begonnen. Endlich hatte die Hitze ein Ende, doch unter den Kaufleuten herrschte eher gedrückte Stimmung.

»Über das Wetter scheint sich niemand zu freuen«, bemerkte Veit, als er zu Hans Molkentin trat, der ebenfalls in der Messe gewesen war.

»Die Fischer werden früher zurückkommen müssen und weniger Fische mitbringen. Der Preis wird steigen – nicht unbedingt sofort, aber spätestens nach zwei, drei Tagen, falls sich das Wetter nicht bessert.«

Nach der Messe fasste Veit einen spontanen Entschluss: Er suchte den Ort des nächtlichen Verbrechens auf. Die Heringstonnen, zwischen denen Hermen Fläming sein Ende gefunden hatte, waren inzwischen weggeschafft worden. Veit klopfte an die Tür der Bude von Heinrich Pottholt. Bernhard, der Knecht, öffnete die Tür.

Heinrich Pottholt sei nicht im Hause. Sonntags gehe er nach der Kirche in den »Goldenen Hering«. Dort könne Veit ihn leicht finden.

»Ich will nicht mit Pottholt sprechen, sondern mit dir.« Veit setzte einen Fuß in die Tür.

Der Knecht versperrte ihm den Weg. »Ich darf niemanden einlassen.«

»Mach Platz, oder soll ich die Wache holen?!«

Widerwillig trat der Knecht beiseite und Veit in den Hof der Pottholt'schen Bude. Vier Frauen in dänischer Tracht waren hier mit dem Ausnehmen und Stürzen von Heringen beschäftigt. Sie saßen unter einem Vordach, das sie vor dem Regen schützte, und unterhielten sich in einer Sprache, die Veit nicht verstand.

»Warum hat Pottholt die neuen Heringstonnen zurückgehen lassen?«, wandte sich Veit an den Knecht.

»Sie waren schadhaft.«

»Unsinn. Das war beste Ware. Lag es vielleicht daran, dass die Tonnen dem Rostocker Maß entsprachen und ihr hier mit deutlich kleineren Tonnen arbeitet?« Veit nahm eine der leeren Tonnen in Augenschein, spannte eine Schnur um den mittleren Metallring und fasste mit dem Arm in die Tonne.

»Sprecht mit dem Kaufmann. Ich bin hier nur der Knecht und mache, was mir gesagt wird.«

»Und der Hering hier ist Hohlhering.«

»Es ist nicht verboten, Hohlhering zu salzen.«

»Aber wenn man Hohlhering in zu kleine Fässer mit hohem Boden einlegt und diese Fässer dann mit einem doppelten Zirkel versehen lässt, dann ist das Betrug«, sagte Veit in scharfem Ton.

»Die Fässer sind von städtischen Wrackern geprüft. Seht dort das Zeichen«, erwiderte der Knecht.

»Was zahlt dein Herr den Wrackern, damit sie dieses Zeichen auf die Fässer schlagen?« Veit war wütend, weil er daran dachte, dass irgendjemand für diesen Betrug würde bezahlen müssen, so wie er selbst bezahlt hatte. Vielleicht würde irgendwo ein Kaufmann sein Geschäft und sein Haus verlieren, weil ein Betrüger wie Heinrich Pottholt mit minderwertiger Ware in zu kleinen Fässern einen Extragewinn einfahren wollte.

Am Sonntagabend war das »Salzfass« wieder geöffnet – wenn auch nicht offiziell. Veit klopfte mit gemischten Gefühlen an die Tür, weil er nicht wusste, was ihn erwartete. Der Knecht ließ ihn wortlos ein. Cecilie stand hinter der Theke und unterhielt sich mit einem ihrer Mädchen. Als sie ihn sah, kam sie lächelnd auf ihn zu und küsste ihn auf den Mund.

»Schön, dass du da bist, Veit. Warum hast du die Laute nicht mitgebracht?«

»Ich war mir nicht sicher, ob ich überhaupt eingelassen werde.«

»Ach, du Dummer. Natürlich wirst du eingelassen.«

»Gestern habe ich …«

»Gestern«, unterbrach Cecilie ihn, »gestern hatten wir geschlossen, und ich war gar nicht da. Ich habe Jakob Anweisungen gegeben, niemandem Zutritt zu gewähren, oder denkst du, ich lasse dich mit zwanzig Frauen alleine?« Sie küsste ihn erneut. Veit bemerkte, dass die anderen Männer ihn neidisch beäugten. Die Frauenwirtin, wussten sie, war tabu, und dennoch hatte es offensichtlich jemand geschafft, ihr Herz und ihr Bett zu erobern.

»Magst du etwas trinken? Wir können eine Karaffe Wein mit nach oben nehmen, wenn du willst. Mathilde kann hier den Ausschank übernehmen.« Cecilie füllte eine Karaffe mit Rotwein, nahm zwei Gläser und gab dem Mädchen entsprechende Anweisungen. Sie drückte Veit den Wein in die Hand und ging mit einer Kerze voraus.

Veit wurde wie üblich mit dem ersten Licht der Dämmerung wach und ging hinunter an den Brunnen. Es regnete noch immer. Er vollzog sein morgendliches Reinigungsritual und legte sich wieder zu Cecilie ins Bett.

»Mmh, wie du duftest«, schnurrte sie.

»Wo warst du am Samstagabend?«

»Ich war bei einem Kunden. Ich bin eine Hure.«

»Hast du nicht gesagt, dass du mittlerweile als Frauenwirtin arbeitest?«

»Einmal Hure, immer Hure. Ich trage das gelbe Band am linken Arm meines Kleides, wie alle Rostocker Huren. Und wenn ich mich weitgehend aus dem Geschäft zurückgezogen habe, so ändert sich doch nichts daran, dass ich für die ehrenwerten Bürger der Stadt doch immer eine Hure bleibe. Daran muss man sich gewöhnen. Ich habe es geschafft, und dich sollte es nicht stören, oder?«

»Bei wem warst du?«, hakte Veit nach.

»Ich habe aus früheren Zeiten noch einen wichtigen Kunden, einen Mann, dem ich verpflichtet bin, aber, Dummerchen, ich kann dir natürlich nicht sagen, um wen es sich handelt. Es gehört sich nicht für eine Hure, über ihre Kundschaft zu plaudern.«

Veit fuhr mit dem Zeigefinger über ihre Nase, ihren Mund und ihre Augenbrauen. Wie schön sie ist, dachte er. Und wie dumm ich bin, ihr Vorwürfe zu machen, als seien wir verheiratet, statt das Leben zu nehmen, wie es ist, und die Gegenwart zu genießen. Sein Zeigefinger fuhr über ihre Brüste.

»Vergiss es«, sagte er und küsste sie.

Am nächsten Vormittag suchte Veit Magister Arndt Stubbe in dessen Bude auf, die zwischen »Salzfass« und Burg lag. Der Magister saß über Papieren, die belegen sollten, dass die Grenze zwischen Rostocker und Lübecker Vitte unrechtmäßig zugunsten der Lübecker verschoben worden sei. Er begrüßte Veit mit freundlichen Worten.

»Ich hoffe, ich störe nicht«, sagte Veit.

»Keineswegs. Das Heringsgeschäft ruht. Ich habe gestern nicht gekauft, weil einige den Preis ungebührlich in die Höhe getrieben haben, und heute wird wohl ohnehin nicht gefischt, weil die See zu rau ist. Deshalb habe ich auch Zeit, mich um meine Geschäfte als Rostocker Vogt zu kümmern. Aber, bitte, womit kann ich Euch dienen?«

Veit trug seine Erkenntnisse über den neusten Mordfall vor.

»Ich möchte Euch bitten, Eure Anfrage an die Rostocker Behörden auf den ermordeten Kaufmann Hermen Fläming aus Wismar auszudehnen. Er ist zweifellos demselben Mörder zum Opfer gefallen. Er hatte in etwa das gleiche Alter wie die anderen Männer, und ich habe die Vermutung, dass er ebenfalls aus Rostock stammt.«

»Wie kommt Ihr darauf?«

»Es ist so ein Gefühl. Alle anderen Opfer hatten irgendetwas mit Rostock zu tun. Vielleicht gibt es da etwas, das sie verbindet. Wenn wir das finden, haben wir so gut wie sicher auch den Mörder.«

»Ich will mich gerne erkundigen, doch es kann sich ebenso gut um Zufall handeln. Rostock ist nach Lübeck die größte Stadt an der Ostsee. Rostocker findet Ihr überall. Die Tatsache, dass eines der Opfer Rostocker war und die anderen vor langer Zeit einmal in Rostock gelebt haben, scheint mir wenig aussagefähig.«

Am Mittag erreichte Veit die Nachricht, dass Hans Molkentin ihn sprechen wolle.

Der Vogt saß in seinem Amtszimmer vor einer leeren Karaffe. Es war dass erste Mal, seit Veit ihn kannte, dass Hans Molkentin keine Schweißperlen auf der Stirn hatte. Dafür schien der Husten schlimmer geworden zu sein.

»Wisst Ihr, wer Heinrich Pottholt ist?«, fragte Hans Molkentin.

»Offensichtlich ein Betrüger«, antwortete Veit.

»Er ist der Schwager von Wolter Crudener.«

»Dann ist der Schwager von Wolter Crudener eben ein Betrüger.«

»Manchmal muss man fünfe gerade sein lassen.«

»Ihr deckt diesen Betrug?!«

»Ich würde nicht von Betrug sprechen. Es mag die eine oder andere kleine Unregelmäßigkeit geben, ja, aber wer ohne Sünde ist, der werfe den ersten Stein.« Molkentin hustete und griff nach dem Weinglas, musste aber feststellen, dass es leer war.

»Drewes«, krächzte er. Der Diener erschien augenblicklich. »Drewes, was zu trinken! Dieser Husten bringt mich noch ins Grab.«

»Ja, Herr, Roten oder Weißen?«

»Roten.« Der Diener zog die Tür zu, und Hans Molkentin schaute Veit besorgt an.

»Wer steckt denn noch alles in der Sache drin? Gedecker war auf jeden Fall beteiligt und Luder Detherdt ebenfalls«, sagte Veit.

»Wie kommt Ihr denn auf den?«, wunderte sich der Vogt. »Detherdt ist dieses Jahr gar nicht in Falsterbo.«

»Vielleicht macht er seine dreckigen Geschäfte in Skanör, oder er hat einen Strohmann vorgeschickt; vielleicht war es Gedecker, der für ihn gearbeitet hat. Die beiden waren ohnehin gute Partner.«

Molkentin schaute ihn an, als käme ein größeres Problem auf ihn zu.

»Wollt Ihr wissen, wie es ist, wenn man ein Vermögen in Doppelzirkel-Heringen anlegt und dann Hohlheringe in zu kleinen Fässern geliefert bekommt?«, fragte Veit zornig. »Soll ich Euch erzählen, wie es ist, wenn die Schuldner anrücken und urplötzlich ihr Geld haben wollen, das sie vorher so großzügig verliehen haben – wohl wissend, dass man nicht wird zahlen können und stattdessen Haus und Hof verpfänden muss? Und dieselben Leute, die einen mit Hohlheringen betrügen, reißen sich dann für einen lausig niedrigen Betrag noch ein Speicherhaus am Koberg unter den Nagel. Es tut mir Leid, Molkentin, aber ich kann so eine Schweinerei nicht decken.«

»Es tut *mir* Leid, wenn Ihr ein Opfer unredlicher Machenschaften geworden seid. Vielleicht kann man da noch etwas machen. Ich werde mit Crudener sprechen, aber Ihr solltet diese Sache hier nicht an die große Glocke hängen, zumal es mit Eurem Auftrag nicht das Geringste zu tun hat.«

»Sprecht mit Crudener«, sagte Veit. »Ich will das Haus am Koberg zurück und eine Summe, die den Betrug mit dem Hohlhering aufwiegt. Ansonsten werde ich diese Sache hier an den Rat berichten, und nicht nur an den Rat in Lübeck. Ich kann mir vorstellen, dass sich auch die anderen Hansestädte für diese Geschichte interessieren werden.«

»Wenn Ihr so sicher seid, dass man Euch betrogen hat, warum seid Ihr nicht gegen die Betrüger vor Gericht gegangen?«

»Das bin ich durchaus, doch Ihr müsst wissen, dass die Aussicht, Recht zu bekommen, äußerst gering ist, wenn der Bürgermeister in der Sache selbst mit drinhängt und seinem Richteherrn entsprechende Anweisungen gibt.«

Sievert hatte sich wieder einmal im »Goldenen Hering« eingefunden. Hier herrschte heute schon am frühen Nachmittag Hochbetrieb. Da keine Heringe gefangen wurden, ruhte das Geschäft. Die Kaufleute hatten nichts zu tun. An einigen Tischen wurde gewürfelt, und überall sprach man entweder über den neuerlichen Mord oder über das Wetter und den Fisch. An einem Tisch hockte ein junger Bursche vor einem alten Holzbrett und spielte Schach. Ihm gegenüber saßen ein paar Kaufleute, die sich gegenseitig berieten und hin und wieder aufgebracht diskutierten. Der Spieler in ihrer Mitte, ein älterer Mann mit grauem Vollbart, der sich bisher gegen Sievert achtbar geschlagen hatte, hob schließlich die Hand, um sich Ruhe zu verschaffen. Es wurde still, und mit Spannung schauten alle Umstehenden auf das Brett. Der Graubärtige zog sein Pferd zu einem Angriff auf die gegnerische Stellung nach vorne. Sieverts Antwort kam prompt und völlig unerwartet …

»Matt im nächsten Zug«, erkannte einer der Berater des Grauhaarigen schließlich.

»Schach und matt«, verkündete da auch schon Sievert. Er

war es gewohnt zu siegen, und die meisten Siege waren für ihn Pflichtaufgaben, denen er nichts Besonderes abzugewinnen vermochte. Doch manchmal genoss er auch einen Sieg, nämlich wenn er schwer zu erringen war. Der hier war zweifellos einer dieser besonderen Siege, denn auf Sieverts Gesicht zeigte sich nicht, wie meist nach einem gewonnenen Spiel, ein hochmütiges Lächeln, sondern ein zufriedenes.

»Das ist doch nicht möglich«, sagte der Graubärtige, nachdem er eine Weile sprachlos auf das Brett gestarrt hatte. Er streckte Sievert zögernd die Hand entgegen. »Sag mir ehrlich: War das ein Zufall, oder hast du es wirklich geplant?«

»Verehrter Herr, ich lebe vom Spiel und kann es mir daher nicht leisten, meine Siege dem Zufall zu überlassen,« antwortete Sievert mit einer gewissen Arroganz.

Veit, der sich die ganze Zeit im Hintergrund gehalten hatte, musste grinsen.

»Euer Sohn Sievert ist arrogant, hochmütig und begegnet seinen Lehrern nicht mit dem gebührenden Respekt. Ganz unabhängig davon ist er im Unterricht nicht bei der Sache, und es scheint, als würde er sich in seinen Gedanken nur mit gotteslästerlichen Spielen beschäftigen.« Der Direktor der Kaufmannsschule saß im Kontor des Ellenbruch'schen Hauses am Koberg und hatte seine ganze Empörung in diese Beschwerde gelegt. Heinrich Ellenbruch versuchte den Gelehrten zu beschwichtigen. »Schließlich waren wir alle einmal jung«, schloss er die Verteidigung seines jüngeren Sohnes.

»Jugendsünden sind uns in allen Formen hinlänglich bekannt – das könnt Ihr mir wahrlich glauben –, aber noch nie ist uns mit einer derartig arroganten Haltung bedeutet worden, dass wir alle Idioten sind. Und sieht man einmal von den sicherlich beeindruckenden Leistungen Eures Sohnes in Mathematik ab, geben seine Noten in den anderen wichtigen Fächern wie Latein, Griechisch, Theologie, Philosophie und Rhetorik keinerlei Anlass für diese Überheblichkeit.«

»Verehrter Magister Wolf, ich bitte Euch um Verzeihung im Namen meines Sohnes. Bitte nehmt diesen kleinen Obolus als Zeichen meines Bedauerns. Ich werde selbstverständlich mit meinem Sohn reden. Ich bin sicher, dass Eure Fähigkeiten ausreichen, um auch ihm einen Abschluss zu ermöglichen.«

Das war zwei Monate vor dem Tod ihres Vaters gewesen. Sieverts Schullaufbahn hatte sich schneller als erwartet ihrem Ende zugeneigt, womit alle Beteiligten zufrieden zu sein schienen.

Hinsichtlich Arroganz und Hochmut hatte der Magister Wolf zweifellos Recht gehabt, dachte Veit, als Sievert aufstand und die Bitte des Graubärtigen nach einer Revanche ablehnte. Er trat stattdessen zu seinem Bruder an den Tisch.

»Lass uns heute hinüber in die Stralsunder Vitte gehen«, sagte er. »Da gibt es ein gutes Wirtshaus; hier finde ich keine Ruhe.«

In Falsterbo stürmte es weiter. Der Wind war so heftig, dass der aufgewirbelte Sand den Gang gegen den Wind zu einer unangenehm schmerzhaften Angelegenheit machte. Sie schüttelten sich den feinen Sand aus den Haaren, als sie das »Stralsunder Tor« betraten. Auch hier herrschte heute mehr Betrieb als an Schönwettertagen. Sie bestellten Bier und Rinderfilet mit Brühe und Kohl.

»Wie läuft es? Will überhaupt noch jemand gegen dich spielen?«, erkundigte sich Veit.

»Die Zeit, in der die allergrößten Dummköpfe gegen mich spielen wollten, ist vorbei. Es hat sich mittlerweile herumgesprochen, dass ich zu gut bin. Jetzt fordern mich nur noch diejenigen heraus, die mein Spiel eine Weile beobachtet haben und glauben, mich irgendwie doch schlagen zu können. Ich habe übrigens den Einsatz erhöht.«

»Wie viel?«

»Fünf lübische Pfennig sind der Mindesteinsatz, und wie du siehst, gibt es noch genügend Leute mit zu viel Geld in den Taschen, die gerne mal ein Spielchen wagen.«

»Mein Gott, fünf Pfennig, das ist doch Wahnsinn.«

»Ja, Bruder, und wir werden reich bei der Sache. Mein Geschäft läuft besser als das von so manchem stinkenden Heringskäufer – und ist wetterunabhängig.«

Das Bier kam, und die beiden prosteten sich lachend zu.

»Wie kommst du voran, Veit?«, fragte Sievert. »Ich habe gehört, dass es gestern wieder einen erwischt hat.«

Veit berichtete über den neuesten Stand seiner Erkenntnisse und vergaß auch nicht zu erwähnen, was er in der Bude von Heinrich Pottholt herausgefunden hatte.

»Und Crudener steckt da mit drin?«

Veit nickte. »Ja, sein Einfluss verhindert, dass Molkentin tätig wird. Ich weiß nicht, ob er direkt davon Nutzen hat oder nur seine Familie über Heinrich Pottholt. Das ist aber egal, denn hier wäscht eine Hand die andere. Crudeners Einfluss garantiert Molkentins Amt als Vogt. Molkentin kassiert bei nahezu jedem Streitfall oder größeren Geschäft ab. Im Gegenzug für seine Ernennung bedankt er sich damit, dass er die Geschäfte einer Reihe von Leuten, die Crudener nahe stehen, nicht kontrolliert beziehungsweise deren Machenschaften deckt. Diese Leute zeigen sich dann wiederum bei Crudener erkenntlich – auf die eine oder andere Art. Und wenn es tatsächlich mal jemand wagt, gegen diese Räuberbande zu klagen, dann ist da immer noch Betke Osenbruge, der auch dieses Problem richten wird – natürlich gegen einen gewissen Anteil am Geschäft. Ich habe Molkentin gesagt, dass ich unser Haus zurückwill und das Geld, um das sie mich betrogen haben, sonst werde ich die ganze Geschichte den anderen Hansen mitteilen.«

»Bruder, du bist verrückt!« Sievert war sichtlich erschrocken.

»Weil ich mir nicht alles bieten lasse?«

»Weil du nicht erkannt hast, dass deine Stellung ziemlich schwach ist. Du bist ein einsamer Bauer und stehst einer Front von gegnerischen Schwerfiguren gegenüber.« Plötzlich fing Sievert an zu lachen. »Zu komisch.«

»Was?«

»Na, was glaubst du, warum Crudener und Osenbruge dich hierher geschickt haben – weil du ein über die Maßen begnadeter Vogt bist? Nein, Bruder, weil von all jenen, die sie schicken konnten, ohne gegenüber den Hansen das Gesicht zu verlieren, bei dir die geringste Gefahr besteht, dass du ihre Geschäfte störst. Jedenfalls dachten sie so. Und dann kommt dieser verrückte Mörder und legt eine Leiche genau vor das Tor dieses Pottholt. Und du hast nichts Besseres zu tun, als dich darüber zu wundern, warum ein Knecht behauptet, die nagelneuen Heringstonnen seien schlecht verarbeitet und müssten umgetauscht werden, obwohl es sich um beste Ware handelt. Was glaubst du, wie Crudener und Osenbruge schauen werden, wenn sie diese Nachricht erhalten?« Sievert lachte wieder.

Veit schwieg lange. »Meinst du wirklich, sie haben mich geschickt, weil sie mich für so dämlich halten?«

»Es tut mir Leid, Bruder, aber ich glaube, so war es.«

Veit schwieg. Sievert hatte vermutlich Recht, und das ärgerte ihn maßlos.

»Das Problem ist, dass Crudener und Osenbruge es nicht gerne sehen werden, wenn ausgerechnet du sie an der Nase herumführst und Forderungen stellst. Es geht um verdammt viel Geld, und um dich zum Schweigen zu bringen, bedarf es wenig«, spann Sievert seine Überlegungen weiter.

»Wie meinst du das?«

»Ich meine, dass du aufpassen musst, damit du nicht auch ein Messer zwischen die Rippen bekommst oder am Galgen endest oder irgendwie verschwindest. Und wenn du mich fragst, Veit, dann sollten wir hier abhauen. Ich habe genug Geld. Wir können überall hin. Lass uns nach Süden gehen, nach Frankfurt, Würzburg, Nürnberg und dann nach Italien. Das Brett war lange in Italien, bevor Kelmer es nach Lübeck geholt hat. In Venedig muss es verdammt gute Schachspieler geben. Lass uns hier verschwinden. Uns gehört die Welt.«

»Wir können nicht mal die Sprache.«

»Wir werden jemanden finden, der sie uns beibringt.«

Veit schwieg. Der Wirt brachte Fleisch in einem würzigen Sud und frisches Brot. Veit hatte keinen Hunger.

»Was ist?«, drängte Sievert.

»Ich werde jetzt nicht weggehen. Sie haben gedacht, dass ich ein gottverdammter Idiot bin, der nichts zustande bringt, aber ich werde beweisen, dass ich diese Morde aufklären kann. Und vielleicht kann ich ganz nebenbei noch die Ehre des Hauses Ellenbruch wieder herstellen.«

»Die Ehre des Hauses Ellenbruch«, äffte Sievert ihn nach. »Du redest schon wie Mutter. Ich scheiße auf die Ehre des Hauses Ellenbruch. Es geht darum, selbst etwas zu erreichen, und wir sind dabei, das zu schaffen. Du hast doch dein ganzes Leben Glück gehabt, bist immer weich gefallen und meistens auf einer Frau gelandet. Was willst du mehr?«

»Vielleicht«, sagte Veit nach einer langen Pause, »vielleicht will man immer das, was man am wenigsten bekommen kann, was am weitesten weg ist.«

»Bruder, ich habe dich immer bewundert, weil du dich nicht an die Regeln gehalten hast. Du hast deine Laute genommen und bist losgezogen, hast dir die Nächte in Wirtshäusern um die Ohren geschlagen. Vater hat dir Isolde Grevesen angeschleppt, und du hast die begehrteste Jungfrau Lübecks, die Frau mit der größten Mitgift, die je gezahlt wurde, keines Blickes gewürdigt und ihr eine dicke Wirtin vorgezogen, die mehr als zehn Jahre älter ist als du. Fang jetzt bloß nicht an, so zu werden wie die Leute, denen wir vor ein paar Wochen glücklich entkommen sind.«

»Ich will diese Sache hier zu Ende bringen. Einmal etwas zu Ende führen – verstehst du?«, sagte Veit – und einen Augenblick später: »Aber vielleicht hast du Recht. Vielleicht sollte ich wirklich verschwinden. Ich werde darüber nachdenken.«

»Übrigens«, sagte Sievert, als sie sich voneinander verabschiedeten, »ich habe dir doch erzählt, dass ich gesehen habe, wie Bylant letzte Woche in einen Streit geriet und nur mühsam zurückgehalten werden konnte, handgreiflich zu werden.«

»Ja, und?«

»Ich habe gehört, der Kerl, mit dem er sich gestritten hat, sei Hermen Fläming gewesen.«

KAPITEL 16

Das Wetter wurde in der folgenden Woche nicht besser. Nur selten trauten sich die Fischer aufs Meer, und wenn doch, dann nur für wenige Stunden. Hering wurde nur noch in geringen Mengen gefangen und verkauft. Ganz Schonen schien auf bessere Zeiten zu warten und langweilte sich dabei. Gegen Ende der Woche war die Stimmung so aufgeladen, dass schon ein geringfügiger Anlass zu einer größeren Auseinandersetzung führen konnte. Dieser Anlass war gegeben, als sich einige der jüngeren und verwegenen seeländischen Fischer entschlossen, trotz schwieriger Wetterbedingungen auf Heringsfang zu gehen. Noch ehe sie ihre Schuten zu Wasser gelassen hatten, waren aufgebrachte Warnemünder Fischer zur Stelle und verhinderten das Auslaufen der Seeländer, weil dies den Bruch eines Abkommens zwischen den Älterleuten der Fischer bedeute. Die jungen Seeländer behaupteten dagegen, sie hätten überhaupt keinen Ältermann bestimmt. Als die ersten Fäuste flogen, eilten die benachbarten Fischer aus Nyköping herbei und mischten nun ebenfalls mit. Zwar waren sie auch gegen ein Auslaufen bei schlechten Wetterbedingungen, aber noch größer als die gemeinsame Furcht vor der rauen See, die sie mit den Warnemündern teilten, war ihre Verbundenheit mit den dänischen Brüdern aus Seeland gegen die mecklenburgische Konkurrenz.

Als die Wache endlich Herr der Lage geworden war, lagen bereits elf erschlagene Fischer am Strand von Falsterbo, und niemand konnte mehr zweifelsfrei sagen, wer für wessen Tod verantwortlich war. Auch schien die Wache nicht sonderlich zimperlich vorgegangen zu sein, um die Streithähne zu trennen.

Hans Molkentin ließ am folgenden Vormittag je einen Fischer aus Warnemünde, Seeland und Nyköping als Rädelsführer am Leuchtfeuer an der Südwestspitze der Halbinsel hängen. Die drei beteuerten zwar ihre Unschuld, aber Molkentin war der Ansicht, dass nach einem derartigen Vorfall eine abschreckende Strafe verhängt werden müsse, und wenn man der eigentlichen Rädelsführer nicht habhaft werden könne, so müsse man eben so tun, als habe man die Rädelsführer zur Rechenschaft gezogen.

Zur Hinrichtung kamen unzählige Zuschauer. Veit hatte noch nie so viele Menschen auf einem Haufen gesehen. Selbst als die Lübecker vor vielen Jahren ihren Bürgermeister Johann Wittenborg auf dem Marktplatz enthauptet hatten, waren es nicht so viele gewesen. Veit hatte als Knirps das Ereignis aus nächster Nähe betrachtet. Das Blut des Bürgermeisters, der glücklos gegen die Dänen gekämpft und vor Kopenhagen ein Drittel der Flotte verloren hatte, war ihm fast auf die Füße gespritzt, als der Henker mit einem wuchtigen Schwerthieb den Bürgermeister enthauptet hatte.

Heute würde es weniger blutig zugehen, was aber am Ergebnis nichts änderte. Ganz Falsterbo schien auf den Beinen zu sein, und sogar aus Skanör waren zahlreiche Menschen den Strand hinuntergewandert, um das Schauspiel der Hinrichtung mitzuerleben. Die drei Fischer, die Molkentin zu Rädelsführern erklärt hatte, wurden auf einem Karren zur Richtstätte gebracht. Einer der Männer weinte und flehte im Dialekt seiner seeländischen Heimat die Menge an, ihm zu helfen, da er völlig unschuldig sei. Die Zuschauer quittierten sein Flehen mit Gelächter. Der Mann, der in wenigen Minuten zu Tode gebracht würde, hielt sich mit den gefesselten Händen an dem Karren fest, als die Richtstätte erreicht war. Vielleicht hat er Frau und Kinder, dachte Veit, der das Alter des Mannes auf zirka dreißig Jahre schätzte, soweit das geschundene Gesicht überhaupt eine einigermaßen verlässliche Schätzung zuließ. Der Knecht des Henkers trat heran und schlug mit einem Knüppel auf die Hände des Delinquenten, bis dieser endlich den Karren loslies und unter einen der Galgen geschleppt werden konnte, wo er wimmernd zusammenbrach. Die anderen beiden vermeintlichen Rädelsführer wurden von Wachen unter die Galgen geführt, wo der Henker ihnen die Schlingen um den Hals legte. Einer der Männer begann zu beten. Der andere grinste und konnte sich nur mühsam und schwankend auf den Beinen halten. Offensichtlich hatte er die Wachen bestochen und sich ein letztes Mal besoffen. Der Henker trat auf den am Boden liegenden winselnden Mann zu und legte ihm die Schlinge um den Hals. Ein Priester trat vor und redete auf den Todgeweihten ein. Der Mann flehte ein letztes Mal um Gnade. Der Priester sprach eine Formel, die Veit nicht verstehen konnte, weil die Menge angefangen hatte, »Hängt ihn« zu rufen. Rhythmisch und aus vielstimmigen Kehlen schallte der Ruf über den Richtplatz und verhallte an diesem regnerischen Vormittag über der Ostsee, über die tief hängende Wolkenfetzen zogen. »Hängt ihn, hängt ihn, hängt ihn!« Der Henker hob den rechten Arm. Er schaute zu Molkentin, der neben Veit in der ersten Reihe stand, und Veit war es für einen Augenblick, als sei er es, der das entscheidende Zeichen geben müsse. Ein Schauer lief ihm über den Rücken. Molkentin nickte, und der Henker senkte den Arm, woraufhin zwei Knechte an einem Tau zogen. Das Winseln erstarb augenblicklich. Der Fischer wurde in die Höhe gezogen. Der Körper des Mannes zappelte wie ein angelandeter Hering. Blase und Darm entleerten sich. Der Henker ging zum nächsten Delinquenten. Molkentin nickte, und der Mann wurde emporgezogen. Die Menge zollte grölenden Beifall. Die Szene wiederholte sich bei dem dritten Mann. »Der Teufel soll euch alle holen!«, schrie dieser lallend in die Menge, bevor auch er hochgezogen wurde, woraufhin sich der Jubel noch steigerte. Der Körper des Seeländers zuckte noch immer. Der Henker bedeutete einem seiner Knechte, dem Todeskampf des Mannes ein Ende zu bereiten. Der Knecht, ein großer Mann mit dickem Bauch, griff nach den zappelnden Beinen und hängte sich mit seinem ganzen Gewicht daran. Als er losließ, schwankte der Erhängte langsam im Wind; er zappelte nicht mehr. Der Knecht drehte sich zur Menge um und verzog angewidert das Gesicht. Er hatte Kot an den Händen, der dem Getöteten die Beine heruntergelaufen war. Auch der zweite Mann wurde auf diese Weise von seinen Qualen erlöst. Als der Henkersknecht zu dem Betrunkenen trat, begann die Menge zu protestieren. »Lass ihn zappeln!«, schrien die Zuschauer, um sich für die Verwünschung des Mannes zu rächen. Der Henkersknecht sah hinüber zu dem Henker und ließ auf dessen Zeichen hin von seinem Vorhaben ab. Stattdessen reinigte er sich die Hand an den Beinkleidern des Mannes, wofür er Gelächter und stürmischen Beifall erntete. Es dauerte länger als zehn Vaterunser, bis auch der dritte »Rädelsführer« ruhig im Wind schaukelte.

»So, das wäre geschafft.« Hans Molkentin klatschte sich auf die Oberschenkel und erhob sich schwerfällig. »Lasst uns was trinken gehen. Bei derlei Schauspiel wird mir immer die Kehle trocken.« Über seinen eigenen Scherz lachend, ging er hinter den Wachen her, die ihm eine Schneise durch die Menschenmenge bahnten. Veit folgte wortlos.

In den Wochen danach häuften sich die Hinrichtungen. Grund für die Urteile war meistens die Verletzung des Landfriedens – zwei Fuhrkerle, die sich um einen Auftrag stritten und aufeinander losgingen; ein Fischer, der einen Kaufmann angegriffen hatte; der Totschlag eines Danzigers kostete einen Lübecker den Kopf; und die Vergewaltigung einer Gallekonerin aus Falsterbo büßte ein Stralsunder Kaufmann am Strang. Die Hinrichtungen waren die Hauptattraktionen in einem an Abwechslung armen Leben. Erst Mitte Oktober wurden wieder Heringe in nennenswerten Mengen gefangen, was die Stimmung sofort erheblich verbesserte. Bis dahin baumelten an der Richtstätte sechzehn Leichen, oder besser gesagt, sechzehn Skelette im Wind, denn die Möwen brauchten nur wenige Tage, um die Leichen bis auf die Knochen abzufressen.

Veit Ellenbruch bekam von all dem wenig mit. Er schwebte auf einer Wolke der Glückseligkeit. Er liebte Cecilie Andersen. Er verbrachte die Nächte in ihren Armen, unterhielt abends die Gäste und mehr noch die Frauen des »Salzfasses«. Er genoss seine Rolle als Hahn im Korb, obschon Cecilie eifersüchtig darüber wachte, dass keine ihrer Frauen ihm zu nahe kam. Am späten Vormittag ging er in Begleitung Barthelmys in die Burg, vernahm Zeugen, überprüfte Aussagen, aß im »Goldenen Hering«, hielt anschließend einen ausgedehnten Mittagsschlaf, traf sich bisweilen mit Sievert, der sich inzwischen ein kleines Vermögen erspielt hatte, und kehrte am frühen Abend ins »Salzfass« zurück, um mit Cecilie Andersen zu schlafen, bevor der Andrang der Gäste ihre Anwesenheit in der Wirtsstube erforderte. Es blieben nur noch wenige Wochen bis Martini, und Veit wusste, dass er dann eine Entscheidung zu treffen hatte, aber es gelang ihm, den Gedanken an die Endlichkeit seines Glücks immer wieder zu verdrängen. Bisweilen plagten ihn Zweifel, weil er der Aufklärung der Verbrechen nicht näher kam. Magister Stubbe hatte ihm Mitte Oktober mitgeteilt, dass seine Nachfragen in Rostock keine Verbindung zwischen den Opfern ergeben hätten. Damit war Veits wichtigste Spur im Sande verlaufen. Er war verschiedenen Überlegungen nachgegangen, hatte geprüft, ob es um eine Verschwörung der Dänen gegen die Hanse gehen konnte, doch keinen Hinweis dafür gefunden. Seit dem Stralsunder Frieden von 1370 war es die Politik der dänischen Krone, die Herrschaft über die Stützpunkte am Sund, zu denen auch Falsterbo zählte, so schnell wie möglich zurückzubekommen. Wollte man mit diesen Morden zeigen, dass nur der dänische König Ordnung in Falsterbo halten konnte? Das kam Veit denn doch zu unwahrscheinlich vor. Die stärkste Überzeugungskraft gegenüber der Hanse hatten die Kosten, und die sprachen gegen eine längere Besetzung als die ursprünglich vereinbarten fünfzehn Jahre. Die Verwaltung der Sundfestungen hatte eigentlich Geld einbringen sollen. Stattdessen bezahlte die Hanse Unsummen für deren Verwaltung und Instandhaltung, was besonders all jenen Städten missfiel, die wenig Interesse an der Sunddurchfahrt hatten. Veit hatte zudem geprüft, ob Spielschulden oder Betrug hinter den Morden stecken konnten, aber nichts dergleichen entdeckt. Er hatte sich mit den Streitigkeiten zwischen den Vitten beschäftigt, aber auch hier kein hinreichendes Motiv für die Bluttaten gefunden. Eine Zeit lang beschäftigte ihn der Gedanke, ob es sich womöglich gar nicht um ein und denselben Täter handelte, hatte aber schließlich auch diese Überlegung verworfen, weil der Tathergang in allen Fällen so genau übereinstimmte, dass man kaum von verschiedenen Tätern ausgehen konnte.

Die Sache blieb rätselhaft. Veits Gefühl sagte ihm, dass die Lösung irgendwo in der gemeinsamen Vergangenheit der Opfer liegen musste. Gleichzeitig wurde ihm klar, dass in Falsterbo kaum eine Möglichkeit bestand, dieser gemeinsamen Vergangenheit auf die Spur zu kommen. Es gab für ihn keinen Zweifel, dass Claus Bylant alle Opfer gekannt hatte, dennoch glaubte er nicht, dass der hinter den Taten steckte.

KAPITEL 17

Wolter Crudener war besorgt, nachdem er das Schreiben Hans Molkentins gelesen hatte. Betke Osenbruge sah das Problem weit gelassener als der Bürgermeister. Das entsprach einem häufigen Rollenspiel zwischen den beiden Männern: Crudener, der Bedenkenträger, und Osenbruge, der Pragmatiker.

»Wir haben uns in Ellenbruch getäuscht«, sagte Crudener.

»Keineswegs«, erwiderte Osenbruge. »Den Weg ins Hurenhaus hat er jedenfalls schneller gefunden, als man annehmen konnte, und wie Molkentin schreibt, hat er sich bei einer Rostocker Frauenwirtin häuslich eingerichtet. Der Aufklärung der Morde ist er kein Stück näher gekommen, und bis auf die Entdeckung der Tonnen hat er nichts zustande gebracht.«

»Aber die Geschäfte meines Schwagers Pottholt hat er offensichtlich genau untersucht.«

»Ein Zufall, weil ausgerechnet vor der Tür Eures Schwagers ein Mord begangen wurde.«

»Wie auch immer. Wenn die kleinen Unregelmäßigkeiten meines Schwagers ans Licht kommen, wird es heißen, ich hätte Pottholt gedeckt.«

»Was ja durchaus der Wahrheit entspricht.«

»Osenbruge, haltet Eure Zunge im Zaum. Ob man in Mailand oder in Nowgorod ein paar Heringe mehr oder weniger im Fass hat, ist nun wirklich nicht der Rede wert. Schließlich schont man uns dort auch nicht, wenn es um die Qualität von Pelzen oder südlichen Spezereien geht.«

»Aber Euer Schwager hat den Fehler gemacht, auch einen Lübecker Patrizier zu bescheißen, und das hat uns mittlerweile erheblichen Ärger eingebracht. Der Skandal um die Ellenbruchs war nicht förderlich. Den Prozess konnte ich nur mit viel – nun, sagen wir – Geschick abschmettern. Und jetzt diese Sache.«

»Detherdt hat die Sache verbockt. Er hat Ellenbruch hereingelegt, obwohl er Order hatte, nur nach Oberitalien, Nowgorod und wenn möglich noch in entferntere Gebiete zu verkaufen. Detherdt und Gedecker.«

»Und der Kredit für das Heringsgeschäft kam von Eurem Schwager, weil es längst nicht mehr nur um ein paar Fässer mit Hohlheringen ging, sondern um ein Vermögen in Pelzen und um eines der wertvollsten Anwesen in Lübeck.« Was Osenbruge bewusst nicht erwähnte, war die Beteiligung von Wolter Crudener an diesem Geschäft, das zumindest seine Duldung gehabt haben musste.

»Und jetzt erpresst uns dieser Ellenbruch und will das Haus am Koberg zurück und Geld.«

»Das ist unmöglich. Das Haus ist an Detherdt gefallen, der offiziell als Gläubiger Ellenbruchs das Zugriffsrecht hatte. Und Detherdt hat völlig legal verkauft. Das ist nie und nimmer rückgängig zu machen, es sei denn, man wollte den ganzen Prozess noch einmal aufrollen.«

»Unsinn. Auf keinen Fall!«, empörte sich Crudener, der in Gedanken überschlug, wie viel er an dem Geschäft verdient hatte.

»Vielleicht könnte man Ellenbruch einen Vergleich anbieten, zum Beispiel ein Haus in ähnlicher Lage?«

»Am Koberg steht nichts zum Verkauf. Das wisst Ihr so gut wie ich.«

»Wenn sich da kein Weg findet, könnte man an eine finanzielle Entschädigung denken.«

»Wer soll das denn bezahlen?«

»Nun, Detherdt, Gedecker, Pottholt und wer sonst noch von dem Betrug profitiert hat.« Osenbruge wusste, dass Crudener dies ablehnen würde, denn auf eines konnte man sich bei dem Bürgermeister mit absoluter Sicherheit verlassen: auf seinen Geiz, und der war zu groß, um sich das Schweigen Ellenbruchs mit einer derart großen Summe zu erkaufen, wie sie notwendig wäre, um ein Anwesen am Koberg zu erstehen.

»Gedecker ist tot, Detherdt – da ist mit Sicherheit nicht mehr viel zu holen, und Pottholt ... Das kann ich meiner Schwester nicht antun.«

»Natürlich gibt es noch eine billigere Lösung.« Osenbruge zögerte.

»Sprecht!«

»Wenn Ellenbruch aus dem Weg geräumt wird, kann er keinen Staub mehr aufwirbeln.«

»Mein Gott, stellt Euch die Aufregung bei den Hansen vor, wenn der von uns bestellte Vogt zur Aufklärung mehrerer Morde nun selbst ermordet wird.«

»Es darf natürlich kein Mord sein.« Osenbruge lächelte zynisch. »Was kann man machen, wenn ein Betrunkener auf der Rückfahrt von Schonen nach Lübeck nachts über Bord geht?«

Nun zeichnete sich auch im bärtigen Gesicht des Bürgermeisters ein Lächeln ab. »Würde das nicht bemerkt?«

»Natürlich müssen wir den Schiffer und zwei, drei seiner Leute kaufen. Das sollte genügen. Wenn Ihr einverstanden seid und mir die nötigen Mittel zur Verfügung stellt, kümmere ich mich um die Sache.«

Crudener zögerte. Seine Schwiegermutter lag auf dem Sterbebett, und seine Enkelin würde im nächsten Monat niederkommen. Beides würde ihn eine Menge Geld kosten …

»Na schön«, sagte er schließlich, als gewähre er Osenbruge einen Gefallen. »Und noch etwas …«

Osenbruge hatte sich schon zur Tür gewandt und drehte sich nun noch einmal um. Er schaute den Bürgermeister fragend an.

»Es wäre gut, wenn auch für die Morde in Falsterbo eine Lösung gefunden würde.«

»Ich arbeite daran«, antwortete Osenbruge.

KAPITEL 18

Am 4. November 1380 saß Veit im zweiten Stock der Burg Hans Molkentin gegenüber. Der Vogt von Falsterbo trug seinen Hermelinmantel mittlerweile auch in seinem Amtszimmer, da es sich in letzter Zeit stark abgekühlt hatte und Regenschauer die Halbinsel peitschten. Trotz des Novemberwetters wurden noch Heringe gefangen und verarbeitet. Die Arbeit der Fischer war gefährlicher geworden. Schon mehrere Schuten waren gekentert und die Besatzungen ertrunken. Nur wer schnell genug von anderen Booten aus dem Wasser gezogen wurde, hatte eine Chance zu überleben. Außerdem wurden mindestens vier Schuten vermisst, und man konnte nur hoffen, dass sie nach Seeland abgetrieben und nicht gekentert waren. Erfahrene Schonenfahrer wussten sogar von Fällen zu berichten, in denen Schuten bis nach Rügen oder Bornholm getrieben worden waren.

Hans Molkentin hatte einen roten Kopf und schaute Veit aus

glasigen Augen freundlich an. Aus einer Karaffe goss er Veit Rotwein in einen Becher.

»Nun, lieber Ellenbruch, ich habe Euch hergebeten, weil Nachricht aus Lübeck eingetroffen ist. Ich höre von Crudener, dass Eure Sache geprüft wird. Man steht Eurem Anliegen auf Rückerstattung Eures Besitzes wohlwollend gegenüber, aber es gilt da noch ein paar amtliche Hürden zu nehmen, wenn Ihr wisst, was ich meine? Jedenfalls sollt Ihr Euch mit Eurem Bericht über die Morde hier alsbald nach Eurer Rückkehr nach Lübeck bei dem Bürgermeister einfinden.«

»Danke, das hätte ich ohnehin gemacht«, erwiderte Veit und versuchte, sich das Gefühl des Triumphes nicht anmerken zu lassen.

»Die Heringszeit geht zu Ende«, fuhr der Vogt fort. »In einer Woche ist Martini. Am neunten November findet zum Abschluss die traditionelle Herbstschänke statt. Am zehnten November schiffen sich die meisten Kaufleute und Fischer aus. Ich selbst werde an Martini früh mit dem ›Meerschwein‹, einem Schiff, an dem ich zwei Parten halte, nach Lübeck zurückreisen. Der Bürgermeister lässt Euch ausrichten, dass Ihr Euch ebenfalls an Bord dieses Schiffes begeben und die Heimreise antreten sollt.«

Veit dachte an Cecilie. Der Abschied rückte näher. Es nutzte nichts mehr, das zu verdrängen …

»Wie steht es mit den Mordtaten?«, fragte Molkentin.

»Es gibt nichts Neues. Es sieht so aus, als müsste ich unverrichteter Dinge die Heimreise antreten.«

»Was ist mit Bylant? Man sagt, er habe mit Fläming gestritten – nur wenige Tage vor dessen Ermordung.«

»Das stimmt wohl. Er streitet es nicht ab. Sie haben sich beim Würfeln in die Haare gekriegt, waren beide betrunken und sind aneinander geraten, aber die Gesellen des Knochenhauers haben Schlimmeres verhindert.«

Drewes erschien mit zwei Karaffen. »Roten oder Weißen?«, fragte er wie immer.

»Lass beide hier«, sagte Molkentin. Der Diener stellte die Gefäße auf den Eichenschreibtisch des Vogtes und zog sich zurück.

»Guter Mann«, erklärte Molkentin, »denkt mit.« Er füllte sich ein Glas mit Weißwein und schenkte Veit von dem Roten ein. Molkentin trank und schaute dann voller Bewunderung auf den Becher. »Erstklassiges Zeug. Kommt aus Frankreich. Abends um diese Zeit trinke ich den Wein am liebsten ohne Kräuter und Gewürze. Was meint Ihr?«

»Mir geht es genauso«, erwiderte Veit.

»Zum Frühstück ein Krug Lübecker Exportbier. Am Vormittag Met oder Apfelmost. Zum Mittagessen einen Clarett oder einen Hyppokrates. Zur Verdauung einen Moraß und ab dem späten Nachmittag nur noch ungewürzte Weine – Muskateller, Romanije, Malvasier oder Griechen. So halte ich es, seit ich so alt war wie Ihr jetzt. Nun gut, ab und zu ein Bier gegen den Durst dazwischen. Damit kommt man durch den Tag – selbst in einem stinkenden Drecknest wie diesem hier. Ich sage immer, lieber Ellenbruch, man muss seinen Stil bewahren, auch wenn die Umstände ungünstig sind. Außerdem bin ich der Auffassung, dass ein Tag Struktur braucht. Eine Woche braucht Struktur. Ein Jahr braucht Struktur, und das Leben braucht Struktur – ja selbst das Leben. Abends nach dem Essen nur noch Branntwein – dann muss man nicht so oft pissen in der Nacht.« Molkentin trank, griff sich ans Herz und verzog vor Schmerzen das Gesicht zu einer Grimasse.

Veit schaute ihn besorgt an.

»Das Herz, lieber Ellenbruch, in meinem Alter, da macht das Herz schon mal Probleme. Am schlimmsten ist es frühmorgens. Zum Glück wirkt ein Krug Bier wahre Wunder: Das Herz beruhigt sich, das Zittern hört auf. Darüber könnt Ihr in Eurem Alter nur lachen, aber mit vierundfünfzig, da ist man dem Gevatter Tod schon nah an der Schippe …«

»Bylant«, sagte Veit knapp, denn Molkentin geriet ins Philosophieren, wie jeden Abend, wenn er auf ungewürzte Weine umgestiegen war.

»Bylant – richtig.« Molkentin überlegte. Es dauerte lange, bis er den Faden wiedergefunden hatte. »Mit Fläming hat er gestritten, wollte ihm sogar an den Kragen. Bei Paternostermaker war er verschuldet, und mit Gedecker und Pracht hat er gewürfelt. Was ist, wenn er die beiden ermordet hat, um seine Spielschulden nicht bezahlen zu müssen? Da fährt ein Knochenhauermeister zur Heringszeit nach Schonen, wo wesentlich mehr zu verdienen ist als im heimatlichen Lübeck, und kommt am Ende mit einem Berg Schulden zurück. Der Mann muss sich vor seiner Familie und vor seiner Zunft rechtfertigen. Sein Bruder ist ein wichtiger Mann, will sogar in den Rat. Da passt es überhaupt nicht, dass Claus Bylant zurückkehrt und ihm die Gläubiger auf dem Fuße folgen. Er hätte wahrlich ein gutes Motiv, und ich bin der Meinung, Ihr solltet ihn verhören, und zwar hier in der Burg. Ich kann mir gut vorstellen, dass er dabei das eine oder andere ausplaudern wird.«

Veit zögerte. Molkentin hatte Recht, was das Motiv betraf.

»Ich kann mir nicht vorstellen, dass sich vier Männer von Bylant einfach so umbringen lassen. Die hätten sich doch gewehrt, hätten Lärm geschlagen, aber nichts dergleichen ist passiert – in keinem der Fälle.«

»Bylant hat Gesellen, die ihm vielleicht geholfen haben, oder neigt Ihr der Auffassung von Barthelmy zu, dass es der Leibhaftige persönlich gewesen ist?«

»Natürlich nicht, aber es ist doch auffällig, dass sowohl Barthelmy als auch Pottholts Knecht die gleiche Beschreibung des Mörders gegeben haben, und die passt kaum auf Bylant.«

»Zwei Idioten. Einer dümmer als der andere. Wenn Ihr Bylant auf die Streckbank legt, werdet Ihr erfahren, wie sich die Taten zugetragen haben.«

»Auf diese Weise habt Ihr schon einen Fischer zum Reden gebracht.«

»Eine bedauerliche Geschichte, aus der man aber keine falschen Schlüsse ziehen sollte.«

Als Veit an diesem Abend mit seinem üblichen Klopfzeichen an die Tür des »Salzfasses« Einlass begehrte, öffnete ihm zu seinem Erstaunen Lilli, die brünette Hure, mit der Veit die zweite Nacht im »Salzfass« verbracht hatte. Cecilie war nicht da. Das erkannte Veit sofort. Obwohl es noch nicht so spät war, befand sich kein Kunde im Schankraum, aber fast alle Frauen waren da. Einige von ihnen liefen nackt herum, andere im Unterhemd.

»Was ist los?«, wollte Veit wissen.

»Wir sind alle ziemlich fertig. Ich habe den Laden einfach zugemacht. Wir haben gut verdient, und für heute reicht es«, sagte die Brünette.

»Wo ist Cecilie?«

»Sie musste weg.«

»Wohin?«

»Keine Ahnung. Sie sagt uns nie, wen sie besucht.«

Veit trat vor Wut und Schmerz gegen die Tür. Seit er mit Cecilie Andersen zusammen war, hatte sie sich viermal davongestohlen. »Ein alter Kunde, dem ich verpflichtet bin« war ihre Antwort gewesen. Veit hatte genickt und versucht, es zu akzeptieren, und dennoch Höllenqualen gelitten. »Ich will das nicht mehr«, hatte er gesagt, als sie das letzte Mal zurückgekommen war. »Es ist besser, du findest dich damit ab«, hatte sie geantwortet.

Eva brachte ihm ein Bier. »Trink erst mal was. Wir haben eine Überraschung für dich – du wirst schon sehen.«

Veit nahm den Bierkrug und trank. »Was habt ihr vor?«

»Bevor Cecilie weggegangen ist, hat sie gesagt, wir sollen uns heute um dich kümmern. Sie wird nicht vor morgen früh zurück sein. Wir haben deshalb beschlossen, ein Würfelspiel zu spielen«, erklärte Mathilde.

»Und der Preis für die Siegerin«, fügte die rothaarige Eva in ihrem fremden Dialekt hinzu, »bist du.« Sie lachte.

»Veit, sei kein Spielverderber. Du machst doch mit, oder?«, fragte Lilli und schaute ihn treuherzig an.

»Ja«, antwortete Veit mit einer Mischung aus Wut und Trotz, »aber es soll nicht nur eine Gewinnerin geben.«

KAPITEL 19

Sievert sah dem Ende der Heringszeit mit gemischten Gefühlen entgegen. Er sehnte sich nach einem Ortswechsel und freute sich darauf, dieses stinkende Heringsnest zu verlassen. Gleichzeitig graute ihm davor, nach Lübeck zurückkehren zu müssen. Seine Mutter und seine Schwester würden ihn wieder wie ein Kind behandeln, obwohl er mittlerweile finanziell auf eigenen Füßen stand. Sie würden ihn ständig kontrollieren und versuchen, ihn in eine Lehre als Kaufmannsgehilfe zu stecken. Er würde sich das Gejammer über die verlorene Ehre des Hauses Ellenbruch anhören müssen und das Geschimpfe auf Veit, der ihnen nie etwas recht machte. Sievert schüttelte es bei der Vorstellung an ein Leben hinter St. Annen. Eine Woche vor Martini fasste er deshalb einen Entschluss: Er würde nicht nach Lübeck zurückkehren. Wenn Veit unbedingt nach Hause wollte, würden sich ihre Wege trennen. Er konnte mit seiner Kunst überall Geld verdienen, und wenn es einmal nicht so gut laufen sollte, würde er eine ganze Weile von dem leben können, was er sich in Falsterbo erspielt hatte. Sein Ziel war Venedig, aber er wollte sich Zeit lassen beim Reisen. Er musste die Sprache lernen. Vielleicht, so hoffte er, kam Veit doch mit, denn auch für ihn würde das Leben in Lübeck nicht einfach werden.

Sievert hatte an diesem Abend im »Danziger Tor« gespielt. Er hatte vier Partien gewonnen, von denen keine sonderlich aufregend gewesen war. Als er das Wirtshaus verließ, spürte er das Gewicht der Silbermünzen in dem Lederbeutel, den er in einer geheimen Innentasche seines Wamses trug. Es war dunkel, als er auf die Straße trat, und die Laterne, die er bei sich trug, leuchtete gerade weit genug, um nicht beim nächsten Schritt in irgendwelchen Unrat zu treten. Den Weg bis zu seiner spartanischen Unterkunft kannte er inzwischen auswendig. Die beiden Männer, die hinter ihm das Wirtshaus verlassen hatten, bemerkte er erst, als sie links und rechts neben ihm erschienen, ihm die Lampe aus der Hand schlugen und ihn an beiden Armen festhielten.

»He, was soll das!«, protestierte er.

»Wirst du schon sehen«, antwortete der größere der beiden Männer, die ihn in Richtung der Dünen zogen. Sievert schrie um Hilfe, daraufhin schlug ihm einer der beiden die Faust ins Gesicht. Sievert spürte warmes Blut aus seiner Nase laufen. Er sah, dass der größere Kerl einen armlangen Knüppel in der Hand hielt. »Leute, die als Spitzel für den Rat arbeiten, mögen wir nicht«, sagte der.

»Ganz und gar nicht«, stimmte der Kleinere zu. »Und Claus Bylant ist der Meinung, dass man einen Spitzel des Rates einfach erschlagen sollte.«

»Damit hat er vollkommen Recht. Und damit du auch noch etwas davon hast, machen wir das auf unsere ganz besondere Art.« Der Große holte mit dem Knüppel weit aus.

Sievert sah den Knüppel mit ungeheurer Geschwindigkeit heransausen und hielt schützend die freie rechte Hand vors Gesicht, doch der Schlag galt seinem linken Schienbein. Sievert spürte den Schmerz explodieren, als der Knochen brach, und schrie, als er in den Sand stürzte. Der nächste Schlag zerschmetterte seinen rechten Arm, den er zur Abwehr des Schlages emporgereckt hatte.

»Jetzt weißt du, warum man uns Knochenhauer nennt«, hörte Sievert einen der beiden Männer sagen. Beide lachten. Sievert schrie um Hilfe, so laut, wie er noch konnte.

»Los, schlag ihm den Schädel ein, sonst brüllt er uns noch das Fischerlager zusammen«, sagte einer der Schläger, und da wurde es auch schon dunkel um Sievert.

Barthelmy wartete wie jeden Morgen gegenüber dem »Salzfass« vor der Bude eines Rostocker Kaufmanns, mit dessen Knecht er sich angefreundet hatte.

»Was gibt es Neues?«, fragte Veit.

Barthelmy war immer auf dem Laufenden. Da er keine Gelegenheit versäumte, ein Schwätzchen anzufangen, kannte er die Befindlichkeiten von Knechten, Prahmkerlen, Kaufleuten, Gallekonern, wusste, wie die Preise für Hering standen und wer mit wem im Streit lag.

»Ein Scheißtag wird's heute wieder.«

»Für wen?«

»Für alle. Der Wind bringt Regen vom Sund herüber. Die Fischer werden nicht ausfahren, die Händler nichts kaufen, die Koggen nach Lübeck nicht auslaufen können, und gegen Ende der Heringszeit werden sowieso alle verrückt.«

»Wie meinst du das?«

»Na, alle haben jetzt Geld in den Taschen, gute Gewinne gemacht, satt verdient. Da kann man schon mal ein bisschen feiern, und das Ende vom Lied ist, dass sie aneinander geraten und der eine oder andere dann am Galgen hängt. Heute Morgen haben sie schon einen am Strand gefunden, dem man den Schädel eingeschlagen hat, einen jungen Lübecker, der sich mit Schachspielen durchschlägt.«

Veit war plötzlich hellwach. Er fühlte, wie Panik in ihm hochstieg. – Sievert, das darf nicht sein. Herr, ich flehe dich an! Veit schickte ein Stoßgebet in den Himmel und bekreuzigte sich.

»Was habt Ihr?«

»Wo ist der Junge? Führ mich sofort hin.«

»Sie haben ihn ins Spital gebracht, weil noch ein bisschen Leben in ihm war.«

Das Spital befand sich am nordöstlichen Rand der Lübecker Vitte und wurde von Franziskanermönchen betrieben. Veit und

Barthelmy wurden von einem alten Mönch, dessen Haut mit unzähligen Geschwüren überzogen war, einen langen Gang hinuntergeführt. Einige Alte, die hier ihre letzten Tage zubrachten, schauten Veit neugierig an. Am hinteren Ende des Ganges lagen einige Kranke auf dem Flur. Aus den hölzernen Verschlägen rechts und links drangen vereinzeltes Gewimmer, geflüsterte Gebete und lateinische Bibelverse. Veit hatte lange genug auf dem Koberg gegenüber dem Lübecker Spital gewohnt, und er konnte sich erinnern, dass er als Kind seine Mutter beim Besuch einer Tante begleitet hatte, die im Frauentrakt des Lübecker Spitals den Tod erwartete – ein Privileg, das sich nur Angehörige der gehobenen Stände leisten konnten.

Der Franziskaner blieb vor einem der Holzverschläge stehen, flüsterte mit einem der beiden Mönche, die sich um den Verletzten kümmerten, und nickte Veit zu. Veit musste sich bücken, um durch die niedrige Tür in das Zimmer zu treten, das kaum größer war als das Bett, auf das man Sievert gelegt hatte. Er drängte sich an den beiden Mönchen vorbei, die neben dem Bett standen, kniete nieder und ergriff Sieverts Hand.

»Kleiner, was hat man dir angetan?«, flüsterte Veit. Das Gesicht seines Bruders war blutunterlaufen und aufgedunsen, die Augen waren geschlossen. »Ist er tot?«, fragte er und schaute zu den beiden Mönchen auf.

»Er hat einen Schlag auf den Kopf bekommen und die Besinnung verloren«, sagte der Mönch. »Aber immerhin hat er sich noch aus eigener Kraft bis in das dänische Fischerlager geschleppt. Die Fischer haben ihn mit einem Karren hergebracht. Dann ist er in Ohnmacht gefallen. Soweit wir feststellen können, ist der Schädel nicht gebrochen, aber das linke Bein und der rechte Arm.«

»Wird er überleben?«

»So Gott will«, antwortete der ältere der beiden Mönche. »Er darf sich nicht bewegen. Gegen die Schmerzen haben wir ihm ein Elixier gegeben, das ihn für einige Zeit schlafen lässt. Die Wunden sind gesäubert. Alles andere ist Gottes Wille.«

»Hat er etwas gesagt, bevor er ohnmächtig wurde?«

»›Knochenhauer‹ habe ich verstanden«, sagte der jüngere Mönch, »aber ich kann mich auch täuschen. Jedenfalls dachte ich, er gehört zur Knochenhauerzunft. Aber wir sollten ihn jetzt ruhen lassen und in unsere Gebete einschließen.«

»Kann ich bei ihm bleiben?«, fragte Veit.

Die beiden Mönche nickten und verließen den winzigen Raum, der jüngere brachte kurz darauf einen dreibeinigen Schemel und einen Krug mit Lavendelbier. »Wenn er wach wird, gebt ihm zu trinken. Wenn etwas ist, schickt nach Bruder Jacobus. Ich stehe Euch Tag und Nacht zur Verfügung.«

»Ich danke Euch, Bruder.«

Als die beiden Franziskaner gegangen waren, setzte sich Veit auf den Schemel neben das Bett, nahm wieder die Hand seines Bruders, drückte sie an seinen Mund und begann zu beten, eine Übung, die ihm nicht ganz leicht viel, weil es schon verdammt lange her war, seit er das letzte Mal mit Gott geredet hatte. Genauer gesagt war es am Tag der Überfahrt nach Falsterbo gewesen, aber das war ja eine ganz andere Situation. Herr im Himmel, begann Veit in Gedanken. Der Kleine ist ohne Sünde, und wenn er was verbockt hat, dann war das alles meine Schuld: Ich hab ihm die Laute in die Hand gedrückt, und ich hab ihn all die schmutzigen Lieder gelehrt. Ich hab ihn mit in die Wirtshäuser genommen, wo er all das Schlechte gelernt hat. Aber er ist doch fast noch ein Kind. Herr im Himmel, mach ihn wieder gesund, nie wieder sollen gotteslästerliche Lieder über meine Lippen kommen.

Stundenlang sprach Veit mit Gott, schaltete alle ihm bekannten Heiligen ein, versprach eine Pilgerfahrt nach Santiago und einen völlig geläuterten Lebenswandel.

Am späten Nachmittag war es Veit, als habe der Herr seine Gebete erhört. Sievert begann zu stöhnen, und seinen gesunden Arm durchlief ein Zucken.

»Bleib ruhig, Kleiner.« Veit führte einen Becher mit Lavendelbier an den Mund seines Bruders.

Sievert öffnete die blutigen Lippen und trank.

»Das ist gut, Kleiner. Trink. Du wirst wieder gesund.«

Sievert verschluckte sich, hustete und stöhnte vor Schmerzen. »Veit«, flüsterte er.

»Ja, Kleiner, ich bin bei dir.«

»Veit, zwei Knochenhauer. Sie waren von Bylant geschickt …«

»Das wird er büßen!«, versprach Veit inbrünstig.

Es war bereits dunkel, als er das Spital verließ. Er eilte zur Burg hinunter und stürmte in Molkentins Amtszimmer.

»Bylant war es! Ihr habt Recht gehabt. Letzte Nacht hat er beinahe einen Jungen aus Lübeck totschlagen lassen, aber der Kleine hat überlebt und gegen Bylant ausgesagt.« Veit atmete schwer vor Erregung.

»Dann solltet Ihr nicht zögern. Greift ihn und lasst ihn in die Burg bringen«, ermunterte ihn der Vogt.

In der Wachstube lungerte ein Dutzend Männer herum. An einem grob gezimmerten Eichentisch wurde gewürfelt. Aus den Augenwinkeln erkannte Veit, wie Barthelmy einen Weinkrug in einer Truhe verschwinden ließ. Den Männern war es während des Dienstes verboten zu trinken, aber diese Regel wurde selten überprüft und nie eingehalten. Keiner der Männer schien über den Auftrag des Vogtes erfreut. Bylant war bekannt – ein Raufbold, ein Kriegsheld und Kämpfer und ein Vertreter einer einflussreichen Zunft.

»Besser, Ihr nehmt alle mit«, schlug Molkentin vor. »Wenn es gegen die Knochenhauer geht, kann man nie wissen …«

Claus Bylant hatte gerade sein Abendessen in einer Spelunke zu sich genommen, die neben dem Feld der Lübecker Knochenhauer gelegen war, als Veit mit drei Männern der Wache in den Schankraum trat. Die übrigen Wachen hatte er angewiesen, draußen zu warten. Vielleicht ließ sich die Situation ohne Gewalt regeln.

»Ah, der Herr Vogt«, bemerkte Bylant mit einem hämischen Lächeln auf den Lippen.

»Das Lachen wird dir noch vergehen«, sagte Veit. »Du bist festgenommen und wirst uns jetzt auf die Wache folgen.«

Das Grinsen in Bylants Gesicht erstarb. »Wieso?«

Veit wusste, dass es ein Fehler war, sich mit Bylant hier unter lauter Knochenhauern auf einen Wortwechsel einzulassen, aber sein Hass auf den Mann war zu groß, als dass er seiner Vernunft folgen konnte.

»Weil du verdammtes Schwein einen Jungen, der gerade mal dreizehn Jahre alt ist, hast fast erschlagen lassen.«

»Unsinn, woher habt Ihr diesen Quatsch?«

»Los, komm mit!«

»Das ist ein verdammter Trick des Rates. Sie wollen mich mundtot machen, weil ich für das Recht der Zünfte kämpfe.« Bylant war aufgestanden, und jetzt erhoben sich auch die anderen Männer in der engen Gaststube.

»Ich warne dich, Bylant. Ich habe zwölf bewaffnete Wachen dabei. Entweder du kommst jetzt freiwillig mit, oder es wird ein Blutbad geben.«

»Ein Wort von mir genügt, um dieses ganze Drecknest hier in Schutt und Asche zu legen.«

»Überschätz dich nicht. Niemand wird sich für die Eitelkeiten der Familie Bylant opfern.« Veit gab den Wachen ein Zeichen.

Die zogen ihre Schwerter und traten auf Bylant zu. Vor diesem bauten sich vier Zunftgenossen als Schutzschilde auf. Auch an den anderen Tischen hatten sich die Männer erhoben. Die anderen Wachen drängten in den Raum. Sekundenlang standen sich die Männer gegenüber. Dann bahnte sich Claus Bylant einen Weg durch die Reihe seiner Beschützer.

»Na schön. Ich will nicht, dass Ihr hier unbewaffnete und friedliche Männer erschlagt. Gehen wir.«

Der Keller der Burg war kalt und feucht. Claus Bylant war der einzige Gefangene an diesem Ort. Die letzten beiden waren vor drei Tagen gehängt worden. Der Henker hatte Bylant nach dessen Ankunft in Fesseln gelegt und angekettet. An der Wand waren rußende Fackeln befestigt. Veit fiel das Atmen schwer. Er sehnte sich nach frischer Luft, aber er stand dem Mann gegenüber, der seinen Bruder hatte grausam zusammenschlagen lassen, und vermochte nicht einfach hinauszulaufen. Einmal eine Sache zu Ende bringen, sagte er sich und wäre doch am liebsten davongerannt. Weg von diesem schrecklichen Ort, weg von dem Unheil, das er kommen sah.

»Warum hast du meinen Bruder Sievert beseitigen wollen?«, fragte er.

»Woher habt Ihr diesen Unsinn?!«, erwiderte Bylant sichtlich erregt und mit hochrotem Gesicht.

»Der Kleine hat dummerweise überlebt und gegen dich ausgesagt.«

»Wann soll das gewesen sein?«

»Gestern Nacht.«

»Gestern haben wir gefeiert. Alle waren dabei. Die ganze Zunft – bis früh in den Morgen«, beteuerte der Knochenhauer.

»Die beiden Männer, die Sievert Ellenbruch fast erschlagen haben, wurden von dir geschickt und waren Knochenhauer. Das haben sie selbst gesagt, bevor sie über den Jungen herfielen.«

»Wenn einer meiner Leute Euren Bruder hätte totschlagen wollen, dann würde er jetzt nicht mehr leben. Es handelt sich hier um eine Verschwörung gegen die Knochenhauer. Der Rat steckt dahinter. Das ist doch offensichtlich. Ich kenne Euren Bruder nicht und habe nichts mit ihm zu schaffen.« Bylant traten die Augen aus dem Kopf, so sehr erregte er sich.

»Was ist mit den anderen? Paternostermaker, Pracht, Gedecker und Fläming?«

»Was soll mit ihnen sein? Das haben wir doch alles schon besprochen.«

»Dann fangen wir halt noch mal von vorne an«, erwiderte Veit.

Es war schon nach Mitternacht, als er die Burg verließ. Bylant war ein harter Brocken. Er war nicht dumm und nicht aufs

Maul gefallen. Er verstand es immer wieder, geschickt Zweifel zu säen. Hatte Veit wirklich den richtigen Mann eingekerkert?

KAPITEL 21

»Du kommst spät«, bemerkte Cecilie, als er sich zu ihr ins Bett legte.

»Ich habe Bylant in den Kerker gebracht. Aber er leugnet, und ich weiß nicht, ob ich ihm glauben soll.«

»Wie geht es deinem Bruder?«

»Er war kurz bei Bewusstsein und hat gesagt, dass die beiden Mordgesellen von Bylant geschickt waren.«

»Was gibt es dann noch zu zweifeln?«

»Ich weiß nicht. Vielleicht ist es einfach so, dass ich mich vor den Folgen scheue. Ich saß neulich neben Molkentin, als man drei Fischer gehängt hat, angebliche Rädelsführer bei einem Landfriedensbruch. Vor der Vollstreckung hat der Henker zu uns herübergeschaut und auf das Zeichen des Vogtes gewartet. Die Männer waren so wenig schuldig wie die hundert anderen, die in die Schlägerei verwickelt waren. Ich hätte es nicht fertig gebracht. Seitdem habe ich Angst, durch ein falsches Nicken ...« Veit sprach nicht weiter. Zu ungeheuerlich war ihm der Gedanke, als dass er ihn in Worte fassen konnte.

»Aber hast du nicht gesagt, dass es zwischen Bylant und den anderen Mordopfern eine Verbindung gab?«

»Ja, aber wo ist die Verbindung zwischen den Morden und dem Anschlag auf meinen Bruder? Ich verstehe das nicht. Es ergibt alles keinen Sinn.«

»Komm, lösch die Kerze und halte mich warm. Vielleicht sieht morgen alles ganz anders aus.«

Es war das erste Mal, seit er Cecilie Andersen kannte, dass er ohne Verlangen neben ihr lag. Noch lange war er wach und dachte an Sievert, Bylant, Molkentin und die ermordeten Männer. Sein letzter Gedanke, bevor er endlich doch einschlief, galt der Frage, woher Cecilie wusste, dass Sievert sein Bruder war.

Sievert ging es auch am nächsten Morgen nicht gut. Er hatte fürchterliche Schmerzen und wurde immer wieder ohnmächtig. Seine Augen waren fast gänzlich zugeschwollen, und die Nase erschien merkwürdig dick und verbogen. Die Lippen waren an zwei Stellen tief eingerissen, und Veit wunderte sich, dass die Zähne bei alldem keinen Schaden genommen hatten. Obwohl Sievert einen so erbärmlichen Anblick bot, war Veit voller Zuversicht. Immerhin hatte sein Bruder getrunken und ein paar Löffel Haferbrei gegessen. Veit blieb eine Weile an seinem Bett sitzen. Er hoffte, von Sievert etwas über die beiden Männer zu erfahren, die ihn überfallen hatten, aber sein Bruder war nicht in der Lage, ihm zu folgen. Immer wieder trat er weg, und in den wenigen wachen Phasen redete er wirres Zeug, wobei es meist um irgendwelche Schachpartien zu gehen schien. Veit ließ seinen Bruder in der Obhut der Mönche und bat Gott erneut flehentlich, er möge den Kleinen verschonen. Dann schickte er Barthelmy in die Burg, und er selbst steuerte die Buden der Lübecker Knochenhauer an.

»Ihr wagt es, ohne Wachen hierher zu kommen?!« Der Mann hielt ein Beil in der Hand, drehte sich um und schlug auf einen geschlachteten Ochsen ein, der mit den Hinterbeinen an einem Gestell hing und dessen Kopf mit heraushängender Zunge knapp über dem Boden baumelte. Das Beil fuhr wieder und wieder in das rote Fleisch, bis der Ochse in zwei Hälften geteilt war. Der Knochenhauer drehte sich keuchend um.

»Ich bin hier, weil es mir um die Wahrheit geht.«

»Die Wahrheit ist, dass wir vorgestern Nacht gesoffen haben.«

»Warum?«

»Warum, mein Gott. Es gab keinen besonderen Grund. Vielleicht weil diese Scheiße hier allmählich zu Ende geht und wir bald nach Hause zu unseren Familien kommen.«

»Wie steht Ihr zu Bylant?«

»Er ist mein Schwager, mein Nachbar, der Pate meiner Kinder, und wir kennen uns, seit wir auf den Beinen stehen können«, erwiderte der Mann.

»War Claus Bylant die ganze Zeit auf der Feier?«

»Ja, denn es war kaum zehn, da konnte er schon nicht mehr laufen, so besoffen war er. Wir haben ihn nach Hause getragen. Zum Glück war es nicht weit.« Der Knochenhauer konnte sich ein Grinsen nicht verkneifen.

»Und Ihr?«

»Mich säuft keiner unter den Tisch.«

»Was war mit Bylants Gesellen?«

»Was soll gewesen sein? Hier in Falsterbo trennen wir nicht in Meister und Gesellen. Wir feiern zusammen, und die beiden Gesellen von Bylant waren auch dabei. Wo sollten sie auch sonst gewesen sein?«

»Wo sind die beiden jetzt?«

»Drüben, in Bylants Bude.«

»Holt Sie her!«, forderte Veit den Mann auf. »Ich möchte, dass sie mich begleiten. Ich will sehen, ob mein Bruder sie wiedererkennt.«

Es dauerte lange, bis Sievert ansprechbar war. Die Mönche hatten ihm ein Schmerzmittel gegeben, das ihm für mehrere Stunden das Bewusstsein geraubt hatte. Es dämmerte bereits, als Sievert seinen Verstand wiedergefunden hatte und stöhnend die Augen aufschlug.

Veit ließ ihm Zeit, zu sich zu kommen, ehe er ihn fragte: »Kleiner, ich habe hier zwei Knochenhauer. Schau sie dir an und sag mir, ob sie es waren, die dich so zugerichtet haben.«

Sievert nickte wortlos, woraufhin Veit den ersten der beiden Gesellen in das winzige Zimmer bat. Sievert schaute sich den Mann lange an und schüttelte dann den Kopf. Veit holte den zweiten Gesellen herein, einen Mann mit einer unverkennbaren Narbe im Gesicht, die von einem tiefen Schwert- oder Beilhieb stammen musste. Auch bei diesem schüttelte Sievert den Kopf.

»Ihr könnt gehen«, erklärte Veit den beiden Gesellen, die sich eilig verdrückten.

Natürlich konnte Bylant andere Kerle gedungen haben, damit sich im Falle des Falles keine Verbindung zwischen den Mördern und ihm herstellen ließ, überlegte Veit.

»Ich soll an Martini zusammen mit Molkentin an Bord einer Lübecker Kogge nach Hause reisen, auf Anordnung des Bürgermeisters.«

»Noch drei Tage«, sagte Cecilie und hielt Veit fest umschlungen, wie immer nach ihrem Liebesakt.

»Ich kehre mit leeren Händen zurück.«

»Aber du hast doch diesen Knochenhauer in die Burg gesetzt.«

Veit schwieg. Er konnte nicht erklären, was ihm an der Sache mit Bylant nicht gefiel. Es war ein Gefühl, mehr nicht.

»Das ist unabhängig von diesem Auftrag. Ich will nicht wieder das Leben führen, das ich in Lübeck geführt habe. Ich will nicht mehr zurück – zumindest nicht für längere Zeit. Vielleicht könnte ich nach Rostock gehen.«

»Oh, das wäre natürlich wunderbar, Liebster. Kennst du denn dort jemanden?«

»Nur dich, Cecilie, aber das genügt doch, oder?«

»Sicher. Du kannst jederzeit bei mir bleiben und in meiner Stube die Gäste unterhalten, aber Bürger wirst du damit nicht werden.«

»Ich scheiße auf die Bürgerschaft, solange ich nur bei dir bin.«

»Dann komm nach Rostock, sobald du kannst.« Sie löschte die Kerze und schmiegte sich an ihn. Das waren die Momente, in denen Veit bereit war, die Welt zu vergessen.

Am nächsten Morgen pochte Barthelmy früher als üblich an die Tür des »Salzfasses«, und wenig später klopfte es an der Tür Cecilie Andersens.

»Veit, eine Wache will dich sprechen«, rief eine der Frauen, und Veit erhob sich, zog ein Hemd über und stieg die Treppe hinunter in den Schankraum.

»Barthelmy, was treibst du dich so früh herum? Es ist fast noch Nacht, und ich habe noch nicht gefrühstückt.«

»Der Vogt schickt mich. Ich soll Euch ausrichten, dass Ihr in die Burg kommen sollt. Der Knochenhauer hat gestanden.«

Veit eilte in den winzigen Hof hinter dem »Salzfass«, zog einen Eimer Wasser aus dem Brunnen, streifte das Hemd ab und goss sich das kalte Nass über den Kopf. Er holte einen zweiten Eimer empor und goss auch den über sich. Danach hatte er wie jeden Morgen das Gefühl, bereit zu sein für den Tag, aber gleichzeitig wusste er, dass dieser Tag besonders schwer werden würde. Er zog das Hemd über und ging frierend ins Haus zurück. Er widerstand der Versuchung, sich an Cecilies warmen Körper zu schmiegen, wie er es sonst um diese Zeit gerne tat, und kleidete sich an: zuerst die Beinlinge, die er an einen Leinengürtel knöpfte, darüber einen kurzen Rock aus Stralsunder Wolle und darüber wiederum einen langen Rock, der ihm bis an die Knie reichte und den sein Vater einmal aus Brabant mitgebracht hatte. Neben einem Fellmantel, den er nur an wirklich kalten Tagen trug, war dies sein kostbarstes Kleidungsstück. Er zog die Stiefel an und legte den Ledergürtel locker um die Hüfte. Das war seit einigen Monaten Mode in der Lübecker Oberstadt. An dem Gürtel hingen sein Geldbeutel, sein Messer und sein Löffel sowie der Schlüssel zu seinem Zimmer in der Burg. Auf Reliquien, Rosenkranz und Gebetbuch, die andere Männer seines Standes am Gürtel trugen, verzichtete er schon, seit er begonnen hatte, seine Abende im »Alten Zollhaus« zu verbringen.

»Barthelmy, wir können gehen.«

Ein rauer, kalter Wind wehte von Nordosten über das Gelände vor der Burg. Veit hastete über den Platz und trat fröstelnd in den Raum der Wachleute. Die Leiche eines Mannes mit durchschnittener Kehle lag auf einem Tisch. Ein Medikus hatte sich über die weit aufklaffende Wunde gebeugt und vermaß diese mit einer Art Zirkel.

»Ein Prahmkerl aus Seeland«, erläuterte Barthelmy. »Hat seine beiden Gehilfen betrogen; die haben gestern Abend den Lohn für ihre Arbeit hier in Falsterbo gefordert.«

Veit durchquerte den Wachraum, trat in den dunklen Flur und stieg die steinerne Treppe zum Keller hinunter. Über den gewohnten Geruch von modriger Feuchtigkeit und Unrat hatte sich der süßliche Geruch verbrannten Fleisches gelegt.

»Wo ist er?«, fragte Veit.

Barthelmy ging voran. »Kommt«, sagte er knapp.

Am Ende des Kellers klopfte er gegen eine schwere Eichentür. Veit hörte, wie ein Riegel geschoben wurde. Knarrend öffnete sich die Tür. Der Geruch nach gebratenem Fleisch wurde stärker. Der Raum war mit zwei Fackeln spärlich erleuchtet. Veit erkannte den Henker und seinen dickbäuchigen Knecht, der vor wenigen Wochen die am Galgen baumelnden angeblichen Rädelsführer durch einen kräftigen Ruck ins Jenseits befördert hatte. Neben dem Henker stand Hans Molkentin, und neben diesem saß ein Schreiber an einem kleinen Tisch, mit einem Gänsekiel in der Hand und einem Tintenfass neben dem Pergament.

Molkentin drehte sich um. »Ellenbruch, gut, dass Ihr endlich kommt, sonst hättet Ihr Euren eigenen Erfolg noch verpasst. Verzeiht, dass ich mich ein wenig eingemischt habe, aber das bleibt natürlich unter uns. Im Bericht an den Rat werdet Ihr selbstverständlich die Meriten …«

Veit schob den Henker beiseite. Vor ihm auf der Streckbank lag Claus Bylant beziehungsweise das, was der Henker aus ihm gemacht hatte. Bylant schaute Veit aus glasigen Augen an. Er war nackt und an Händen und Füßen gefesselt. Die Schultergelenke waren ausgerenkt, und der Körper war von mehreren schweren Brandwunden gezeichnet.

»Wie konntet Ihr nur?«, fuhr Veit Hans Molkentin an.

»Ihr habt Euch eindeutig in meine Angelegenheiten eingemischt.«

»Keine Sorge, lieber Ellenbruch. Es ist alles mit rechten Dingen zugegangen. Bei der Befragung war ein Medikus anwesend. Alle Regeln wurden aufs Peinlichste beachtet. Und der Erfolg gibt uns Recht. In zwei Tagen reisen wir ab. Es wurde Zeit, dass wir dem guten Bylant die Zunge lösen. Ich konnte Euch gestern nicht erreichen, da habe ich die Verantwortung auf mich genommen. Heute früh hat er dann gestanden, und zwar nicht nur die Morde, sondern auch den Anschlag auf Euren Bruder. Ich kann Euch gerne das Protokoll vorlesen lassen.« Molkentin nickte dem Schreiber zu, der seine Papiere zu ordnen begann und dann mit näselnder Stimme vortrug:

»Ich, Claus Bylant, Meister des Knochenhaueramtes zu Lübeck, bekenne mich der folgenden Verbrechen für schuldig: in der Nacht zum sechsundzwanzigsten Juli im Jahre des Herrn dreizehnhundertachtzig den Rostocker Kaufmann Hieronymus Pracht erstochen zu haben, um die Zahlung von Spielschulden in Höhe von drei Mark lübisch bei dem Ermordeten zu umgehen. In der Nacht zum neunundzwanzigsten Juli lauerte ich dem Lübecker Kaufmann Bartholomäus Gedecker auf ...«

Der Schreiber verlas das Sündenregister mit monotoner Stimme, bisweilen nur gestört vom Wimmern und Stöhnen des gefolterten Knochenhauers und dem Husten des Lübecker Vogtes. Das Protokoll endete mit dem Eingeständnis Bylants, am vierten November zwei Männer mit der Ermordung des Sievert Ellenbruch beauftragt zu haben, da es sich bei diesem angeblich um einen Spion des Lübecker Rates handelte.

»Wen will er denn gedungen haben?«, fragte Veit, an Molkentin gewandt.

Molkentin straffte sich und richtete die Frage mit amtlicher Stimme an den Mann auf der Streckbank. Bylant reagierte nicht, hatte in seinem Schmerzensdelirium wahrscheinlich gar nicht mitbekommen, dass jemand etwas von ihm wollte. Molkentin nickte dem Henker zu, dessen Gehilfe an einem Rad aus hölzernen Sprossen drehte, welches mit einem Tau verbunden war, das über mehrere Umlenkrollen zu den Handfesseln Bylants führte. Bylant schrie, dass es Veit in den Ohren schmerzte. Der Henkersknecht lockerte das Tau. Aus dem Schreien wurde ein Wimmern und Heulen.

Molkentin wiederholte seine Frage: »Hast du deine Gesellen mit dem Mord an Sievert Ellenbruch, dem Schachspieler, beauftragt?«

Bylant schüttelte den Kopf. Ein leises »Nein« war zu hören.

»Wer war es dann? Waren es vielleicht irgendwelche dahergelaufene Lumpen, denen du für ein paar Pfennige den Auftrag erteilt hast?«

Bylant nickte.

»Wo kamen sie her? Waren es Seeländer?«

Wieder nickte Bylant.

»Was hast du ihnen gezahlt – zwei Pfennig?«

Bylant nickte erneut und stöhnte dabei.

»Na bitte«, sagte Molkentin zufrieden. Dann sah er den Schreiber an. »Wo waren wir stehen geblieben?«

»Am Abend des vierten November habe ich den Mord an Sievert Ellenbruch veranlasst, weil dieser im Auftrag des Lübecker Rates die Pläne zu einem gewaltsamen Umsturz durch die Lübecker Knochenhauer ausspionieren wollte ...«

Hier hielt der Schreiber inne und sah den Vogt an.

»Mit dem Mord habe ich zwei Tagelöhner aus Seeland beauftragt und diesen dafür jeweils zwei Pfennig gezahlt«, diktierte Molkentin.

Veit wusste jetzt, wie das Geständnis zustande gekommen war und was er davon zu halten hatte. Er drehte sich wortlos um und ließ sich von der Wache die Tür öffnen. Molkentin folgte ihm.

»Gehen wir in den ›Doppelten Zirkel‹. Ich muss unbedingt etwas frühstücken. Es war eine lange Nacht, und hier unten sind wir sowieso fertig«, sagte der Vogt.

Molkentin trank den Krug mit Exportbier in einem Zug leer und nickte dem Wirt zu, der sofort einen neuen Humpen brachte.

»Eine schlimme Nacht«, wiederholte der Vogt. »Aber was will man machen. Übermorgen ist Martini, und unter die Geschichte musste endlich ein Schlussstrich gezogen werden.«

»Bylant war's nicht. Das wisst Ihr so gut wie ich«, sagte Veit verärgert. »Aus Angst vor Schmerzen hat er Eure Geschichte abgenickt. Dieses Geständnis ist genauso wertlos wie das des Fischers, den Ihr im Juli hingerichtet habt.«

»Aber, mein lieber Ellenbruch. Bylant hat gestanden. Alles ist mit rechten Dingen zugegangen.«

»Aber das Geständnis entspricht nicht der Wahrheit!«, widersprach Veit heftig.

»Das kann ich nicht beurteilen. Für mich zählt einzig, dass ich ein Geständnis habe. Und es klingt sehr plausibel. Genauso könnte es sich zugetragen haben.«

»Hat es sich aber nicht«, zischte Veit.

»Nun ja, Ihr seid da etwas anmaßend. Morgen wird Bylant vor seinen Herrn treten, und dieser wird letztlich zu gewichten haben, wie schwer die Sünden des Knochenhauers wiegen. Wollt Ihr Euch unterstehen, das zu beurteilen?«

»Ich kann nicht über Bylants Platz in der Hölle bestimmen, aber ich strebe in der Tat nach irdischer Gerechtigkeit.«

»Es gibt keine absolute Gerechtigkeit auf Erden. Aber es gibt eine göttliche Ordnung, innerhalb deren wir Gerechtigkeit herstellen müssen. In wenigen Tagen kehren Hunderte Männer nach Lübeck zurück, und es ist in unser aller Interesse, dass sie sich dort in die alte Ordnung wieder einfügen. In fünf Wochen findet der nächste Hansetag statt, und wir Lübecker wollen uns da nicht vorwerfen lassen, wir seien nicht in der Lage, die Morde an den Hansekaufleuten aufzuklären. Die Hanse ist der bedeutendste Ordnungsfaktor an der Ostsee, und sie wird von Lübeck geführt. Seit zehn Jahren herrscht Frieden am Mare Balticum. Der Rat kann es nicht dulden, dass Lübecks Autorität in Frage gestellt wird.«

»Komisch«, sagte Veit und erhob sich. »Immer wenn Ihr von göttlicher Ordnung redet, habe ich das Gefühl, Ihr meint damit die krummen Geschäfte, die Ihr mit Crudener zusammen durchzieht.«

KAPITEL 22

Sievert hatte Dünnbier getrunken und Haferbrei gegessen. Die Schmerzen hatten nachgelassen, und er schien zum ersten Mal wieder richtig ansprechbar. Veit hatte das kunstvoll verzierte Schachbrett mitgebracht, das er für seinen Bruder in der Burg aufbewahrte. Vielleicht weckt es seine Lebensgeister, wenn er das Brett bei sich hat, hoffte er.

»Warum sollte jemand behaupten, er wolle mich im Auftrag Bylants umbringen, wenn er gar nicht von diesem gedungen wurde, Veit? Das ergibt keinen Sinn«, sagte Sievert.

»Und du bist sicher, dass du das so gehört hast?«

»Klar, Mann, was denkst du denn, ich habe schließlich nicht den Verstand verloren«, versicherte Sievert mit matter Stimme, aber ein wenig empört.

»Für Bylant macht das sowieso keinen Unterschied mehr. Nach seinem Geständnis wird er morgen hingerichtet. Gerade noch rechtzeitig vor Abschluss der Heringszeit. Übermorgen werde ich dann zusammen mit Molkentin nach Lübeck zurückfahren, aber keine Angst, Kleiner, sobald ich dort meine Sachen geregelt habe, hole ich dich ab, und wir gehen zusammen nach Rostock.«

Veit war hochgestimmt. Indem er sich eine gemeinsame Zukunft in Rostock ausmalte, konnte er das Grauen der Gegenwart vergessen, konnte verdrängen, dass er wieder einmal versagt hatte und dass er im Grunde nicht verstand, was um ihn herum gespielt wurde.

Als Sievert am Nachmittag eingeschlafen war, sprach Veit einen der Mönche an. »Das Mittel gegen die Schmerzen, ob Ihr mir davon etwas mitgeben könnt?«

Am frühen Abend, die Sonne war vor einer Stunde untergegangen, betrat Veit den Wachraum der Burg und ließ sich von einer der Wachen die Tür zum Kerker von Claus Bylant aufschließen. Mit einer Fackel in der Hand betrat Veit das düstere Verlies. Bylant saß auf dem Boden, mit dem Rücken an die Mauer gelehnt. Man hatte ihm ein paar alte Lumpen übergeworfen. Die Nacktheit bedecken war ein kirchliches Gebot. Alles andere interessierte nicht bei einem Mann, der am nächsten Vormittag gerädert werden sollte. Bylant drückte sich vor Angst gegen die Kerkerwand, als Veit mit der Fackel auf ihn zutrat.

»Ich bin es, Veit Ellenbruch. Ich will Euch helfen.«

Das runde Gesicht des Knochenhauers verzog sich zu einem schmerzhaften Grinsen. »Das soll wohl ein Witz sein, Ellenbruch, aber mir ist gerade nicht zum Lachen.«

»Rädern ist eine unangenehme Sache, Bylant. Ich kann Euch das ersparen.« Veit holte einen Beutel aus seinem Wams. »Wenn Ihr dieses Pulver schluckt, bekommt Ihr von der ganzen Sache nichts mehr mit oder seid da schon nicht mehr am Leben. Ich habe es aus dem Hospital, in dem mein Bruder liegt. Die Mönche verabreichen es, um die Schmerzen zu lindern. Ein Drittel davon reicht für zehn Stunden Bewusstlosigkeit. Wenn Ihr alles nehmt, seid Ihr in einer Stunde tot. Ich dachte mir, ich könnte Euch damit einen Gefallen tun.«

»Wie geht es Eurem Bruder?«

»Er ist übel zugerichtet, aber er wird's überleben.«

Bylant rang sich erneut ein Lachen ab. »Glaubt mir, wenn ich den Tod Eures Bruders gewollt hätte, dann wäre er tot und läge nicht nur mit ein paar gebrochenen Knochen im Spital.«

»Euer Geständnis liegt vor, von drei Amtspersonen beglaubigt.«

»Merkt Ihr nicht, was hier geschieht? Das alles ist ein finsteres Ränkespiel des Rates, und Euch hat man als Ratsherrn geschickt, um diesen Machenschaften gegen die Zünfte Rechtmäßigkeit zu verleihen.«

Eine Weile saß Veit dem Knochenhauer schweigend gegenüber. Schließlich erhob er sich und legte Bylant den Beutel mit dem Pulver in den Schoß. »Es tut mir Leid, dass alles so gekommen ist.« An der Tür drehte er sich noch einmal um. »Soll ich Eurer Familie etwas ausrichten?«

»Richtet Euren Freunden im Rat aus, sie sollen zur Hölle fahren.«

An diesem Abend zog Veit ruhelos durch die Gassen von Falsterbo. Wie sehr vermisste er seine Freunde und die Abende im »Alten Zollhaus«. Wäre er doch nur nicht in diese verdammte Sache hineingeraten. Er betrat ein Wirtshaus, in dem Lübecker Kaufleute verkehrten, von denen er einige flüchtig kannte. Er trank ein Bier und fühlte sich durch das Geschwätz über Heringspreise und Gewinnspannen auf den unterschiedlichen Märkten Europas gelangweilt.

Da war es im »Salzfass« amüsanter. Dort herrschte noch Hochbetrieb. Das Geld saß am Ende eines einträglichen Heringsfangs locker, und dies war der vorletzte Abend, an dem man es unbeschwert und unbeobachtet fern der Heimat ausgeben konnte. Veit schlich sich ohne Aufsehen durch die Gaststube und in Cecilies Zimmer. Als sie Stunden später zu ihm ins Bett gekrochen kam, schreckte er schweißgebadet auf.

»Wovon hast du geträumt, Liebster?«

»Von der Hölle«, stammelte er und starrte in die Dunkelheit.

Der letzte Tag der Heringszeit wurde traditionell mit einer Messe gefeiert. Danach begann die so genannte Herbstschänke, an der alle, ob Kaufmann, Fischer, Böttcher oder Prahmkerl, nur eines im Sinn zu haben schienen, nämlich sich möglichst schnell zu besaufen. Der Abend vor Martini war an der ganzen Ostsee ein Synonym für ein ausschweifendes Gelage. An diesem

Tage sollte die Stimmung durch eine morgendliche Hinrichtung noch weiter angeheizt werden, aber daraus wurde nichts. Als der Henker den Delinquenten Claus Bylant aus seiner Zelle holen wollte, um ihn, auf einen Wagen gekettet, durch die johlende Menge zum Richtplatz zu kutschieren, fand er lediglich die bereits erkaltete Leiche des Knochenhauers vor. Molkentin wurde geholt, und ihm wurde berichtet, dass Veit Ellenbruch am gestrigen Abend den Verurteilten besucht hatte.

»Verdammte Scheiße, dieser Hurensohn«, fluchte Molkentin. »Das wird er mir büßen, und zwar recht bald.« Der Vogt dachte an die morgige Überfahrt nach Lübeck. Kapitän und Steuermann des »Meerschweins« waren eingeweiht. Man war übereingekommen, Ellenbruch in der Nacht zu erschlagen und ihn dann über Bord zu werfen.

»Geh raus und gib den Leuten Bescheid, dass die Hinrichtung ausfällt. Der Mann hat sich selbst gerichtet«, sagte Molkentin an den Henker gewandt.

»Das werden die Leute ungern hören.« Der Henker versuchte, sich vor der unangenehmen Aufgabe zu drücken, denn es war absehbar, dass die wartende Menge ärgerlich reagieren würde. In einem ähnlichen Fall hatte man ihn vor Jahresfrist mit Heringsabfällen beworfen und mit Grum besudelt.

»Das ist mir scheißegal. Es wird nicht besser, wenn wir warten und der Pöbel in zwei Stunden anfängt zu randalieren.« Molkentin wurde von einem Hustenanfall übermannt, an dessen Ende er ein Maul voll Schleim vor den Leichnam des Knochenhauers rotzte.

Statt der Hinrichtung gab es eine Messe am Warnemünder Fischerlager, die nach einer halben Stunde wegen eines heftigen Regenschauers abgebrochen werden musste. Danach begann eine ausgelassene Feier. Die Kaufleute und Handwerksmeister strömten in die Wirtshäuser, und die Gesellen, Fischer, Prahmkerle, die Gallekoner und Grumknechte feierten in ihren Buden oder auf der Straße.

Als Veit an diesem Tag aufstehen wollte, zog Cecilie ihn zurück ins Bett. »Bleib. Ein letztes Mal noch«, sagte sie und nahm Veit in die Arme.

Veit schaute sie fragend an. »Ich reise erst morgen ab.«

»Aber ich werde heute Nacht nicht bei dir sein können, weil ich arbeiten muss. Haben dir die Mädchen nicht davon erzählt?«

Veit schüttelte den Kopf.

»Als ich letztes Jahr zum ersten Mal als Frauenwirtin nach Falsterbo kam, rannten mir die Männer die Bude ein, aber ich hatte keine Lust mehr, als Hure zu arbeiten. Als sie merkten, dass ich nicht zu haben war, boten sie mir mehr Geld. Ich lehnte weiterhin ab, mit dem Ergebnis, dass die gebotenen Summen unglaubliche Höhen erreichten. Ich habe dann ein Zugeständnis gemacht. Wer mir bis zum Abend vor Martini die höchste Summe bot, mit dem wollte ich die letzte Nacht vor der Heimfahrt nach Rostock verbringen. Ich habe in dieser einen Nacht mehr Geld verdient als jedes der Mädchen während der ganzen Zeit in Falsterbo. Und so wird es auch dieses Mal wieder sein. Für die Mädchen ist das schwer zu verstehen, warum eine Nacht mit mir so viel mehr wert sein soll als eine Nacht mit einer von ihnen. Ich erkläre ihnen dann immer, dass es sich verhält wie mit einem Diamanten, für den man mehr zu zahlen bereit ist als für einen Quarzstein, den man überall finden kann. Beide mögen schön sein, doch der Wert des Steins wird nicht nur bestimmt durch seine Schönheit, sondern auch dadurch, wie oft man ihn findet.«

Veit wand sich zornig aus ihren Armen und suchte seine Sachen zusammen.

In der Wirtsstube zog ihn die rote Eva zur Seite. »Veit, komm zu mir heute Nacht, aber komm spät, damit die anderen nichts merken.« Sie küsste ihn flüchtig auf den Mund und verschwand in der Küche.

Als Veit an diesem Vormittag das »Salzfass« verließ, erwartete ihn ein ziemlich mitgenommen aussehender Barthelmy. Der

Wachmann hatte sich in den letzten Monaten mit den Knechten eines Kaufmanns angefreundet, der gegenüber dem »Salzfass« eine Bude besaß. Die Männer hatten schon oft zusammengestanden und den einen oder anderen Schoppen getrunken. An diesem Tag hatten sie damit allerdings früher angefangen als sonst. Barthelmy hatte seine Mütze weit in den Nacken geschoben, sein Blick war glasig und sein Lächeln dümmlich. Sein Schwert lag neben ihm im Dreck der Straße. Mit schwerer Zunge begrüßte er Veit. Die Hinrichtung sei leider ausgefallen, wusste er zu berichten. Bylant habe sich vergiftet, was am Ergebnis aber nichts ändere, denn tot sei tot und der Fall damit abgeschlossen. »Pünktlich zum Ende der Heringszeit«, fügte er noch hinzu. Woran man im Übrigen sehen könne, welch wunderbarer göttlicher Plan hinter allem stecke.

Veit strebte der Burg zu, um das letzte Kapitel seines Berichtes an den Rat zu schreiben. Er hatte sich vorgenommen, seine Zweifel an der Schuld Bylants zu äußern und zu begründen. Falls ein Plan hinter dieser Sache stand, wie Barthelmy in seiner Einfalt vermutete, dann war es ein teuflischer, dachte Veit. Während er seinen Bericht verfasste, wurde das Gegröle, das von der Straße heraufdrang, immer lauter. Am Abend steckte Veit das Schriftstück in sein Wams und ging damit zu Sievert.

»Wenn Bylant unschuldig war und geopfert wurde, um die ganze Sache zu vertuschen, dann bist du in Gefahr. Diejenigen, die Bylant und die anderen auf dem Gewissen haben, werden es nicht dulden, dass du ihnen in die Quere kommst«, warnte der jüngere Bruder den älteren.

»Aber noch weiß keiner, was in meinem Bericht stehen wird.«

»Molkentin weiß längst, dass du von Bylants Schuld nicht überzeugt bist, und er wird auch eins und eins zusammenzählen und herausfinden, dass du Bylant das Gift besorgt hast. Wenn du morgen an Bord des ›Meerschweins‹ gehst, ist die Wahrscheinlichkeit, dass du in Lübeck ankommst, ziemlich gering. Und überhaupt – was willst du in Lübeck?«

»Molkentin hat mir gesagt, dass Crudener über eine Rückerstattung unseres Hauses am Koberg und eine Entschädigung für den Betrug mit Hohlheringen nachdenkt.«

Sievert verzog besorgt das Gesicht. »Damit wollen sie dich ködern. Das Haus ist längst weiterverkauft und eine Rückgabe kaum möglich. Ich bitte dich inständig, nicht nach Lübeck zu reisen. Ich bin zwar jünger als du, aber glaub mir trotzdem, dass es so ist, wie ich es sage.«

»Na schön.«

»Versprich es mir.«

»Versprochen.«

An diesem Abend mied Veit alle Wirtshäuser, in denen er Molkentin begegnen konnte. Sein Abendessen nahm er stattdessen in einem Gasthaus im dänischen Teil Falsterbos ein. Auch bei den Dänen wurde an diesem Abend gefeiert, und es schien Veit, als hätte man hier doppelten Grund dazu, denn zum einen ging eine erfolgreiche Heringszeit zu Ende, und zum anderen würden nun all diese Fremden wieder abreisen, die einzig wegen des Silbers der Ostsee nach Schonen gekommen waren und den kleinen Ort Falsterbo für knapp fünf Monate in das geschäftigste Zentrum Nordeuropas verwandelt hatten. Veit blieb sitzen, bis die letzten Gäste gegangen waren und der Wirt schließen wollte. Selbst zu dieser nächtlichen Stunde waren noch Menschen auf den Straßen unterwegs, und etliche lagen bewusstlos oder im Rausch in der Gosse. Aus einigen Buden drang das Grölen und Lachen betrunkener Zecher. Veit hatte seine Mütze tief ins Gesicht gezogen und hielt seine Laterne so, dass man ihn nur schwer erkennen konnte. Ich bin auf der Flucht, dachte er. Am Morgen noch ein Gesandter des Rates mit besonderen Vollmachten und einem Wachmann zu seiner Verfügung, musste er sich ab jetzt vorsehen. Er kehrte zurück zum »Salzfass« und warf einen Kieselstein gegen die kleine Luke von Evas Zimmer, das auf eine Seitenstraße hinausging. Es war das vereinbarte Zeichen. Kurz danach wurde die Eingangstür geöffnet, und Veit schlüpfte in den Schankraum. Im Schein der Kerze sah er Evas rotes Haar; er folgte ihr hinauf in das Obergeschoss. Aus einigen Zimmern hörte er noch Stimmen, und er versuchte, nicht daran zu denken, was Cecilie gerade tun mochte. Stattdessen kroch er unter die warme Decke von Evas Bett.

»Ich habe gesagt, dass ich krank bin. Deshalb bin ich den ganzen Abend in meinem Zimmer geblieben. Ich wusste, dass du heute Hilfe brauchen würdest«, sagte Eva.

»Danke. Cecilie – ist sie …«

»Ein Lübecker Kaufmann hat dreiundzwanzig Mark lübisch geboten. Derselbe übrigens, der auch im letzten Jahr das höchste Gebot abgegeben hatte. Der Kerl muss steinreich sein. Und dennoch verstehe ich nicht, wie man so viel Geld für eine Nacht ausgeben kann. Und ich verstehe auch nicht, warum Cecilie das überhaupt macht – ich meine, jetzt, wo sie doch mit dir zusammen ist.«

»Ich habe kein Geld.«

»Aber Cecilie ist reich genug. Wenn du mit mir zusammen wärst, dann …« Sie hielt inne.

»Dann?«

»Da, wo ich herkomme, liebt man ganz oder gar nicht«, erklärte Eva bestimmt. »Und wenn man liebt, dann gibt man alles, sogar das eigene Leben.«

Veit schaute sie zweifelnd und dennoch gerührt an. »Wo kommst du denn her?«

Eva überlegte eine Weile und sagte schließlich: »Ach, vergiss es.« Sie beugte sich über Veit und gab ihm einen zärtlichen Kuss. »Gute Nacht«, flüsterte sie, und Veit hatte das Gefühl, dass er wieder einmal Glück hatte, wie so oft, wenn er nicht mehr weiterwusste.

KAPITEL 23

Am nächsten Morgen wurde Veit durch Geschrei in der Schankstube geweckt. »He, was soll das?!«, rief eine Frauenstimme empört. Wenn es Ärger mit den Kunden gab, war normalerweise Jakob zur Stelle und regelte, was zu regeln war.

Dann vernahm Veit eine Männerstimme, die ihm bekannt vorkam. Eva war ebenfalls aufgewacht. Sie zog sich ein Hemd über und zwängte sich durch die Tür. Veit hörte Schritte auf der Stiege und auf dem Flur, Schritte von mehreren Männern, und dann Cecilies wütende Stimme. Nach einer Weile gingen die Männer wieder die Treppe hinunter. Eva schlüpfte zurück in das enge Zimmer.

»Was ist da los?«, wollte Veit wissen.

»Sie suchen dich. Die Stadtwache war da und hat vermutet, dass du bei Cecilie bist. Sie sind wieder abgezogen. Was hast du angestellt?«

»Molkentin will mich an Bord seiner Kogge sehen, mit der er heute nach Lübeck aufbrechen will. Aber ich fahre nicht mit, weil ich um mein Leben fürchte.«

»Bleib hier im Zimmer. Hier wird man dich nicht suchen.«

Noch zweimal an diesem Tag kontrollierten Wachleute das »Salzfass«. Wachen waren auch draußen vor der Tür postiert, für den Fall, dass Veit versuchen sollte, das Frauenhaus zu betreten. Am Nachmittag kam Molkentin persönlich vorbei, zusammen mit Arndt Stubbe, dem Rostocker Vogt. Beide sprachen mit Cecilie. Dann zogen sie ab.

Am Abend wurde die Suche eingestellt. Das »Meerschwein« hatte als letztes Schiff in Richtung Lübeck abgelegt. Zu dieser Jahreszeit bestand immer die Gefahr von Herbststürmen, und der Kapitän des Schiffes hatte gedrängt, dass man die derzeitige milde Witterung ausnutzen müsse. Die Wachen vor dem »Salzfass« waren abgezogen worden, und Veit passte einen günstigen Moment ab, um zu verschwinden.

In Sieverts engem Krankenraum drängten sich drei Mönche. Auf der Bettkante stand das Schachbrett, das Sievert von Reinekin Kelmer gewonnen hatte. Die drei Mönche berieten über die Stellung der schwarzen Steine. Veit schaute der Szene schon eine ganze Weile zu. Gott hatte seine Bitten erhört. Der Kleine war eindeutig auf dem Weg der Besserung. Die Mönche einigten sich auf einen Zug mit dem Springer.

»Dann seid Ihr in drei Zügen matt.«

»Verdammt«, fluchte einer der Franziskaner. »Nehmen wir eben doch den Läufer.«

»Matt in zwei Zügen«, prophezeite Sievert knapp.

»Sag ich doch«, bemerkte einer der Braunkittel verärgert.

»Was würdest du an unserer Stelle tun?«, fragte der jüngste der drei Mönche.

»Ich an Eurer Stelle würde aufgeben«, erwiderte Sievert, der seinen Bruder in der Tür hatte stehen sehen und das Spiel mit den Mönchen beenden wollte.

»Seid so gut und bringt mir und meinem Bruder ein Exportbier, und morgen zeige ich Euch ein paar Züge, mit denen Ihr im Konvent unschlagbar werdet.«

Die Mönche verließen das enge Zimmer, und Veit setzte sich auf den dreibeinigen Schemel.

»Die Wachen waren hier«, sagte Sievert grinsend. »Genau wie ich vermutet hatte.«

»Molkentin, dieses Schwein, steckt mit Crudener unter einer Decke«, sagte Veit wütend. »Gemeine Betrüger.«

»Jetzt hast du erst einmal Ruhe vor dem Pack«, tröstete ihn Sievert. Wir müssen nur abwarten, bis meine Knochen wieder zusammengewachsen sind, und dann nehmen wir das erste Schiff nach Kopenhagen, bessern dort unsere Reisekasse ein wenig auf und verschwinden nach Venedig. Reinekin hat mir von der Stadt erzählt. Dort liegt das Geld auf der Straße. Sicher finden wir irgendwo jemanden, der uns die Sprache beibringt. Wir werden reich, Bruder.«

»Langsam, Kleiner. Zuerst muss ich nach Rostock. Ich will

diesen Auftrag zu Ende bringen, und ich habe das Gefühl, dass das nur in Rostock geht. Von dort kamen sie alle her: Pracht, Gedecker, Paternostermaker und Fläming.«

Cecilie war nicht überrascht, als Veit in der Tür stand.

»Liebster, ich habe mir Sorgen gemacht. Der Vogt sucht dich.«

»Ja, weil er wieder den Falschen angeklagt und hingerichtet hat, weil er weiß, dass ich ihm das nicht durchgehen lassen werde, weil er ein korruptes Schwein ist und weil er mir wahrscheinlich auch nach dem Leben trachtet.«

»Setz dich erst mal«, forderte sie ihn auf, und nachdem eines der Mädchen ihm ein Bier gebracht hatte, fragte sie: »Bylant war also nicht der Mörder?«

»Nein, Bylant musste sterben, weil Molkentin einen Schuldigen vorführen wollte, um zu zeigen, dass er Herr der Lage ist.

Veit erzählte von seiner Absicht, in Rostock weiter nach dem wirklichen Mörder zu suchen, denn dort in Rostock, davon sei er überzeugt, liefen alle Fäden zusammen.

»Das trifft sich gut, denn wir reisen morgen gemeinsam nach Rostock«, sagte Cecilie und küsste ihn auf den Mund.

An diesem Abend schlief Veit mit Cecilie. Sie war leidenschaftlich wie immer, und doch war es anders als sonst, weil Veit seit der letzten Nacht an der Seite der roten Eva das Gefühl hatte, dass bedingungslose Liebe anders aussehe.

Am Morgen wurden die Habseligkeiten der Frauen in Kisten zum Hafen gekarrt und auf Schuten verladen. Keine von ihnen hatte großes Gepäck. Als Veit auf dem Weg zum Hafen die Rostocker Vitte durchquerte, erkannte er Falsterbo kaum wieder. Die Stadt war wie ausgestorben. Die Buden waren vernagelt, die Stände abgebaut, das Fischerlager aufgelöst. Weit und breit war niemand zu sehen. Auf der Rede lag ein einziges Schiff. Auf dem Meer waren weder Fischerboote zu sehen noch Koggen oder andere Schiffe. Falsterbo war in eine Art Winterschlaf gefallen, der bis Jakobi nächsten Jahres andauern würde. Erst wenn das Silber der Ostsee wieder durch den Sund drängte und der Reichtum mit Händen zu greifen war, würden sich wieder Menschen aus ganz Nordeuropa hier einfinden, um ihr Glück zu machen.

Eine Schute brachte Veit, Cecilie und fünf weitere Frauen zu der Rostocker Kogge, die dreihundert Meter vor dem Ufer lag. Ein Priester hatte die Reisenden gesegnet. Die Frauen hatten schon an Martini ihre Beichte abgelegt, so dass der Reise nun nichts mehr im Wege stand. Wenige Meter weiter fuhr eine zweite Schute. Evas leuchtend rote Haare wehten im Wind.

DRITTER TEIL

Rostock

KAPITEL 24

Veit überstand die zweitägige Überfahrt überraschend gut. Die Witterung war mild, und die Kogge segelte mit leichtem Rollen und achterlichem Wind nach Süden. Am nächsten Morgen kamen die Markierungen der Warnowmündung in Sicht und kurze Zeit später die Kirchtürme von Rostock. Die Frauen drängten sich am Bug, als die Kogge auf Warnemünde zuglitt. Gegen Mittag erreichten sie die Einfahrt in die Warnow. An der westlichen Seite des Flussufers standen ein paar niedrige Hütten mit Schilfdach. Aus einigen stieg Rauch auf. Kinder tummelten sich am Ufer. Vor einer der ärmlichen Lehmkaten saßen ein paar alte Männer im Kreis und flochten Körbe. Mit neugierigen Blicken verfolgten sie das Schiff und seine ungewöhnliche Fracht. Frauen traten vor die Hütten und schauten dem spätherbstlichen Heimkehrer zu. Ein junger Mann machte eine anzügliche Bemerkung, die Veit nicht verstand. Die Dörfler schlugen sich vor Lachen auf die Schenkel. Der junge Mann hob sein Wams hoch und entblößte sein Geschlechtsteil. »Wen willst du denn damit beeindrucken, Schlappschwanz!«, rief eine von Cecilies Frauen, und jetzt wurde auch auf der Kogge gelacht.

»Wird man hier immer so empfangen?«, fragte Veit.

»Ein Schiff mit so vielen jungen Frauen kommt hier nicht alle Tage vorbei«, antwortete Cecilie. »Außerdem sind diese Warnemünder für ihre Dummheit bekannt. Es gibt jede Menge Witze über die Warnemünder.«

»Kennt ihr den?«, rief die blonde Emily in die Runde. »Sagt eine Warnemünderin zu ihrem Mann: Mach mir ein Kind. Daraufhin antwortet er: Kinder werden nicht gemacht, sondern geboren. Worauf sie ihn auffordert: Dann bohr mir ein Kind.«

Die Frauen lachten laut, und die zierliche Margarete hatte den nächsten Witz auf Kosten der Warnemünder parat.

»Geht ein Warnemünder mit seiner Verlobten an einer Kuhweide spazieren, auf der gerade ein brünstiger Bulle eine Kuh besteigt. Da sagt er zu ihr: Dazu hätte ich auch gerade Lust, woraufhin sie antwortet: Mach doch, die Kühe gehören doch Euch.« Die Frauen quittierten die Witze mit schallendem Gelächter. Es war ein Lachen voller Erleichterung darüber, jetzt endlich wieder zu Hause zu sein. Die harte Arbeit der letzten Monate, die schweren Lebensbedingungen in dem stinkenden Heringsnest mit zumeist ebenso stinkenden Kunden hatten sie endlich hinter sich gelassen. Die Überfahrt, die im Herbst nicht ungefährlich war, lag ebenfalls hinter ihnen. Das ausgelassene Gelächter ging weiter, während die Kogge an einem Treidelweg entlangglitt, von dem aus die schweren Schiffe bei widrigen Windverhältnissen gezogen wurden. Hinter dem Treidelpfad erstreckten sich Kuhweiden. Auf der östlichen Seite der Warnow standen die Sumpfwiesen zumeist unter Wasser. Veit fand, dass die Gegend sehr seiner lübischen Heimat glich. Wie schön wäre es, jetzt die Trave hinaufzufahren und in wenigen Stunden schon mit Goswin und den anderen im »Alten Zollhaus« zu feiern, aber diese Zeiten waren endgültig vorbei. Er war nicht auf der Trave, sondern auf der Warnow, und die Kirchtürme, die immer näher kamen, standen nicht in Lübeck, sondern in Rostock.

Zwei Stunden nachdem sie durch die Warnowmündung gefahren waren, erreichten sie den Rostocker Stadthafen. Der Kapitän hatte die Segel einholen lassen und Leinen über Bord geworfen. Von Schuten wurden sie nun zur Kaimauer gezogen, wo schon eine kleine Menschenmenge zusammengeströmt war, begierig zu erfahren, wo die späte Kogge herkam, was sie an Neuigkeiten und an Waren mitbrachte. Kapitän, Mannschaft und Passagiere kletterten von Bord. Am Ufer stand ein Priester, der mit den Ankömmlingen ein Dankgebet für die glückliche Überfahrt sprach. Danach reichte der Wirt einer Hafenkneipe warmen Würzwein, den der Kapitän später – so wie auch den Priester – würde bezahlen müssen, wie es Sitte war.

»Willkommen in Rostock«, sagte Cecilie und stieß mit Veit an. Auch Eva, die hinter Cecilie stand, erhob ihr Glas und zwinkerte ihm zu. Einige der Frauen begannen sich zu verabschieden, wobei sie sich umarmten und küssten. »Sie gehören nicht alle zu mir«, erklärte Cecilie. »Leider. Ich habe sie aus anderen Häusern für die Heringszeit ausgeliehen.«

Veit drückte Mathide an sich, die sich gerade mit einem Kuss von ihm verabschiedete. Zum Glück gehörte Eva zu Cecilies Frauen.

»Und jetzt zeige ich dir die Stadt«, sagte Cecilie freudig, nachdem die »ausgeliehenen« Mädchen gegangen waren, und hakte sich bei Veit ein. Sie spazierten mit den restlichen Mädchen im Gefolge die schlammige Lagerstraße hinauf zur Marienkirche, die kaum bescheidener war als die gleichnamige Kirche in Lübeck. Von dort aus führte Cecilie Veit über den neuen Markt mit seinem geschäftigen Treiben. Die Frauen, deren Stand und Gewerbe durch eine gelbe Schleife am linken Oberarm kenntlich war, wurden mit zahlreichen Blicken und so manchem Augenzwinkern bedacht.

»Der neue Markt ist der Mittelpunkt der Stadt, und hier steht auch das Rathaus«, erklärte Cecilie und watete, geschützt mit hölzernen Trippen, vorsichtig durch den Schlamm und Dreck des Marktplatzes, darauf bedacht, ihre roten Lederschuhe, die sie von einem Lübecker Kaufmann in Falsterbo erstanden hatte, nicht zu beschmutzen. Über dem Kruseler, einer modernen Kopfbedeckung mit zwei Höckern über den Schläfen, trug sie die Kapuze ihres Mantels. Sie sah sehr schön aus, fand Veit wieder einmal.

Zwischen den Ständen der Bauern und Handwerker spielten Kinder. Schweine stöberten auf der Suche nach Fressbarem im Dreck, und Marktbüttel kontrollierten die Einhaltung der Marktregeln. Die Verkaufsstände zogen sich bis in die Nebenstraßen des Marktplatzes, der größer war als in Lübeck. Die Lübecker hatten wegen der beengten Verhältnisse verschiedene Märkte für unterschiedliche Waren eingerichtet. Hier in Rostock schien sich alles auf dem großen Marktplatz zu ballen. Durch das Viertel der Weißgerber ging es hinunter zur Grube, einem brackigen und stinkenden Arm der Warnow.

»Da drüben, auf der anderen Seite der Grube, beginnt die Altstadt«, sagte Cecilie und stapfte, gefolgt von ihren Frauen, hinauf in das Viertel der Schmiede. »Da rechts siehst du die Sankt-Nikolai-Kirche und links Sankt Petri, die Kirche mit dem höchsten Turm in Rostock.« Veit bestaunte den riesigen Kirchturm. »Und unser Haus, das Rostocker ›Salzfass‹, befindet sich genau zwischen Sankt Petri und dem Sankt-Katharinen-Stift der Brüder des heiligen Franziskus, wenngleich etwas zurückgesetzt an der Stadtmauer«, erklärte Cecilie.

»Mit einer solchen Nachbarschaft ist einem ein Platz im Himmelreich gewiss!«, rief die blonde Emily ausgelassen.

Das Rostocker »Salzfass« war wesentlich größer als sein Ableger in Falsterbo. Vor dem Haus stand ein Fuhrwerk mit den Kisten der Frauen. Jakob und ein weiterer Knecht waren dabei, sie ins Haus zu tragen, während mehrere Frauen aus dem Haus gelaufen kamen und den zurückgekehrten Mädchen freudig um den Hals fielen. Veit wurde vorgestellt und versuchte, sich die Namen der für ihn neuen Mädchen zu merken, gab es aber bald auf. Schnell wurde im Schankraum eine Tafel mit Speisen aus dem nahen Gasthof hergerichtet, bis sie fast überquoll mit gebratenen Hühner, Enten, einem Fasan sowie Rinder- und Schweinebraten und den unterschiedlichsten Soßen. Eine Schale mit kostbarem Reis wurde herumgereicht. Nach dem Tischgebet griffen die Ankömmlinge hungrig zu.

»Wo ist eigentlich Lilli?«, fragte eine der Frauen, die in Rostock geblieben waren.

»Lilli hat's geschafft«, sagte Emily. »Sie betreut in Zukunft nur noch einen Kunden, und das ist ein Wismarer Kaufmann, der zwar aussieht wie ein Warzenschwein, aber Geld hat wie Heu.«

»Hat er sie geheiratet?«

»Er hat es versprochen.«

»Ha, versprochen. Hätte ich alles, was man mir schon versprochen hat, dann wäre ich reich wie eine Königin«, sagte Eva.

»Jedenfalls ist sie letzte Woche mit dem Wismarer abgereist und wird bestimmt von sich hören lassen.«

»Dem muss sie es ja ordentlich besorgt haben.«

»Manche wollen nur reden und sind glücklich, wenn du ihnen einfach zuhörst«, meinte Emily.

»Wahrscheinlich weil sie zu Hause nichts zu sagen haben.«

»Lilli haben wir zwar verloren«, sagte Cecilie, »aber dafür haben wir Veit mitgebracht.«

»Wird er denn auch ihre Arbeit übernehmen?«, fragte eines der Mädchen. Sie brachen in übermütiges Gelächter aus.

»Das ihn keine von euch anrührt!«, warnte Cecilie.

Mit jedem Glas Wein wurde die Stimmung ausgelassener.

»Veit, hol deine Laute und spiel uns was vor.«

»Ja, los, Veit, sing für uns.«

Veit suchte Cecilies Kiste, in die er seine Laute gepackt hatte. Er stimmte das Instrument und schlug ein paar Akkorde an. Vom Lübecker »Zollhaus« ins Rostocker »Salzfass«, dachte er – der Aufstieg des Veit Ellenbruch. Und dann fing er an zu singen.

KAPITEL 25

Veit lebte sich im Rostocker »Salzfass« schnell ein. Er übernahm nicht nur einen Teil der Arbeiten, die er schon im »Alten Zollhaus« erledigt hatte, sondern auch die Bestellung, Kontrolle und Bezahlung von Bier, Wein und Nahrungsmitteln. Darüber hinaus unterhielt er die Gäste mit seiner Laute, und für die Mädchen war er oft genug eine Art Seelentröster und Ratgeber. Er war von allen gern gelitten, nur Jakob, der tumbe

Hüne, vertrug es nicht, dass Veit ihm Aufträge erteilte und ihn herumkommandierte. Auch die verrückte Alte, die mit irren Augen in der Küche saß und bisweilen wirr vor sich hin redete, lehnte ihn ab.

Unter dem Dach hatte sich Veit einen Bretterverschlag mit einem schmalen Bett eingerichtet, doch meistens verbrachte er seine Nächte bei Cecilie. Nur mittwochs musste er weichen – »für einen alten Stammkunden«. Ausgerechnet mittwochs. Er dachte an Margarete Weversen. Jetzt war er es, der den Mittwoch nicht genießen konnte, sondern erleiden musste.

Anfangs hatte Veit den Mittwoch verflucht, bis ihn Eva eines Abends in ihre Kammer gezogen hatte. Inzwischen merkte er, dass er sich auf den Mittwochabend freute.

Gleich nach seiner Ankunft in Rostock hatte Veit wieder begonnen, wegen der Morde in Falsterbo Nachforschungen aufzunehmen. Er hoffte noch immer, die Bluttaten aufklären zu können. Er hatte versucht, etwas über Pracht, Gedecker und Fläming zu erfahren, doch die drei Männer kannte angeblich niemand, obgleich sie vor Jahren einmal in Rostock gelebt hatten. Auch über Thiedemann Paternostermaker wussten die Leute nur wenig und nichts Außergewöhnliches zu zählen, wenn man davon absah, dass er vor einigen Jahren eine Erscheinung gehabt haben sollte, die sein Leben grundlegend verändert hatte. Er sei fromm geworden, habe fortan täglich die Messe besucht und mehrere Wallfahrten hinter sich gebracht, wurde Veit berichtet. Nun hoffte er, dass ihm der Bruder des Ermordeten etwas mehr als seinerzeit in Falsterbo über Thiedemann Paternostermaker mitteilen würde, wenn er diesen denn mal in seiner Werkstatt anträfe.

Mitte Januar hatte sich Veit weitgehend damit abgefunden, dass er auch in Rostock nicht hinter das Geheimnis der rätselhaften Morde kommen würde. Ja, er hatte sogar das Interesse an den Verbrechen fast gänzlich verloren. Mehr interessierte ihn in diesen Tagen, was es mit dem Verhalten von Cecilie Andersen auf sich hatte, die ihn an einem Abend mit Liebe und Leidenschaft überraschte, wie er es kaum je zuvor erlebt hatte, wenn man von der Witwe Weversen einmal absah, und die am nächsten Abend – Veit in seinem zugigen Dachverhau vermutend – ohne Zögern mit einem anderen Mann ins Bett stieg. Veit hatte sich bei den anderen Frauen umgehört, wer der geheimnisvolle Freier sein mochte, der mittwochs am späten Abend über einen geheimen Eingang an der Stadtmauer unbeobachtet Einlass in Cecilies Zimmer fand. Keine der Frauen wusste auch nur von der Existenz des Mannes, wenn man von Eva einmal absah. Merkwürdig erschienen Veit auch die Besuche eines buckligen Mannes, der in unregelmäßigen Abständen am Tor pochte, eine Nachricht für Cecilie übergab und verschwand. Cecilie verließ, kaum dass sie die Nachricht erhalten hatte, für ein oder zwei Stunden das »Salzfass«. Gab es noch weitere Kunden? An einem eiskalten Winternachmittag folgte Veit Cecilie, nachdem der Bucklige wieder eine Nachricht gebracht hatte. In einen schwarzen Mantel mit Kapuze gehüllt, eilte sie schnellen Schrittes quer durch die ganze Stadt, klopfte in der Neustadt an das Tor der Zisterzienserklosters »Zum heiligen Kreuz« und verschwand dort für gut eine Stunde. Veit erkundigte sich in einer Spelunke, die dem Kloster gegenüberlag, nach dem Abt der Zisterzienser.

»Hier will einer drüben im Kloster eintreten und fragt nach dem Abt«, rief der Wirt in die Runde von Zechern, worauf die Spelunke vor Gelächter erbebte.

»In das Kloster würde ich auch sofort eintreten«, antwortete ein Mann ohne Schneidezähne.

»Den Abt, junger Mann, den gibt's hier nämlich nicht. Der ist nämlich eine Äbtissin, und das ist ein Nonnenkloster«, klärte der Wirt Veit auf und hatte erneut die Lacher auf einer Seite.

KAPITEL 26

Sievert kam Anfang April mit dem ersten Schiff aus Kopenhagen in Rostock an. Er humpelte, denn die Knochen seines linken Beines waren nicht richtig zusammengewachsen. Seine Nase war schief, und auch sonst hatte er sich so verändert, dass Veit ihn beinahe nicht erkannt hätte. Er war um einen Kopf gewachsen und nun annähernd so groß wie Veit. Um seinen Mund spross ein dünner Kinnbart, wie er seit einiger Zeit modern war. Veit erfuhr von der Ankunft seines Bruders durch eine Notiz, die dieser im »Salzfass« hatte abgeben lassen. Sievert war im »Dänen« abgestiegen, wie der Gasthof »Dänischer König« genannt wurde. Der »Däne« war eines der besten und teuersten Gasthäuser Rostocks, auf halbem Weg zwischen Steintor und Neumarkt gelegen. Sievert hatte sich ein Zimmer mit Fenster zur Steinstraße im ersten Stock gemietet, das sündhaft teuer sein musste.

»Wie geht es dir, Kleiner?«, fragte Veit und umarmte den Bruder zur Begrüßung.

»Das Bein wird wohl nicht mehr richtig werden, und die Nase, nun ja, in Kopenhagen hatte ich ein Mädchen – die fand, dass mich die Nase interessant mache.«

Veit herzte und drückte seinen Bruder noch immer. »Kleiner, du bist ein Mann geworden. Wann bist du angekommen?«

»Heute Morgen, mit einem Schiff aus Kopenhagen. Da habe ich die letzten Wochen gearbeitet.«

»Und gut verdient«, stellte Veit mit einem Blick auf die neuen Kleider seines Bruders fest.«

»Kopenhagen ist eine reiche Stadt, und irgendwann habe ich gegen einen Grafen gewonnen, der meinte, ich solle das Spiel dem jungen König Olaf beibringen.«

»Du hast den König unterrichtet?«

»Er ist leider nicht sehr begabt, aber er hat gut gezahlt – königlich sozusagen«, verriet Sievert mit einem strahlenden Lächeln.

»Und das Mädchen?«, fragte Veit augenzwinkernd.

»Ich bin kein Frauenheld wie du. Also erwarte keine Einzelheiten.«

»Welch ein Glück, dass sie dir damals nicht auch noch die Zähne ausgeschlagen haben«, sagte Veit und deutete auf seinen eigenen abgebrochenen rechten oberen Schneidezahn.

»Das scheint dich bislang kaum behindert zu haben«, meinte Sievert und goss zwei Kristallgläser mit Wein voll. »Ich habe dem Wirt gesagt, er soll den besten Italiener herausrücken, den er im Keller hat.« Er erhob sein Glas.

»Auf Italien«, sagte Veit.

»Auf Venedig«, antwortete Sievert und trank. »Und dass wir bald jemanden finden, der uns die Sprache beibringt.«

»Wie hast du mich so schnell gefunden?«

»In Rostock gibt es fünf Hurenhäuser. Da ich davon ausgegangen bin, dass du dir treu bleibst ...«

»He, Kleiner, werd bloß nicht frech!«

»... und ich dann noch erfuhr, dass eines dieser Freudenhäuser ›Salzfass‹ heißt und von einer jungen Frau geführt wird, die über die Stadtgrenzen hinaus für ihre Schönheit bekannt ist ... Also habe ich meine Nachricht ins ›Salzfass‹ bringen lassen.«

»Auf gut Glück?«

»Ein Schachzug ist die Summe logischer Schlüsse, bisweilen gewürzt mit einem Schuss Spekulation, was aber in deinem Fall ohne Risiko war.«

»Du hast dir nicht nur einen Bart zugelegt, sondern auch ein freches Mundwerk«, stellte Veit grinsend fest.

»Willst du unserer Mutter nacheifern? Erzähl mir lieber, was du über die toten Männer und ihren Mörder herausbekommen hast.«

Es war spät, als Veit an diesem Abend ins »Salzfass« zurückkehrte. Leise öffnete er die Tür zu Cecilies Kammer, legte seine Kleider ab, löschte die Kerze und schlüpfte unter die Decke.

»Wo warst du?«

Sievert ist wieder da, wollte Veit antworten, doch stattdessen hörte er sich sagen, dass er am Neumarkt einen Brauer getroffen habe, der bereit sei, dem »Salzfass« Sonderangebote zu machen.

Cecilie dreht sich um. Er tastete nach ihren Brüsten.

»Hör auf, heute nicht«, sagte sie und schob seine Hand weg.

Am nächsten Tag überbrachte der Bucklige wieder eine Nachricht. Veit war allein im Schankraum, als der Mann klopfte.

»Wo ist Jakob?«

»Unterwegs. Du kannst mir die Nachricht geben. Ich weiß Bescheid.«

Der Bucklige holte ein gefaltetes und versiegeltes Papier hervor. Veit nahm es entgegen und steckte es ein. Er wollte die Tür schließen, doch der Bucklige hatte seinen Fuß hineingestellt.

»Was ist? Hat dir Jakob nicht gesagt, wie das läuft?«

»Doch. Tut mir Leid, hätte ich fast vergessen.« Veit nahm einen Beutel von seinem Gürtel und fingerte ein paar Münzen heraus, die er dem Mann in die Hand drückte. Er schloss die Tür, erbrach das Siegel und faltete das Pergament auf. »V ist in der Stadt!«, las er.

Die Handschrift war verschnörkelt und erinnerte Veit an die Schrift seiner Schwester. Nur das »V« war gerade. Veit faltet das Papier zusammen.

Cecilie war in der Küche und bereitete ihr Frühstück zu.

»Das ist eben für dich abgegeben worden.« Veit hielt ihr den Brief hin. Sie griff danach, doch Veit hielt ihn fest, sodass das Siegel scheinbar versehentlich abriss.

»Hast du einen Liebhaber?«, fragte er.

»Nein«, erwiderte sie sanft. »Ich liebe nur dich. Das weißt du doch.«

Sie las die Nachricht und warf sie in das Herdfeuer. Zehn Minuten später verließ sie das »Salzfass«. Veit folgte ihr mit großem Abstand. Er ahnte bereits, wohin ihr Weg führte. Wenig später verschwand Cecilie wie erwartet hinter den Mauern des Klosters »Zum heiligen Kreuz«.

An diesem Abend ließ Cecilie Veit nicht in ihre Kammer. Es gehe ihr nicht gut und sie wolle allein sein, behauptete sie. Am folgenden Tag besuchte sie erneut das Kloster der Zisterzienserinnen, bliebt dort aber nur kurz.

Als es Abend wurde, versteckte sich Veit in einer dunklen Nische der Stadtmauer. Etwa zwei Stunden nach Sonnenuntergang wurde eine Tür in der Gartenmauer des »Salzfasses« geöffnet, und eine Gestalt mit Kapuzenmantel schlüpfte hinaus und ging eiligen Schrittes die Strandstraße hinunter, überquerte die Grube und bog dann in den Burgwall ein. Als Veit die Burgwallstraße erreichte, war Cecilie – und er war sich sicher, dass es sich um Cecilie handelte – verschwunden. Veit wartete in der Dunkelheit einer Toreinfahrt. Die Minuten vergingen. Veit lauschte in die Nacht, doch von streunenden Katzen abgesehen, schien die Stadt wie ausgestorben. Ein Nachtwächter drehte in der Ferne seine Runden. Zwei betrunkene Zecher torkelten an Veit vorbei, ohne ihn zu bemerken. Veit überlegte, was er tun sollte. Hier herumzustehen machte wenig Sinn. Er ging vorsichtig den Burgwall hinauf, bog rechts in die Lange Straße ein und von dort in die Breite Straße. Einen Augenblick später hörte er zu seiner Linken Stimmen und einen kurzen Schrei, mehr ein lautes Stöhnen. Er suchte nach einem Durchgang, fand aber keinen und rannte um die nächste Ecke in die schmale Eselföter Straße. Von hier musste das Geräusch gekommen sein. Die Gasse endete am Heiligen-Geist-Hof. Veit kehrte um und ging langsam und keuchend zurück. In einem schmalen Durchgang, der zur »Faulen Grube« führte, wie Veit wusste, weil hier ein Weinhändler wohnte, mit dem er für das »Salzfass« Geschäfte gemacht hatte, sah er einen Schatten. Es war mehr eine Ahnung, als dass er wirklich etwas erkennen konnte. Er trat in den etwa einen Meter breiten Durchgang. Sein Herz schlug ihm wie ein Hammer gegen die Brust, und er spürte seinen Hals pulsieren. Je näher er kam, umso gewisser wurde es: Auf dem Boden des

Durchgangs zur »Faulen Grube« lag eine Gestalt. Veit trat näher heran. Es handelte sich um einen Mann mittleren Alters, aus dessen Brust der Griff eines schmalen Dolches ragte. Der Mann hatte die Augen vor Entsetzen weit aufgerissen. Blut lief in einem feinen Rinnsal aus seinem Mund, und sein Wams war ebenfalls blutverschmiert. Anders als bei Fläming hatte diesen Mann nicht ein einziger sauberer Stich ins Herz getroffen. Vielmehr klaffte in seiner Magengegend eine zackenförmige große Wunde. Der Mann schaute ihn verzweifelt an und bewegte seine Lippen, ohne ein Wort herauszubringen. Der Sterbende war jener Luder Detherdt, der Veit zu dem Heringsgeschäft überredet, ihm das Darlehen vermittelt und schließlich auf der pünktlichen Zahlung des säumigen Schuldners bestanden hatte. Detherdt schien ihn zu erkennen. Veit war es, als wolle der Sterbende mit blutigen Lippen seinen Namen formen.

»Ich kann Euch nicht mehr helfen, Detherdt. Ich habe auch mit den Morden nichts zu tun. Im Gegenteil – ich will wissen, wer dahintersteckt. Sagt mir, was Ihr, Gedecker und die anderen angestellt habt.«

Luder Detherdt nahm seine schwindenden Kräfte zusammen. »Godschalk«, flüsterte er. »Godschalk Lange.« Dann drang ein Schwall Blut aus seinem Mund, und Luder Detherdt verstummte für immer.

Veit drückte Detherdt die Augen zu. »Möge Gott dir vergeben«, murmelte er und schaute sich um. Hier jetzt gesehen zu werden wäre das sichere Todesurteil. Rasch entfernte er sich in Richtung Altstadt.

Der Mörder oder besser die Mörderin, wie Veit inzwischen überzeugt war, konnte kaum mehr als eine Minute Vorsprung haben. Er eilte die Krämerstraße hinunter, überquerte die Grube und rannte zum Karmeliterstift hinauf. Dann bog er zum »Salzfass« ein. Die Faule Gasse lag still und ruhig vor ihm. Er klopfte an die Tür des »Salzfasses«. Jakob öffnete und schaute ihn verärgert an. In der Gaststube saßen vier Frauen an einem Tisch und waren mit Stickereien beschäftigt: Emily, Eva, die dralle Walli und Cecilie Andersen. Keuchend trat Veit zu den vier Frauen.

»Veit, was ist, wo kommst du her?«, fragte Cecilie.

Statt zu antworten, wollte Veit wissen: »Seit wann sitzt ihr hier zusammen?«

»Na, seit gut einer Stunde. Eben sind noch drei Gäste gekommen«, sagte Emily.

»Und ich habe mir gerade Kräuter aufgegossen wegen meiner Bauchschmerzen«, sagte Cecilie. »Sag, was los ist.«

»Nichts, nichts. Ich dachte, ich hätte den Teufel gesehen, aber anscheinend habe ich mich getäuscht. Zum Glück.«

»Veit, mein Schatz, du redest wirr. Nimm dir einen Wein und leg dich hin. Ich komme gleich nach oben zu dir«, sagte Cecilie und streichelte ihm die Wange.

KAPITEL 27

Am nächsten Vormittag spazierte Veit über den neuen Markt. Er hatte sich nicht getäuscht – der Mord war das einzige Gesprächsthema, wohin er auch hörte. Luder Detherdt sei der Name des ermordeten Kaufmanns, der aus Lübeck komme, aber ursprünglich aus Rostock stamme. Seine Mutter lebe im Heiligen-Geist-Hof. Dort in der Nähe habe auch Detherdt gewohnt. Direkt vor seinem Haus sei er ermordet worden, wusste ein Knochenhauer zu erzählen, an dessen Marktstand Veit für gewöhnlich Fleisch einkaufte. Seit wann dieser Detherdt aus Rostock weg sei, wusste der Knochenhauer nicht, aber bei einem Krämer konnte Veit dies in Erfahrung bringen. Detherdt sei vor gut zehn Jahren nach Danzig gezogen, um sich dort als Kaufmann niederzulassen.

»Godschalk Lange, wer ist das?«

Der Fleischer schaute seine Frau an, die neben ihm stand und Filetstücke zurechtschnitt.

»Das war ein Kaufmann, der verschwunden ist«, wusste diese. »Einfach weg. Wurde nie mehr gesehen …«

Veit hatte genug gehört. Er ging hinüber in die Lange Straße, wo die Familie von Thiedemann Paternostermaker ein Geschäft für Bernsteinschmuck betrieb. Diesmal saß Bertram Paternostermaker in seiner Werkstatt und polierte an einem faustgroßen Bernstein herum.

Veit stellte sich vor.

»Ja, ich erinnere mich. Wir haben uns in Falsterbo getroffen, als ich die Habseligkeiten meines armen Bruders abholen war. Ihr habt den Mörder zur Rechenschaft gezogen?«

»Man hat einem Lübecker Knochenhauer ein Geständnis abgepresst. Der Mann hat sich dann vor der Hinrichtung vergiftet.«

»Das ist bedauerlich, denn er hätte das Rad verdient.«

»Ich bin mir nicht sicher, ob er wirklich der Täter war. Gestern wurde hier in Rostock ein Danziger Kaufmann auf ähnliche Weise ermordet.«

»Der arme Detherdt. Er war mittags noch hier in meiner Werkstatt, hat mir Bernstein verkauft und von den guten alten Zeiten gesprochen. Der Tod von Thiedemann hat ihn mitgenommen. Er wollte jede Einzelheit wissen. Die beiden waren seit Jahren befreundet, früher jedenfalls – bis zu Thiedemanns Erscheinung.«

»Ich hörte davon«, sagte Veit. »Wann genau hatte Euer Bruder diese Erscheinung?«

»An Martini vor vier Jahren. Danach war er ein anderer Mensch.

»Hat Detherdt sich auch nach den anderen Opfern von Falsterbo erkundigt?«

»Natürlich. Er war sehr aufgeregt. Die Sache hat ihn mitgenommen. Er hatte es dann ziemlich eilig, hat kaum um den Preis für den Bernstein gefeilscht und mir stattdessen noch sein Elternhaus hinter der Langen Straße angeboten. Er hat mir einen sehr guten Preis gemacht.«

»Habt Ihr angenommen?«

»Ich hatte mir bis heute Bedenkzeit erbeten.«

Veit fand seinen Bruder im »Dänischen König«.

»Ich wollte gerade nach dir schicken«, sagte Sievert aufgeregt. »Ich habe heute Morgen einen der beiden Kerle gesehen, die mich überfallen haben.«

»Bist du sicher?«

»Natürlich bin ich sicher. Der Kerl kam die Steinstraße herunter, als ich gerade aus dem ›Dänen‹ trat. Ich habe ihn sofort erkannt und bin ihm gefolgt. Am Steintor hat er einen Bekannten getroffen, und ich habe seine Stimme gehört. Es gibt keinen Zweifel, es war der kleinere der beiden. Der Kerl ist dann weiter Richtung Kuhtor gegangen und dort in einem stattlichen Patrizierhaus verschwunden. Und weißt du, wer da wohnt?« Sievert sah Veit fragend an und fuhr dann fort: »Arndt Stubbe, Ratsherr und vormaliger Vogt der Rostocker Vitte in Falsterbo und Sohn des ehemaligen Bürgermeisters Peter Stubbe.«

Veit überlegte, was das zu bedeuten hatte. »Bylant war es also nicht, der die beiden Mordgesellen beauftragt hat. Aber welches Interesse hatte Stubbe daran, den Lübecker Knochenhauer des Mordes zu bezichtigen und dich so zurichten zu lassen?«

»Um mich ging es dabei wahrscheinlich gar nicht. Mich haben sie wohl nur benutzt, um dich dazu zu bringen, Bylant endlich in den Kerker zu werfen und ihn als Mörder der Kaufleute anzuklagen.«

»Du meinst, Stubbe ist der eigentliche Mörder?«

»Vielleicht.«

»Nein, das passt nicht. Ich glaube inzwischen, der Mörder ist eine Frau. Nur eine Frau konnte so nahe an die Opfer herankommen, ohne dass diese Verdacht schöpften. Nur eine Frau konnte einen tödlichen Dolchstoß ausführen, ohne dass sich einer von den Männern auch nur im Geringsten gewehrt hätte. Fläming hatte rote Farbe auf den Lippen, als wäre er kurz vor seinem Tod geküsst worden.«

»Eine von den Frauen aus dem ›Salzfass‹?«

»Ja. Wir werden sehen.«

Am Nachmittag bat Veit den Knecht Jakob, ihn auf den Markt zu begleiten, um von dort eine größere Menge Fleisch ins »Salzfass« zu bringen. Mürrisch stapfte der Hüne neben Veit her. Er mochte es nicht, von Veit herumkommandiert zu werden. Normalerweise erhielt er seine Aufträge von Cecilie oder von der verrückten Thea, zu der er eine besondere Verbindung zu haben schien. Den jungen Lübecker hatte er von Anfang an nicht gemocht, und auch Thea wünschte in ihren wenigen lichten Momenten nichts sehnlicher, als dass der Kerl verschwinden möge, ohne dass sie hätte sagen können, warum. Beide hatten es Veit oft genug spüren lassen. »Wir sind gut ohne ihn zurechtgekommen, also können wir auch in Zukunft auf ihn verzichten«, hatten sie wiederholt geäußert – auch zu Cecilie.

Während Veit noch mit dem Knochenhauer verhandelte, lud Jakob vier Schweinerücken auf die Karre. Veit nickte ihm zu. »Du kannst gehen. Ich komme gleich nach.«

Sievert, der, unter einem Torbogen des Rathauses stehend, den Knecht beobachtet hatte, trat humpelnd aus dem Schatten in die Frühlingssonne auf dem Marktplatz.

»Ja. Ich bin mir sicher. Es gibt keinen Zweifel. So einen Typen vergisst man nicht.«

»Gut, dann weiß ich jetzt, was geschehen ist und wer dafür verantwortlich ist. Ich weiß nur noch nicht, warum.«

»Bei all dem solltest du nicht vergessen, dass du kein Vogt bist. Du hast keinerlei Vollmachten. Im Gegenteil: Du wirst in Lübeck gesucht«, warnte Sievert seinen großen Bruder. »Wir sollten besser verschwinden. Hier gibt es für uns nichts zu gewinnen.«

»Er war ein guter Junge.« Die Mutter von Luder Detherdt schluchzte und wischte sich die Nase an ihrer Schürze ab.

»Davon bin ich überzeugt«, sagte Veit und bemühte sich um einen verständnisvollen Tonfall.

»Was wird nun aus mir werden, wenn der Junge nicht mehr für mich bezahlen kann? Ich habe doch sonst niemanden.«

Veit hatte Mitleid mit der Frau, die wohl in Kürze ihren Platz im Heiligen-Geist-Hof verlieren würde, falls ihr Sohn nichts hinterlassen hatte oder die städtische Armenkasse einspringen würde.

»Erzählen Sie mir von ihm. Wie ist er Kaufmann geworden?«, fragte Veit mit mitfühlender Stimme.

Er brauchte Geduld, ehe die alte Frau zu reden begann. »Mein verstorbener Mann war Krämer. Er zog mit einem Wagen durch die Dörfer. Seine Waren bezog er von einem Kaufmann namens Godschalk Lange, und bei diesem hat er auch unseren Jungen als Kaufmannsgehilfen untergebracht. Luder war ja unser einziger Sohn, nachdem seine zwei Brüder und seine Schwester im Kindesalter gestorben waren …«

Die Witwe Detherdt verlor immer wieder den Faden, schweifte ab, und Veit hatte seine liebe Not, ihr eine zusammenhängende Geschichte abzuringen. Es dauerte einige Zeit, bis Veit einen Eindruck bekam, wo der Anfang der Geschichte war. Soweit er es sich zusammenreimte, war Luder Detherdt vier Jahre lang Kaufmannsgehilfe bei Godschalk Lange gewesen und mit diesem mehrfach zu den schonischen Messen gereist, wo er die Heringszeit verbracht hatte. Lange sei dann leider verschwunden, und Luder Detherdt habe sich selbständig gemacht. Hieronymus Pracht habe damals ebenfalls bei Lange gearbeitet, und Thiedemann Paternostermaker sei ein guter Freund ihres Sohnes gewesen, aber die Namen Gedecker und Fläming habe sie noch nie gehört. Ob Godschalk Lange Familie hinterlassen habe, wollte Veit wissen, bevor er sich von der Witwe verabschiedete.

»Er hatte eine Frau und zwei Töchter: Cecilie und Gudrun. Ich hatte immer gehofft, dass unser Junge vielleicht eine der beiden zur Frau nehmen würde, aber sie waren noch zu jung, und als der Vater verschwand, hat man sie wohl ins Kloster gesteckt.«

Veit verabschiedete sich von der trauernden Frau. Er wusste jetzt genug. Nach einer kurzen Unterredung mit Sievert strebte er mit langen Schritten dem »Salzfass« zu. Es war Zeit, endlich Klarheit zu schaffen.

KAPITEL 29

Cecilie Andersen saß in einem Badezuber in einem kleinen Raum, der an die Küche angrenzte und von der Feuerstelle dort mit beheizt wurde. Normalerweise wurde in dem Bottich Wäsche gewaschen, aber er diente auch als Badezuber für die Frauen, die laut Stadtordnung für die Frauenhäuser ein Anrecht auf ein wöchentliches Bad hatten. Emily stand hinter Cecilie und kämmte deren langes, nasses Haar. Sie lächelte Veit, wie ihm schien, verheißungsvoll zu. Auch Cecilie lächelte, aber ihr Lächeln wirkte heute müde und angestrengt.

»Veit, schön, dass du da bist«, begrüßte sie ihn. »Setz dich zu uns und unterhalte uns.«

Veit nahm Emily den Kamm aus der Hand und bedeutete ihr, das Zimmer zu verlassen. Emily verzog bedauernd das Gesicht und verschwand wortlos.

»Erzähl mir, was damals vor zehn Jahren an Martini mit Godschalk Lange passiert ist und warum du Pracht, Gedecker, Paternostermaker und Fläming getötet hast«, sagte Veit unvermittelt, wobei er Cecilies Blondhaar kämmte.«

»Was ist mit Detherdt? Habe ich den nicht auch auf dem Gewissen?«, fragte Cecilie, scheinbar unbeeindruckt von Veits Anschuldigung.

»Auf dem Gewissen, ja, aber die Tat hat eine andere begangen: deine Schwester Gudrun, nehme ich an. Es ist, denke ich, an der Zeit, mir deine ganze Geschichte zu erzählen.

Cecilie holte tief Atem und nickte dann entschlossen, als mache sie sich selbst Mut.

»An Martini dreizehnhundertsiebzig haben Detherdt, Pracht, Gedecker und Fläming meinen Vater, Godschalk Lange, während der Überfahrt von Falsterbo nach Rostock erschlagen und über Bord geworfen. Paternostermaker hat das Ganze mitbekommen und sich sein Schweigen bezahlen lassen. Anführer der Verschwörer war Luder Detherdt, der als Kaufmannsgehilfe bei meinem Vater arbeitete. Er hat den Plan gemeinsam mit dem Kapitän der Kogge ausgeheckt, einem gewissen Nikolaus Leemhus. Pracht war ebenfalls Gehilfe bei meinem Vater. Fläming war Knecht und Gedecker Steuermann auf dem Schiff. Sie haben die Ladung in Lübeck verkauft, den Gewinn geteilt und sich danach getrennt. Nur Paternostermaker ist nach Rostock zurückgekommen. Wir wussten monatelang nicht, wo mein Vater war. Es gab widersprüchliche Aussagen. Detherdt und Pracht behaupteten, man habe sich in Falsterbo gütlich getrennt. Andere hatten die beiden Gehilfen noch bis zum Schluss mit meinem Vater zusammen gesehen. Ich habe immer vermutet, dass Detherdt und Pracht mit dem Verschwinden meines Vaters zu tun hatten, aber es war unmöglich, ihnen etwas nachzuweisen. Zunächst wussten wir einfach nicht, wo wir anfangen sollten. Vater war einfach weg, und wir kämpften ums nackte Überleben. Wir mussten unser Haus aufgeben. Meine Mutter wurde verrückt. Ich war damals vierzehn und meine Schwester zwölf. Ein Onkel meiner Mutter wurde unser Vormund. Meine Schwester wurde in ein Kloster gesteckt, und mich hat man mit einem Mann namens Jost Andersen verheiratet, oder besser gesagt, an ihn verkauft, denn Andersen war Frauenwirt – einer von der einfachen Sorte. Während mein Gemahl mich in jedem Weiler, durch den wir kamen, für ein Brot oder einen Schinken stinkenden Schweinehirten anbot, verfiel meine Mutter allmählich dem Irrsinn und hatte das Glück, auf Vermittlung eines gottesfürchtigen Verwandten einen Bettelschein für Rostock zu erhalten. Ich zog die folgenden Jahre weiter mit Jost Andersen und seinen vier Frauen in einem Ochsenkarren von einem Ort zum anderen. Als wir vor vier Jahren nach Rostock kamen, war dort gerade das ›Salzfass‹ frei geworden, weil man den Frauenwirt wegen Verstoßes gegen das Feiertagsverbot der Stadt verwiesen hatte. Ich konnte Jost überzeugen, das Geschäft zu übernehmen. Er fürchtete sich vor den Verpflichtungen, der Verantwortung, den Abrechnungen und dem ganzen Schreibkram, aber ich habe das alles für ihn erledigt. Als Andersen ein Jahr später starb – Gott hab ihn selig, denn er war kein schlechter Mensch –, wurde mir erlaubt, das ›Salzfass‹ zu übernehmen. Der damalige Bürgermeister, Peter Stubbe, hatte ein besonderes Interesse an mir und willigte deshalb ein. Das Haus lief von da an sehr gut. Ich habe meine Mutter zu mir geholt und meine Schwester im ›Heiligen Kreuz‹ untergebracht. Sie ist so wenig wie ich zur Nonne geboren. Das Leben in der Stadt ist angenehmer – auch für Nonnen …« Cecilie schaute zu Veit auf, der noch immer ihr Haar kämmte. Als er schwieg, fuhr sie fort: »Ich habe dann auch angefangen, Nachforschungen über den Verbleib meines Vaters anzustellen, doch nur wenig in Erfahrung bringen können, bis es im letzten Sommer mit dem Kapitän Leemhus zu Ende ging. Auf dem Sterbebett hat er sich Absolution erteilen lassen für seine Missetaten. Er hat gebeichtet, dass er mit Detherdt, Pracht und Fläming den Mord verabredet hatte. Gedecker, der Steuermann, war dahintergekommen und musste auch noch beteiligt werden. Sie haben meinen Vater abends in die Kapitänskajüte gelockt, und Fläming hat ihm einen Knüppel auf den Kopf geschlagen. Dann haben sie ihn über Bord geworfen, aber er hat noch gelebt, hat noch um Hilfe geschrien. Paternostermaker hat das mit angesehen, und sie haben ihn vor die Wahl gestellt, ob er ebenfalls über Bord gehen oder Teil der Verschwörung werden wollte. Tja, du weißt, wie er sich entschieden hat. Zwei Tage nachdem

Leemhus gestorben war – friedlich im Bett und nicht etwa im kalten Wasser der Ostsee –, hat meine Schwester von der Geschichte erfahren und mich sofort unterrichtet, denn noch am gleichen Tag ging unser Schiff nach Falsterbo. Kaum war ich da angekommen, tauchten Pracht und Gedecker im ›Salzfass‹ auf – widerliche Kerle. Es war leicht für mich, sie auf dem Heimweg abzupassen. Sie waren völlig ahnungslos, betrunken zudem, als ich sie ansprach. Sie schöpften nicht den leisesten Verdacht, hielten sich für unwiderstehlich und nahmen an, ich wolle mich mit ihnen verabreden. Sogar Fläming, dieses stinkende Schwein, glaubte, ich wolle mich an ihn heranmachen. Vielleicht haben sie in der Sekunde, die ihnen blieb mit dem Dolch im Herzen, noch mitbekommen, dass ich ihnen Grüße von Godschalk Lange bestellt habe, von seiner verrückten Frau und seinen Töchtern, der Nonne und der Hure. Nur Paternostermaker schien zu ahnen, worum es ging, als ich ihm eine Nachricht zukommen ließ und mit Godschalk Lange unterschrieb. Er weinte, als ich auf ihn zutrat. Er ließ es geschehen, vielleicht weil er es als gerechte Strafe für seine Schuld empfand. Bei ihm habe ich mich gefragt, ob es rechtens ist. Aber auch er hatte den Tod verdient. Er hätte uns retten können, wenn er die Mörder angezeigt hätte. Stattdessen hat er mit dem Geld meines Vaters sein eigenes Handelsgeschäft aufgebaut.«

»Er hat bereut«, warf Veit ein.

»Sechs Jahre zu spät, als nichts mehr zu machen war.«

»Und ›V‹, die Nummer fünf auf eurer Liste ...«

»Detherdt, das Schwein. Er hatte alles ausgeheckt, aber er war anscheinend in diesem Jahr überhaupt nicht in Falsterbo. Er hat erst vorgestern bei Paternostermaker von der Sache erfahren und konnte sich denken, was auf ihn zukommen würde. Aber mit einer Nonne hat auch er nicht gerechnet.« Cecilie lachte kurz auf.

»Warum hast du es nicht selbst gemacht?«, fragte Veit.

»Weil eine Nonne unverdächtiger war, weil Gudrun es unbedingt machen wollte, weil ich dachte, ich überrasche dich mit einem eindeutigen Beweis, dass ich es nicht getan haben konnte, und du kommst vielleicht doch noch auf andere Gedanken.«

»Du wusstest, dass ich Verdacht geschöpft hatte.«

»Mich hat eher gewundert, wie lange du gebraucht hast. Wann hast du denn zum ersten Mal Verdacht geschöpft?«

»Vielleicht als du mich gefragt hast, wie es meinem Bruder geht, obwohl wir doch in Falsterbo nicht als Brüder aufgetreten sind. Es hätte aber auch sein können, dass ich mich irgendwann verplappert hatte. Ich war mir nicht sicher. Aber als wir in Rostock ankamen und du mich durch die Stadt geführt hast mit deinem Kruseler und der Kapuze darüber, da habe ich gewusst, dass es eine Frau war. Die beiden Ausbeulungen deines Hutes sahen unter der Kapuze mit etwas Fantasie aus wie zwei Hörner, und dieses Bild deckte sich genau mit der Zeugenaussage des Wachmannes in Falsterbo und des Knechtes von Heinrich Pottholt, vor dessen Bude du Fläming niedergestochen hast. Dazu die hölzernen Trippen, und schon haben wir einen Gehörnten mit Pferdefuss. Da ist mir ein Licht aufgegangen, aber mir fehlte die Geschichte zu den Morden, und die hat mir erst Detherdt geliefert mit seinen letzten Worten.«

»Was hat er gesagt?«

»Deine Schwester ist nicht kaltblütig genug für den präzisen Stich ins Herz. Sie hat Detherdt übel zugerichtet, aber er konnte noch reden, als ich ihn fand und fragte, wo der Ursprung für all das sei. ›Godschalk Lange‹, hat er gesagt, als der Tod ihn bereits ergriffen hatte.«

»Dann kennst du jetzt die ganze Geschichte. Deine Neugierde müsste also gestillt sein.«

»Nein, ich weiß noch nicht alles. Was hat Arndt Stubbe mit der Sache zu tun?«

»Arndt ist ein lästiges Problem, das ich geerbt habe. Sein Vater Peter kam regelmäßig zu mir und holte sich die ›Bezahlung‹ für den äußerst günstigen Vertrag ab, den ich nach Andersens Tod mit der Stadt geschlossen habe. Seit einem Schlaganfall vor zwei Jahren ist er gelähmt. Seitdem kommt sein Sohn einmal wöchentlich, um sich bezahlen zu lassen. Es war ein glücklicher Zufall, dass ausgerechnet Arndt dieses Jahr als Rostocker Vogt in Falsterbo war. Du hast ihn auf die Idee gebracht, dass der Schlüssel zu dem Tod der Männer in Rostock liegt. Arndt hat dann auf dein Geheiß hin nachgeforscht und herausgefunden, dass Fläming und Pracht einst zusammen bei meinem Vater gearbeitet hatten. Von da an war es nicht mehr so schwer, zu mir zu finden. Arndt war der Meinung, und da musste ich ihm ganz und gar zustimmen, dass es besser wäre, wenn nicht ich, sondern irgendein anderer für die Taten verantwortlich gemacht würde. Nun, dieser Bylant hatte ohnehin schon einen gewissen Verdacht auf sich gezogen.«

»Und dann haben Jakob und der Knecht von Stubbe meinen Bruder halb tot geschlagen, damit …«

»Das tut mir Leid. Sie haben übertrieben, sollten ihm eigentlich nur eine Tracht Prügel verpassen.«

»Das war völlig unnötig. Ich habe nie geglaubt, dass Bylant der Mörder war.«

»Wichtig ist doch nur, dass Molkentin damit eine Möglichkeit bekam, die ganze Sache abzuschließen, bevor die Heringszeit zu Ende ging und bevor beim Hansetag im Dezember Kritik an ihm und an Lübeck aufkommen konnte. Der Lübecker Rat hätte sich möglicherweise genötigt gesehen, nächstes Jahr einen neuen Vogt zu entsenden, und das wollte weder Molkentin noch der Lübecker Bürgermeister, denn beide machen gute Geschäfte in Falsterbo, wie du ja selbst herausgefunden hast.«

»Und Stubbe – hätte der nicht lieber selbst den Mörder präsentiert?«

»Arndt Stubbe, Magister, Ratsherr, Vogt, angehender Bürgermeister und was sonst noch – er macht, was ich ihm sage. Er putzt meine Schuhe, küsst mir die Füße, leckt meinen Nachttopf aus und ist froh, wenn er mit einem Lumpen davonschleichen kann, den ich einen Tag lang zwischen den Beinen getragen habe.« Sie lachte voller Verachtung.

Cecilie Andersen sah Veit an, suchte seinen Blick, doch der schaute über sie hinweg.

»Schön, dann wäre die Sache nun wirklich restlos aufgeklärt«, sagte er nach langer Pause. »Was mich jetzt noch interessiert, ist, ob du mich von Anfang an benutzt hast, um immer im Bilde zu sein, wie weit ich bin mit meinen Untersuchungen.«

»Ach, Veit, wir hatten eine schöne Zeit miteinander. Warum lässt du es nicht darauf beruhen?«

»Weil ich in den letzten Jahren zu häufig belogen worden bin. Der Mensch sehnt sich immer danach, wovon er am wenigsten hat.«

»Natürlich wollte ich Bescheid wissen, es hat sich aber dann sehr schnell herausgestellt, dass du auch im Bett einiges zu bieten hattest. Es ist nicht so, dass ich mich hätte überwinden müssen.«

»Du hast Liebe geheuchelt.«

»Als ich dir sagte, dass ich dich liebe, habe ich mir zutiefst gewünscht, dass ich daran glaube. Wärst du doch bloß mit Molkentin nach Lübeck zurückgekehrt. Wir hätten dann beide nur die besten Erinnerungen aneinander.«

»Wenn ich mit Molkentin gereist wäre, hätte man mir das Gleiche angetan wie deinem Vater.«

»Aber in meiner Erinnerung wärst du dann der schöne Liebhaber, der morgens kalt und nach Wasser duftend unter meine Decke kam und sich so lange an mir wärmte, bis uns beiden ganz heiß wurde und wir uns liebten. Während die anderen noch schliefen, wenn gerade das Leben in der Stadt erwachte, wenn die ersten Sonnenstrahlen von der Mühsal eines neuen Tages kündeten, dann durfte ich schon deine Liebe genießen.«

»Statt dieser schönen Erinnerung bin ich jetzt jemand, der eine Bedrohung für dich darstellt, weil er von der Kaltschnäuzigkeit deiner Bluttaten weiß.«

»Ach was. Veit, du bist doch keine Bedrohung für mich. Veit, nein, wie kommst du denn darauf? Du wirst in Lübeck gesucht, weil du einem zum Tode verurteilten Mörder den Selbstmord ermöglicht hast. Du bist auf der Flucht. In Rostock bist du so lange geduldet, wie ich es will. Ich dagegen bin eine der mächtigsten Frauen dieser Stadt. Der Bürgermeister zählt zu meinen Kunden. Der halbe Rat kommt regelmäßig ins ›Salzfass‹. Arndt Stubbe, einer der kommenden Männer dieser Stadt, liegt jeden Mittwoch vor mir auf den Füßen und winselt mich an, bis er meine Schuhe küssen darf. Meine Schwester ist die Mätresse des neuen Bischofs. Nein, Veit, eine Bedrohung bist du nicht für mich.« Sie sah lächelnd zu ihm auf. »Und jetzt sei so gut und reich mir ein Handtuch. Es ist Mittwoch, und in einer Stunde kommt Arndt Stubbe.«

Veit legte den Kamm beiseite und umfasste ihren Nacken mit beiden Händen. »Vielleicht unterschätzt du mich.«

Sie spürte den Druck seiner Hände. Panik stieg in ihr auf. Veit spürte, wie ihr Herz zu rasen begann.

»Keine Angst, meine Liebe.« Er ließ ihren Hals los und reichte ihr das Handtuch. »Wir sind sehr verschieden. Ich liebe das Leben.«

Veit trat in die Küche, nahm seine Laute und das Bündel mit seinen Siebensachen und verließ das »Salzfass«, ohne sich noch einmal umzudrehen. Als er die Strandstraße erreichte, hörte er hinter sich eilige Schritte. »Veit, warte. Veit!«

Er drehte sich um. Die rote Eva kam hinter ihm her. »Veit, nimm mich mit.« Sie ließ ihr Bündel fallen und fiel ihm um den Hals.

Jeder Abschied kann ein Neubeginn sein, dachte Veit und nahm sie in den Arm. Sie gingen hinunter bis zum Hafen. Sievert hatte eine Schute aufgetrieben, die sie noch an diesem Abend nach Warnemünde bringen würde. Er schien kaum verwundert, dass Veit mit dieser Frau aufkreuzte. Bei seinem großen Bruder, wusste er, musste man immer mit Überraschungen rechnen. Veit stellte ihm Eva vor. Sievert nickte ihr und dann dem Fischer zu, der daraufhin ablegte und sie auf die Warnow hinausruderte.

»In Warnemünde nehmen wir uns Pferde oder warten auf die nächste Kogge nach Wismar«, sagte Sievert.

»Und wo geht es dann hin?«, fragte Eva sichtlich aufgeregt.

»Nach Süden«, verriet Veit. »Vielleicht nach Italien«, fügte er hinzu.

»Nach Venedig«, ergänzte Sievert sehr bestimmt. »Übrigens, was hast du für einen merkwürdigen Akzent?«, wollte er von Eva wissen.

»Sono italiana, ragazzi. Ich bin Italienerin.«

»Na, dann kann ja nichts mehr schief gehen«, meinte Sievert, während die Schute der tief stehenden Sonne entgegenfuhr.

In der Nacht vom 12. auf den 13. Dezember 1380 traten in Lübeck die Knochenhauer und mit ihnen übereinstimmende Handwerker bewaffnet zusammen. Sie forderten ein Ende der Ratsbevormundung, Freiheit von den Litten und ein Gesamtprivileg für alle Handwerksämter. Der Rat ging zunächst auf diese Forderungen ein, doch die Kaufleute entschlossen sich nun, dem Aufstand entgegenzutreten, und bewaffneten sich in der Nacht vom 15. auf den 16. Dezember 1380. Um eine gewaltsame Auseinandersetzung zu vermeiden, wurde ein Kompromiss ausgehandelt, der die Forderungen der Knochenhauer nach einem Ende der Ratsbevormundung aufgriff. Sie konnten künftig de facto über die Besetzung der Litten entscheiden, konnten Meister ernennen und entlassen. Diese Zugeständnisse wurden aber nicht urkundlich verbrieft. Forderungen anderer Zünfte wurden nicht berücksichtigt. Eine Möglichkeit der Mitbestimmung der Zünfte am Stadtregiment war nicht im Mindesten vorgesehen. Der Unmut der Knochenhauer gärte deshalb weiter. 1384 kam es zu einer Verschwörung, an der hauptsächlich Knochenhauer beteiligt waren. Ziel der Verschwörer war es, am 17. September 1384 das Rathaus zu stürmen, den versammelten Rat gefangen zu nehmen und, wenn nötig, zu erschlagen. Die Verschwörung wurde einen Tag vor dem geplanten »Staatsstreich« verraten. Achtzehn Verschwörer wurden hingerichtet. Der Anführer beging Selbstmord. Das Amt der Knochenhauer, aus dem die meisten der Verschwörer kamen, wurde hart bestraft. Die Zahl der Meister senkte man von hundert auf fünfzig. Die Älterleute wurden künftig vom Rat bestimmt. Zusammenkünfte jeder Art bedurften der Zustimmung des Rates. Frei werdende Litten vergab der Rat nach Gutdünken. Die Abgaben für die Litten wurden auf das Dreifache erhöht. Die Knochenhauerzunft als

Zentrum der innerstädtischen Opposition wurde dadurch langfristig ausgeschaltet. Die übrigen Handwerksämter schworen am 21. Februar 1385 einen neuen Treueid, mit dem sie sich dem Rat unterordneten.

DANKSAGUNG

Mein Dank gilt Carsten Jahnke für seine wertvollen Hinweise zum Heringsfang und -handel im mittelalterlichen Ostseeraum.